BAMBINI SCOMPARSI

THRILLER

Adam Thomson

Bambini scomparsi

ISBN ebook: 978-1648712685
ISBN cartaceo: 979-8638318840

E-mail: adam.thomson.writer@gmail.com

Cover realizzata da Antonella Monterisi

Editing a cura di Paola Suraci (paolasuraci79@gmail.com)

Ringrazio i lettori beta (in ordine alfabetico): F. Annibale, L. Di Primo, I. S. Iannaccio, G. Mauro, M. Parrinello, G. Pitti, D. Rami, S. Romeo, G. Stasi e M. Zanichelli.

relativi autori, creatori, inventori e editori e dove è stato possibile l'autore ha inteso citarne esplicitamente le fonti.

Per il suo linguaggio esplicito e le scene violente, il libro è adatto a un pubblico adulto.

Sinossi:

"L'hanno presa!"

La notte in cui sua mamma non la ritrovò in camera, fu solo l'inizio…

È mattina presto quando viene rinvenuto il corpo senza vita di una bambina americana.
Una tranquilla vacanza in Italia si trasforma così in un terribile incubo.
Alcuni anni dopo, un altro bambino scompare misteriosamente ed è subito chiaro che i due omicidi hanno molti punti in comune.

Un padre che affronta la sua più grande paura.
Un detective alle prese col caso più angosciante di tutta la sua vita.
Una corsa contro il tempo alla ricerca della verità.

Qualcuno, però, nasconde più segreti di quello che sembra…

Una storia agghiacciante di rapimenti e abusi che non dà tregua.

E tu, quanto a lungo sai tenere un segreto?

L’autore:

Adam Thomson è un autore italiano nato a Modica nel dicembre del 1982, da madre italiana e padre greco. Ha scelto di anglicizzare il cognome greco in Thomson e di usare il nome Adam per la sua grande passione verso la cultura ebraica.

Si è laureato in Legge *cum laude* nel settembre 2006 e ha approfondito lo studio del diritto tributario anche dopo la laurea. Ha lavorato in ambienti professionali molto differenti, sia per materia, sia per area geografica, vivendo in Irlanda per diverso tempo.

È uno scrittore multi-genere, predilige il thriller, il fantasy e l'horror, ma si è dedicato anche alla fantascienza e ai romance. Sin dall'adolescenza è appassionato di letteratura italiana, latina e greca, ha studiato per passione archeologia e mitologia.

Con le sue opere pubblicate in esclusiva su Amazon ha raggiunto oltre centomila lettori che ne hanno apprezzato i noir e thriller (Delitti Vaticani e Bambini Scomparsi).

Da sempre entusiasta per i viaggi, non perde occasione per girare il mondo, è un grande amante della natura, degli animali, della cultura giapponese e del folklore irlandese.

Continuerà a pubblicare romanzi senza finalità commerciali, ma esclusivamente artistiche.

È possibile contattare l’autore all’indirizzo mail: adam.thomson.writer@gmail.com

Prologo

San Felice Circeo, 27 luglio 1999

Una goccia dopo l'altra, il sangue scurissimo della bambina cadeva inesorabilmente sull'antico pavimento della sacrestia tracciando una scia discontinua di pochi metri, fino a quando la piccola Brenda, fermandosi e inginocchiandosi per terra, provò a sussurrare la parola *mamma* un'altra volta e infine esalò l'ultimo breve respiro.

Il tonfo del corpo della bambina sulla chiazza rossastra e densa del suo stesso sangue non causò un grande rumore. I vestiti umidi avevano reso meno violento l'impatto col marmo, generando un urto quasi silenzioso.

La Chiesa dell'Immacolata era deserta in quegli ultimi sofferti istanti e una quiete assordante avvolse l'estrema sofferenza della piccola nella solitudine più assoluta.

Nessuno sarebbe accorso a sollevare quel gracile corpicino da terra nel vano tentativo di rianimare la piccola, né si sarebbe adirato o disperato nell'assistere impotente all'inevitabile morte di una vita così giovane e innocente tra le proprie braccia.

Le ferite da taglio che laceravano l'addome di Brenda erano troppo profonde. Neanche un tempestivo intervento medico l'avrebbe salvata da un destino così crudele che le aveva negato le gioie e i dolori di una vita cosciente e indipendente.

Il sangue continuò a scorrere per ore allargando la chiazza rosso scuro e prosciugando il cadavere della bambina, privo di macchie ipostatiche ma pallidissimo, col capo riverso sul lato sinistro e gli occhi aperti e senza luce.

Il blu intenso dell'iride di Brenda, ammirato da tutti quelli che avevano avuto il piacere di conoscerla, pareva essersi del tutto sbiadito e mutato in un turchese molto chiaro, inanimato e freddo.

Quando mercoledì mattina il sacrestano aprì la vecchia porta di legno a lato dell'altare maggiore, con lo sguardo rivolto verso il basso e un fare pacato e sereno tipico di chi compie gli stessi gesti ogni giorno da molti anni, sembrò non accorgersi del cadavere riverso per terra. Nel momento in cui posò il piede destro sulla parte più esterna della pozza di sangue, che ai bordi si era già indurito, il rumore differente di quel passo lo scosse leggermente.

Pensò per un istante che forse aveva calpestato un foglio di carta caduto al reverendo e rimasto sul pavimento per tutta la notte.

I suoi occhi erano ancora socchiusi per il sonno e stanchi per la monotonia delle sue azioni, ripetute in modo identico ogni volta che per primo varcava la porta d'ingresso della sua amata chiesa. Non appena il rosso vivido e profondo del sangue lo travolse, sollevò lo sguardo fino a scorgere l'orrenda visione del corpo esanime della bambina, rimanendone paralizzato.

Entrambe le sue braccia tremavano convulsamente intanto che provava ad agitarle in direzione della bimba, senza però riuscire a muovere le gambe, che parevano pietrificate.

Non provò neanche per un secondo a urlare o a chiedere aiuto, sapeva fin troppo bene che a quell'ora in chiesa lui era l'unico presente, né si preoccupò che l'assassino potesse aggirarsi nei dintorni, perché in quei concitati momenti, con la mandibola che gli tremava senza sosta e il respiro che pareva mancargli, non riusciva a pensare lucidamente e, alla fine, sotto il peso del terrore che aveva invaso la sua mente, s'inginocchiò impotente per terra.

Allungò un braccio verso la piccola nel tentativo di toccarle il collo, come se irrazionalmente volesse accertarsi della sua morte, ma qualche secondo dopo lo ritrasse di colpo.

Si rialzò dal pavimento aiutandosi con le braccia, sporco di quel sangue dalla consistenza gelatinosa di cui ormai si erano impregnati i vestiti, e iniziò a correre, cadendo prima di arrivare al portone della chiesa e raggiungere l'esterno.

La tenue luce del sole da poco sorto e il lontano rumore del mare non calmarono la sua disperazione e ancora in preda al panico, inspirando profondamente, iniziò a urlare a squarciagola in cerca d'aiuto.

Nessuno però pareva sentirlo.

Continuò a correre in modo impacciato verso la strada e, una volta giunto al centro della carreggiata, si prostrò per terra piangendo e ansimando in attesa che la prima auto di passaggio si fermasse per prestargli soccorso.

Una giovane coppia con due figli al seguito non poté fare a meno di arrestare la propria corsa non appena si ritrovò di fronte l'uomo che, alla loro vista, iniziò ad agitare in alto le mani e a urlare con tutte le sue forze.

Il signore alla guida, dopo una breve ma vivace discussione con la moglie, impaurita da quelle vistose macchie di sangue, decise di non scendere dall'auto e attese che la compagna telefonasse alle forze dell'ordine.

Il sacrestano continuò a supplicarli di aiutarlo, rimanendo però immobile e chino in mezzo alla strada e senza mai smettere di piangere.

Prima ancora che giungessero i carabinieri, il gestore del ristorante all'angolo allarmato da quelle grida strazianti e avendo riconosciuto la voce dell'uomo, cliente da molti anni, gli si avvicinò di corsa:

"Franco, ma che sta succedendo?!"

"La bambina..." rispose lui singhiozzando e portando entrambe le mani sulle guance.

"Quale bambina?"

"L'americana. È morta. È dentro la..." tentò di rispondergli.

Capitolo 1

Fort Worth, 5 febbraio 2020

Scodinzolava e cercava in tutti i modi di attirare l'attenzione del suo padrone, ma Blue, un Labrador Retriever dal pelo lucidissimo e sempre desideroso di giocare, venne ignorato da Andrew, immerso nella lettura del suo tablet, come spesso accadeva quando si accomodava sulla sua poltrona preferita, ma con un'aria seria, turbata, che di rado assumeva.

"Che c'è?! Oggi non lo porti fuori?" gli domandò la moglie notando che l'uomo non degnava di un solo sguardo l'amico.

"No, Susy, ma ha-ai v-visto…" provò a risponderle, balbettando e con voce tremante.

"Cosa?! Stai bene?!"

A quel punto, senza aggiungere una sola parola, Andrew girò il tablet verso la moglie mostrandole un articolo di cronaca estera in cui si parlava di un omicidio appena avvenuto a San Felice Circeo.

La notizia stava suscitando particolare interesse anche all'estero perché raramente in un paese occidentale un bambino di tre anni viene trucidato con trenta coltellate.

Dopo aver letto poche righe, Susan impallidì di colpo e non riuscì più a pronunciare una sola parola.

"Eppure lui è ancora in carcere" borbottò l'uomo in attesa di una risposta che tardava ad arrivare.

La moglie perseverò nel suo silenzio per diversi minuti nonostante lui continuasse a fissarla in cerca di una qualsiasi reazione, anche solo di un cenno del capo.

"Sei sicuro che non sia uscito? Sono passati vent'anni da quando…" disse Susan con voce incerta.

"Sì, assolutamente. Ho parlato la settimana scorsa con Richard e mi ha assicurato che la condanna era di venticinque anni e che non gli hanno concesso nessuno sconto di pena per via del clamore che avrebbe suscitato una tale agevolazione a un omicida di bambini."

"Ma magari da uno Studio legale in America è difficile seguire certi sviluppi…"

"No! Ti sbagli" la interruppe di nuovo lui. "Richard è un ottimo avvocato e quando mi dice una cosa è perché si è informato ed è sicuro, altrimenti mi direbbe che non è in grado di rispondermi. Lui è in costante contatto con lo Studio di Roma che ci ha assistiti, anche per altri casi recenti che non hanno niente a che fare con noi."

"Mio Dio. Ricordare mi fa troppo male" sussurrò piangendo la donna, aggiungendo qualche secondo più tardi con una voce ancora più flebile e singhiozzando: "Ti ho pregato tante volte di voltare pagina, di dimenticare."

"*Gli investigatori escludono collegamenti con l'omicidio di Brenda Williams del 1999, attribuito al sacerdote Antonio Battistin che sta scontando la sua pena presso il Carcere di Regina Coeli*" lesse Andrew ad alta voce.

"Be', sono esclusi collegamenti" provò a ripetere la moglie, prima di essere seccamente corretta.

"Lui non ha mai confessato! Gli volevano attribuire anche i due omicidi del '94 e del '97 tutt'ora avvolti nel mistero. Tu lo sai bene, non fingere con me. Io non ho mai creduto alla sua colpevolezza. Lo sappiamo entrambi, quell'uomo ha accettato in silenzio delle colpe non sue."

"Ti prego tesoro, non ricominciare. Non avrei più la forza di sopportare ancora..."

"Ancora cosa?! Che nostra figlia è stata ammazzata e il suo assassino è rimasto a piede libero?! Tu puoi davvero dormire tranquilla dopo la notizia di oggi?! E se fosse lui a..."

"Basta!" urlò lei agitando entrambi i palmi aperti delle mani di fronte al marito. "Abbiamo superato quel periodo. Adesso dobbiamo concentrarci sui nostri figli, pensare ai nostri meravigliosi nipoti. Devi lasciarti alle spalle il dolore per Brenda. Lei ci protegge da lassù."

"Non riposerà in pace fino a quando il vero colpevole non sarà assicurato alla giustizia" borbottò lui.

"L'assassino è già in carcere!"

"Sai anche tu che non è così."

"Io non posso più... Io non voglio rivivere quei momenti. Ho sofferto troppo e ormai ho accettato quel dolore immenso. Non puoi..."

"Vieni di nuovo con me in Italia. Ti prego, un'ultima volta. Troveremo chi ci aiuterà a fare giustizia..."

"Tu sei pazzo!"

"Assumeremo degli investigatori privati. Questa volta troveremo il vero colpevole e finalmente la nostra Brenda potrà riposare in pace. Dobbiamo farlo anche per questo bambino. È anche colpa nostra se è morto."

"Stai delirando. Io non ti seguirò di nuovo in quest'assurda follia. Abbiamo tentato troppe volte e hai sempre avuto torto. Attento Andrew, così mi perderai. Resterai solo."

"Lo devo fare" mormorò infine sospirando.

Dopo qualche minuto, l'uomo si alzò in piedi e, mantenendo lo sguardo fisso verso il basso, afferrò il suo iPhone dal tavolinetto di fronte, lasciando invece il tablet sulla poltrona al suo fianco, e uscì dalla stanza.

Capitolo 2

"Buongiorno Andrew! Come sta? Come posso aiutarla?" rispose al telefono il legale.

"Buongiorno avvocato. Ha letto la notizia dell'omicidio di un altro bambino a San Felice Circeo?"

"Oddio, no. È terribile! Un incidente?"

"Ma che dice avvocato! È stato accoltellato, come Brenda."

"Capisco che lei, leggendo questo genere di notizie possa…"

"No, lei non capisce!"

"Immagino il suo stato d'animo. Ma mettere in collegamento eventi così lontani nel tempo mi pare quantomeno azzardato."

"Io non ho ancora detto niente."

"So cosa pensa."

"Lei sa quanto è stato duro per me superare l'uccisione della mia bambina, ma sapere che l'assassino è ancora libero, è insopportabile…"

"Andrew la prego, non dica così. La giustizia ha fatto il suo corso. L'omicida, come le ho confermato poco tempo fa, è tuttora in carcere. E poi, le ricordo che lei ha già investito ingenti somme in investigazioni private che non hanno portato a nulla."

"Non ha mai confessato. Ha sempre taciuto. Sappiamo benissimo che non ha ucciso lui mia figlia, né i bambini prima di lei."

"Io mi attengo ai fatti. Dobbiamo entrambi rispettare le sentenze. Come le ho già ripetuto più volte, le impronte digitali, gli indizi, le testimonianze…"

"Ma che testimonianze! La smetta!"

"Mi ascolti Andrew, si calmi..."

"Io sono calmissimo!"

"Non c'è niente che possiamo fare. Si tratta certamente di un crimine non collegato a quello della sua..."

"Io torno in Italia! Assumerò un altro investigatore privato. Questa volta più bravo."

"Lo ha sostenuto anche le altre volte, eppure non è mai giunto a nulla."

"Adesso è diverso. Il delitto è appena stato compiuto."

"Sappiamo ancora troppo poco! Ma è certo della fonte della notizia? È attendibile?"

"Controlli su Internet lei stesso."

"Sì, in effetti ha ragione. Ne parlano diversi giornali di rilievo. Sto guardando in questo momento. Devo ammettere che è piuttosto inquietante. La dinamica descritta è molto simile agli omicidi precedenti, tuttavia sono passati più di venticinque anni. Escluderei che tali fatti delittuosi possano essere frutto della stessa mente criminale."

"Lei dovrebbe sapere meglio di me che ci sono serial killer che hanno perpetrato i loro orrendi crimini anche per più di vent'anni."

"Sì Andrew, ma si tratta di casi rarissimi."

"L'uccisione di almeno quattro bambini diluita nel tempo è tutt'altro che un fatto comune."

"È mio dovere, come suo legale e consulente, invitarla a riflettere con calma, affinché decisioni avventate ed emotive non danneggino le sue risorse finanziarie. La invito a riflettere su come un suo ulteriore intervento su una vicenda ormai chiusa possa compromettere la sua unità familiare."

"Non mi interessa se mia moglie non vuole più sentirne parlare, né se i miei figli sono stanchi di quelle che definiscono come mie ossessioni. Se solo avessi scoperto il colpevole prima, quel bambino non sarebbe morto come la mia Brenda."

"Lei in questo momento non ha la lucidità necessaria per prendere decisioni di un certo rilievo. Prendiamo appuntamento tra due giorni nel mio studio e con tranquillità vedremo il da farsi..."

"No! Prenoterò io stesso il volo appena termineremo questa telefonata. L'ho chiamata perché voglio che mi tenga informato su eventuali novità e approfondisca la notizia. Una volta che sarò arrivato in Italia mi metterà in contatto con lo Studio Ambrini, affinché io venga affiancato da un bravo detective. Questa volta ce la farò! Troverò il suo assassino e le renderò giustizia."

"Io non posso..."

"Lei deve! È per questo che la pago. Non perda altro tempo e mi assista nelle modalità che le ho indicato. La richiamerò per aggiornarci su come procedere."

Con l'iPhone ancora tra le mani, ritornò in salotto per recuperare il tablet incrociando la moglie che, irritata e nervosa, appena se lo ritrovò a pochi passi di distanza sbuffò rumorosamente e salì al piano di sopra senza rivolgergli la parola ed evitando di guardarlo in viso.

In quegli istanti Andrew non fu per nulla impensierito dal comportamento brusco di Susan, era occupato a pensare a come il mondo fosse cambiato.

Le altre volte che aveva deciso di ritornare nel Sud Europa per rendere giustizia a sua figlia, aveva dovuto recarsi in agenzie di viaggio e perdere tempo per organizzare gli spostamenti, invece adesso, in pochi minuti aveva già prenotato il volo, e sempre usando le app, scegliere l'hotel, il taxi e predisporre qualsiasi altro dettaglio logistico non sarebbe stato affatto difficile. L'unico aspetto per il quale, a suo avviso, era necessario l'aiuto del suo legale e l'affiancamento dello Studio italiano, con cui avevano collaborato anni addietro, era la scelta del detective.

Già nelle precedenti missioni, il suo grande rimpianto era stato quello di aver incaricato per tale compito persone che alla fine si erano rivelate incompetenti, e purtroppo i limiti linguistici non gli avevano permesso di rendersi subito conto della scarsa professionalità dei sedicenti detective a cui aveva incautamente affidato la scoperta della verità.

Intanto che rivangava il passato, ripetendosi che questa volta l'investigatore privato che l'avrebbe aiutato avrebbe dovuto parlare molto bene l'inglese, gli venivano in mente i momenti in cui, alla fine dei suoi viaggi, disperato per la mancanza di risultati, faceva ritorno in America senza quella pace a cui tanto ardentemente aspirava.

Sistemando in fretta pochi vestiti in valigia, continuò a borbottare a bassa voce e con un tono carico di rabbia:

"Questa volta lo troverò!"

Capitolo 3

Respirava affannosamente mentre, salendo sul taxi, cercava di resistere alla tentazione di voltarsi indietro e quando alla fine rivolse il viso verso le finestre di casa sua, nella speranza di scorgervi la moglie che almeno con lo sguardo lo seguisse un'ultima volta prima di una partenza così improvvisa e impulsiva, non intravide nessuno.

Né con le parole né con gli occhi, la donna con cui aveva condiviso le gioie e i dolori di tutta una vita sembrava volerlo salutare.

Sospirando salì in auto, ordinò con voce rauca al conducente di portarlo in aeroporto e si sforzò di guardare innanzi a sé.

Un tragitto veloce, con poco traffico dato l'orario pomeridiano, in cui però Andrew continuava a pensare ossessivamente alla figlia.

Meno di un anno prima erano nati i suoi primi nipoti, due gemelli figli del primogenito Jacob, eppure lo sguardo dolcissimo di quelle meravigliose creature non era stato in grado di colmare l'infinta malinconia per Brenda.

Dimenticare era impossibile.

"Parte per affari?" gli domandò l'autista, con un accento che rendeva ancora più evidente la sua origine mediorientale, interrompendo così i pensieri dell'uomo.

"Sì... No..." provò a rispondergli lui.

"Vacanza? Dove va di bello?"

"Devo recarmi in Italia per sbrigare alcuni affari di famiglia" replicò dopo qualche secondo di silenzio Andrew con un filo di voce e un tono difensivo.

"Ah ah, spaghetti, mafia! Bella Italia" urlò il tassista ridendo.

"Già, bel posto" borbottò sarcastico lui.

Consegnò a quel signore una mancia molto generosa nonostante non avesse apprezzato le sue battute; era infatti una sua radicata abitudine non lesinare sulle regalie. Lo salutò molto freddamente smorzando così, alla fine, i suoi modi estroversi ed eccessivamente confidenziali.

Varcando la soglia d'ingresso dell'aeroporto, gli sembrò di esser già lontano migliaia di chilometri da casa sua; le mille voci differenti e straniere, i nomi delle città del mondo ripetuti dalla voce diffusa meccanicamente e il via vai continuo e caotico lo distaccarono dalla sua città, come se già si trovasse in terra straniera.

L'ultimo viaggio della sua vita, in cui l'eccitazione per la partenza e il desiderio di provare nuove emozioni lo avevano travolto, era stato proprio quello che lo aveva portato in Italia per la prima volta alla ricerca di radici familiari perdute e che, invece, lo aveva condannato alla perdita più dolorosa che nessun padre meriterebbe di vivere.

Da allora, ogni vacanza, qualunque viaggio, anche se solo di lavoro, lo rattristava profondamente, eppure quel giorno Andrew fissava il monitor del gate in attesa della scritta 'boarding' con inusuale ottimismo.

Qualcosa infatti era cambiato rispetto ai suoi precedenti tentativi: un nuovo omicidio, efferato, crudele e ignobile, come quello che aveva travolto la sua Brenda, era appena stato consumato, quindi le prove, gli indizi e anche la moderna tecnologia sarebbero stati i suoi grandi alleati.

Sedendosi sulla comoda poltroncina della business class riuscì finalmente a riposare.

Le mille attenzioni dello steward e il vino, che qualche ora dopo il decollo iniziò a sorseggiare, lo rilassarono fino al punto che si addormentò senza neanche accorgersene.

Quando riaprì gli occhi e cercò dell'acqua per idratarsi si ritrovò a fianco il giovane assistente di volo che, sorridendo e con un tono gentile, gli domandò se avesse bisogno di qualcosa.

"Dell'acqua per favore" rispose lui con voce rauca e cercando di umidificarsi le labbra con la lingua.

"Eccola qui!" ribatté lo steward.

"Grazie mille. Siete davvero gentili. Devo sceglervi anche per i prossimi viaggi" affermò a bassa voce l'uomo mentre a tratti beveva dal bicchiere.

"Siamo la miglior compagnia del Nord America! Posso esserle utile in altro? Se vuole consigli su cosa visitare a Roma e in che ristorante andare, chieda pure a me. Conosco benissimo la Città Eterna, sono anche di origini italiane."

"Anche io ho origini italiane. Mio nonno veniva da Campoverde, mentre mia nonna era irlandese."

"Ah, ma è meraviglioso! Quindi va a visitare i parenti?"

"No. Non ho mai avuto contatti significativi con l'Europa."

"Un viaggio di lavoro?"

"Devo sbrigare alcune faccende" concluse Andrew abbassando lo sguardo e con un tono irritato.

A quel punto il giovane non ribatté in alcun modo e si allontanò, in attesa che altri passeggeri richiedessero la sua assistenza.

Molte ore separavano ancora Andrew dall'atterraggio e la mancanza di connessione Internet gli impediva di comunicare col mondo esterno, o di controllare se sua moglie si fosse decisa a rispondergli su WhatsApp.

Mangiare lo distraeva solo per poco tempo, mentre il viaggio pareva interminabile.

Non riusciva a riposarsi vedendo un film, né provando uno di quegli inutili giochi d'intrattenimento che non aveva mai apprezzato, come i puzzle o ancora peggio i quiz, e alla fine iniziò a sfogliare le foto memorizzate sul suo iPhone.

Cominciò dalle più recenti, quelle dei nipotini. Le osservava con molta attenzione e gli occhi gli brillavano per la gioia.

Continuò sfogliando anche le immagini dei figli e di Susan.

Fissando i dolci occhi della moglie, sperava in cuor suo che l'avrebbe perdonato anche questa volta per l'ennesima e impulsiva partenza alla disperata ricerca di una verità che da troppi anni tentava di scoprire.

"Questa volta ci riuscirò... questa volta ci riuscirò..." iniziò a borbottare, stringendo con forza il suo iPhone fino quasi a farsi male.

Poi si alzò in piedi, provò a fare due passi per sgranchire le gambe e, riavvicinandosi allo steward, con un tono molto cortese gli domandò:

"Mi consiglierebbe per favore qualche buon ristorante a Roma? La prima notte la passerò lì. Successivamente andrò a San Felice Circeo."

"Se le piace il pesce, le suggerisco di cenare al Chinappi Ristorante oppure, se ama la cucina tradizionale italiana, potrebbe provare il Ristorante Orlando. Sono davvero ottimi entrambi."

"Me li segno, così potrò cercarli su Google."

Quella brevissima chiacchierata lo sollevò.

Per quanto si fosse trattato di un dialogo anonimo, nel quale non espose nulla delle sue ansie e preoccupazioni per quella che considerava la sua ultima missione italiana, la vicinanza di un'altra persona lo rasserenò.

Riaccomodatosi sulla sua amplissima poltrona, che per spazi e comodità pareva più un letto, decise di godersi un vecchio film del 1999, *Stir of Echoes*, ma in uno dei tanti e noiosissimi litigi tra marito e moglie, senza neanche rendersene conto e facendo scivolare via i suoi auricolari, si addormentò.

L'annuncio dell'imminente atterraggio e della necessità di riallacciarsi le cinture di sicurezza lo risvegliò qualche ora dopo.

"Siamo già arrivati?!" borbottò l'uomo cercando l'attenzione dello steward.

"Ancora un po' di pazienza" gli rispose lui con un sorriso.

"Ma quanto ho dormito!"

"Molto. Non ho voluto svegliarla per la colazione, stava riposando così bene che ho preferito non disturbarla. Spero non sia un problema..."

"No, no... si figuri. Ha fatto bene, grazie."

Andrew si soffermò a riflettere sugli anni che passavano e su come l'avanzare dell'età lo avesse cambiato. Non si trattava solamente del suo diabete che avanzava senza sosta da quasi un decennio, ma anche del suo stesso vigore fisico, diminuito rispetto alle altre sue visite italiane, durante le quali, in volo, non si era mai addormentato così a lungo.

Ho davvero bisogno di trovare un bravo detective. Questa volta non posso sbagliare, pensò l'uomo, intanto che guardava il panorama del Bel Paese illuminato da un sole invernale a tratti ricoperto dalle nuvole.

Capitolo 4

Sceso dall'aereo, Andrew sospirò più volte prima di disporsi con pazienza in fila in attesa dei controlli.

Ansioso per la giornata che lo attendeva, in cui avrebbe preso contatto con lo Studio romano, provò subito una grande irritazione per il chiasso e le chiacchiere che echeggiavano attorno a lui e che gli impedivano di riflettere con serenità. Una confusione ai suoi occhi molto differente dal suo Texas, più caotica e primitiva, che osservava con un certo disprezzo e da cui si sentiva frastornato.

Ancora più fastidioso fu il momento in cui, alla domanda delle forze dell'ordine addette ai controlli doganali, dovette mentire rispondendo di trovarsi in Italia per motivi turistici.

Avrebbe voluto gridare al mondo intero che era tornato per onorare la memoria della figlia, per trovare il vero colpevole della sua morte e impedire che altri bambini subissero un destino così crudele, e invece dovette comportarsi come uno dei tanti americani curiosi di visitare il Colosseo e San Pietro.

Si avvicinò all'uscita e, non appena ebbe oltrepassato la porta scorrevole che lo separava dal mondo esterno, un baccano perfino maggiore che all'interno e un'aria stagnante e umida lo travolsero.

"Buongiorno. Mi porti all'Hotel Ambasciatori cortesemente" disse al tassista in cima alla fila delle auto.

“Certamente sor, s’accomodi” rispose lui con una cadenza romanesca e senza curarsi di avere di fronte una persona straniera che non parlava italiano.

Andrew fissò per qualche secondo in silenzio l’autista, a primo impatto sgarbato e distaccato, che continuava a fumare mentre sistemava goffamente i suoi bagagli. Sospirando per l’ennesima volta, prese posto con un’aria rassegnata e iniziò subito a scrivere su WhatsApp al suo legale, chiedendogli a che ora avrebbe potuto recarsi allo Studio Ambrini.

Prima ancora però che Richard gli rispondesse, distolse lo sguardo dal suo iPhone e iniziò a osservare, quasi con disdegno, le antiche vie di Roma. La prima volta che le aveva ammirate, era rimasto meravigliato da quella magnifica città costruita sulle macerie di una grande e affascinante civiltà. Più di vent’anni fa, la Città Eterna gli era sembrata un immenso museo a cielo aperto che lo aveva ammaliato e conquistato in pochi secondi, ma adesso pareva solamente disprezzarne il traffico, la miriade di buche che disseminavano le strade e il degrado diffuso ovunque si voltasse.

“Semo arrivati!” esclamò il tassista, vedendo l’uomo imbambolato e con lo sguardo perso nel vuoto.

“Ah sì, certo, ha ragione” rispose lui, porgendogli la sua carta *gold business*.

“Nun me funziona er pos” disse l’autista voltandosi indietro e agitando la mano destra in segno di diniego.

“Io non ho euro con me, solo dollari…”

“Ce sta er bancomat, poi preleva’, io t’aspetto. È qui davanti” gli suggerì l’autista interrompendolo e indicandogli con l’indice della mano destra una banca a pochi passi da loro.

Dopo aver saldato il conto, elargendo anche stavolta una generosa mancia nonostante i modi del tassista non fossero stati di certo cortesi, Andrew varcò la soglia dell’elegante hotel che aveva prenotato on line, chiedendo di salire in camera per riposare, sebbene in largo anticipo per il check-in.

Richiesta che fu subito accolta dalla giovane donna della reception, sempre sorridente e talmente gentile da apparire addirittura melensa.

Capitolo 5

L'acqua scivolava sul suo corpo lentamente solcandone la pelle ormai avvizzita e cadente, soprattutto su gomiti e ginocchia.

Andrew s'insaponava e continuava a strofinare con forza la spugna sul torace come se la foga con cui perseverava a premere sul suo petto lo aiutasse a regolare il respiro, affannoso, ansioso e a tratti persino mancante.

Aveva paura di ricominciare, d'indagare un'altra volta, di rivivere quei momenti che nella sua mente non aveva mai smesso di rievocare.

Forse la moglie aveva ragione, avrebbe dovuto lasciarsi alle spalle il passato e dedicarsi alla famiglia, ai due figli che l'ossessivo ricordo di Brenda aveva posto in secondo piano per tutta la vita.

Quando uscì dalla doccia pensò perfino di afferrare il suo iPhone, che aveva poggiato sul letto, e prenotare il volo di ritorno per quella stessa sera.

Forse avrebbe davvero dovuto dimenticare, lasciare che sua figlia rimanesse solo un lontano ricordo, ma nel momento in cui con la mano ancora umida raccolse dal letto lo smartphone che lampeggiava per le notifiche appena ricevute, ebbe l'impressione di riconoscere il volto del bambino recentemente massacrato.

– Pare che adesso gli inquirenti italiani sostengano che non sia da escludere un collegamento tra i due delitti – recitava il messaggio di Richard, con tanto di foto dell'articolo di giornale in cui erano ben visibili, una a fianco all'altra, l'ultima vittima e la piccola Brenda.

Quelle poche righe e la forte convinzione che il suo intervento avrebbe salvato altri bambini, spazzarono via i suoi mille dubbi.

Fissò in silenzio la foto per qualche minuto e poi, con il dito indice della mano destra in preda a un leggero tremore, attivò la funzione per videochiamare il suo legale tramite WhatsApp:

"Ha visto?! Era troppo simile la dinamica dell'omicidio. Il luogo, l'età… Non potevano essere coincidenze."

"Il fatto che altri ipotizzino la sua stessa teoria, non vuol dire che sia vera" ribatté l'avvocato.

"Mi aggiorni sul resto per favore. Cos'altro riportano i giornali?"

"Il suo italiano è di certo migliore del mio. Per la parte che ho compreso, pare che il PM voglia riesumare non solo Brenda, ma anche i corpicini delle vittime trucidate nel 1994 e nel 1997, e addirittura quello di Matteo Morelli. Si ricorda di lui?"

"Eh certo! Come potrei dimenticare. Un anno prima della mia bambina, era morto cadendo in un pozzo nelle campagne limitrofe a San Felice. Ma anche noi, come gli investigatori di allora, abbiamo sempre escluso qualsiasi relazione con l'assassinio di mia figlia. Mi dice come si chiama il magistrato che sta indagando?"

"E invece sembra che adesso stiano vagliando ogni possibile pista e potenziale collegamento. La tecnologia d'altronde si è evoluta parecchio nel frattempo. La polizia scientifica dispone di mezzi che vent'anni fa erano inimmaginabili. Ah, voleva sapere il nome del PM… Vediamo, se non erro l'ho letto in un altro articolo. Eccolo, si tratta di una donna, Anna Maria Crescentini."

"Incredibile!"

"Ma come?! Non è contento?! Se davvero i quattro delitti sono collegati e si trattasse quindi dell'opera di un serial killer, peraltro molto più rari nel Sud Europa che negli Stati Uniti, lei potrebbe trovare la verità che cerca da tanti anni."

"La verità" ripeté Andrew sospirando e alzando il tono della voce.

"In ogni caso, già oggi le ho fatto fissare dallo Studio Ambrini due colloqui. Il primo alle sedici, e il secondo alle nove di sera. Si tratta di…"

"Ma parlano inglese?"

"Andrew, la prego, mi faccia almeno terminare la frase. La sua pretesa di assumere un investigatore con molta esperienza e che parli bene la nostra lingua è di difficile realizzazione. Si trova in Italia, il livello d'istruzione medio è basso rispetto al Nord Europa o alla professionalità che può trovare da noi. Molti che hanno affrontato studi primari, secondari e universitari vent'anni fa, non hanno studiato inglese…"

"Sempre lo stesso problema! Se non parlano la mia lingua, comunicare efficacemente sarà molto difficile."

"Non si sottovaluti. Ormai il suo livello di italiano è elevatissimo. Lei sa meglio di me che in tanti anni di visite ha approfondito la lingua e ne ha studiato a fondo anche la storia e le tradizioni. D'altronde, alcuni suoi avi, come i miei, sono italiani…"

"Ma la smetta! Voglio che parli un inglese fluente. Altrimenti non assumo nessuno."

"Va bene Andrew, per il prossimo colloquio vedremo di selezionare una persona ancora più vicina alle sue esigenze. Intanto valuti i due professionisti di oggi. Mi hanno assicurato essere di altissimo livello."

"Vedremo."

Gettò sprezzante il suo iPhone sulla coperta, causandone la caduta per terra, ma il tonfo, molto lieve a causa del tappeto su cui il dispositivo era atterrato, non lo preoccupò. Invece di controllarne i possibili danni, si affacciò alla finestra della sua camera, nonostante fosse ancora in accappatoio, a osservare il panorama per la prima volta da quando era arrivato.

Respirando a pieni polmoni, solo per qualche istante, smise di mentire a se stesso illudendosi di essere circondato solamente da degrado e inciviltà, e ritornò ad apprezzare l'arte, gli edifici classicheggianti e alcune grosse colonne in pietra che adornavano un altro hotel di fronte a lui. Poi, il suo sguardo si posò sull'insegna dell'Hard Rock Cafè a poche centinaia di metri di distanza, e non riuscendo a trattenere uno spontaneo sorriso beffardo, richiuse la finestra e si distese sul letto.

Fissando il soffitto bianchissimo della sua camera, iniziò a programmare la sua giornata, pensando a quali domande avrebbe potuto rivolgere ai detective che avrebbe incontrato, per comprendere a fondo il loro livello di professionalità e non ripetere così gli errori del passato, quando spesso, per inesperienza, si era affidato a uomini incompetenti la cui unica dote posseduta era l'avidità e il desiderio di denaro altrui.

Socchiuse gli occhi e, nel profondo silenzio di quell'hotel che ormai conosceva come le sue tasche, si addormentò.

Risvegliatosi e stupito per quel sonnellino inaspettato, sistemò i pochi vestiti che aveva portato con sé e uscì per pranzare.

Camminando lungo via Vittorio Veneto, scrutandone i negozi e leggendo le insegne, tutto gli sembrava identico alla sua ultima visita, perfino i camerieri del vicino ristorante dove si era appena recato per mangiare parevano gli stessi di qualche anno prima, semplicemente più vecchi. Una monotonia che invece di rassicurarlo, gli trasmise una profonda tristezza, tanto che mentre ordinava della pasta e una bistecca, ebbe perfino la strana sensazione di non essere mai andato via dall'Italia.

Si sforzò di non lasciarsi abbattere dal timore di ripetere gli stessi gesti, inesorabilmente destinati all'insuccesso, e prima ancora che lo servissero, iniziò a sfogliare gli articoli di giornale su quello che ormai veniva definito il "caso Terranova", dal nome della vittima Giovanni Terranova.

La sua concentrazione fu interrotta di colpo dallo squillo del suo iPhone.

"Mi dica Richard, qualche novità?"

"Sì, stiamo ricevendo tramite lo Studio Ambrini numerose richieste di interviste giornalistiche riferite a lei. La notizia del suo arrivo in Italia è trapelata e il caso sta avendo un'eco mondiale in rapida espansione. Neanche io mi sarei aspettato che…"

"Che significa che è trapelata?!"

"Non so come, ma alcuni giornalisti sanno che lei si è precipitato in Italia."

"Assurdo!" esclamò Andrew alzando il tono della voce e interrompendo per l'ennesima volta il suo legale.

"Ha intenzione di accettare?"

"Ma che dice! Le pare che io abbia mai rilasciato interviste?! Anzi, questo è un problema. L'attenzione mediatica nei miei confronti potrebbe intralciarmi nelle indagini."

"Per questo dovrà lasciare molta autonomia agli investigatori che sceglierà. Lei è ormai troppo vecch… nel senso che… non ha più dimestichezza con…"

"Ho capito benissimo cosa intende! In ogni caso lei ha ragione. Questa volta dovrò farmi da parte."

"Le invio per e-mail i curricula dei due professionisti che incontrerà. Riferirò allo Studio il suo netto rifiuto di rilasciare qualsiasi tipo di dichiarazione."

"Grazie. Adesso la lascio. Mangio qualcosa e mi preparo a conoscere il primo detective."

"Guardi, le invio anche i cellulari di entrambi. Può usare altresì WhatsApp per contattarli."

Intanto che masticava i primi bocconi di pasta, senza però apprezzarne il buon sapore e la differente qualità rispetto ai cibi che era abituato a mangiare in Texas, lesse velocemente i curricula dei professionisti che avrebbe dovuto incontrare: un ex maresciallo dei carabinieri di quarant'anni e un docente universitario di Criminologia. Entrambi sembravano figure di alto livello e sfoggiavano addirittura collaborazioni alla risoluzione di numerosi casi famosi di cronaca italiana che avevano avuto anche un'eco internazionale, ma in ambedue i casi, purtroppo, la conoscenza dell'inglese veniva definita scolastica, perfino per il docente universitario, che piuttosto dichiarava una conoscenza ottima del francese e sufficiente del tedesco.

– Buongiorno, sono Andrew Williams, il mio legale mi ha comunicato il suo numero di cellulare. Abbiamo appuntamento oggi alle sedici – scrisse lui all'ex militare.

– Buongiorno signor Williams. Certamente, se vuole possiamo sentirci telefonicamente per definire meglio i dettagli.

– WhatsApp va benissimo. Possiamo vederci al Café Doney in via Vittorio Veneto 141? Io sto pranzando qui vicino. Se è possibile, potremmo anche anticipare.

– Va bene. Mi dica lei, per le quindici io posso essere già lì.

– Benissimo. A dopo!

In preda alla fretta di organizzare e realizzare nel più breve tempo possibile i suoi obiettivi, scrisse anche al secondo professionista:

– Salve, sono Andrew Williams. È possibile anticipare il nostro colloquio fissato per le nove di sera, alle sei?

Dopo la visualizzazione di quel breve messaggio, il suo telefono iniziò a squillare.

"Buongiorno Andrew. Sono il professor Claudio del Greco. Purtroppo ho già altri impegni professionali, quindi non mi è possibile anticipare un incontro ormai organizzato."

"Capisco."

"Se mi dà conferma, ci vedremo come da accordi alle nove."

"Va bene. Incontriamoci al Café Doney di via Vittorio Veneto."

"Perfetto. Buon pomeriggio."

Incuriosito da quella mancata disponibilità e un po' irritato per il tono altezzoso e in apparenza superbo con cui il detective si era definito prima di tutto professore, Andrew continuò a leggerne il curriculum. Claudio del Greco in effetti elencava circa una cinquantina di articoli scientifici in campo criminologico, quasi tutti in riviste italiane, e alla fine dichiarava di essersi preso un anno sabbatico dal mondo accademico per dedicarsi ad alcuni casi irrisolti in collaborazione con polizia e autorità giudiziaria.

Capitolo 6

Un passo dopo l'altro, ancora appesantito dalla digestione del pasto italiano a cui non era più abituato, probabilmente per il troppo pane oltre alla pasta e alle patatine fritte alle quali non rinunciava mai, Andrew si diresse con fare pacato al Café Doney.

Era in anticipo di quasi venti minuti, non aveva neanche finito di riposarsi in hotel a causa di quella smania di concretezza che lo spingeva ad affrettare qualsiasi sua azione, e quando, qualche secondo prima di accomodarsi a un tavolino all'interno del locale, sentì qualcuno che sussurrava il suo nome, scosse incredulo la testa:

"Ci conosciamo?!"

"Sono il maresciallo Salvatore Puleo!" esclamò con voce sicura e tono fermo l'uomo.

"Ah! Non mi aspettavo che… È in anticipo…"

"Sì, non mi piace far attendere i miei clienti. Arrivo sempre mezz'ora prima agli appuntamenti di lavoro, inoltre, come le avevo accennato, non abito lontano da qui."

"Bene. Complimenti allora maresciallo! Lieto di conoscerla. Anzi, chiamami pure Andrew e diamoci del tu, se per te va bene."

"Benissimo. Quindi sei ritornato per trovare l'assassino di tua figlia, giusto?!"

"Sì… Insomma, questa volta non può farla franca. L'ultima vittima è recente…"

"Sai che io non sono convinto che sia lo stesso responsabile?! Stiamo parlando di un serial killer di bambini che secondo te agirebbe in un arco temporale di circa venticinque anni. Mi sembra alquanto inverosimile. Inoltre, i collegamenti con i delitti passati erano già stati scartatati dagli investigatori e il colpevole per la morte di Brenda è ancora dietro le sbarre."

"Scusami Salvatore, ma se non credi nell'ipotesi investigativa che io desidero sia oggetto della tua indagine, perché allora vorresti collaborare con me?!" replicò Andrew sgranando gli occhi e con una voce tremante.

"Io sono pronto anche ad ammettere che mi sbaglio. Indagherò, investigherò e analizzerò ogni prova con scrupolo. Di me ti puoi fidare, ma è bene che tu sappia anche che le tue ipotesi sono altamente improbabili..."

"Mie?! Su tutti i giornali si parla già di collegamenti con i casi passati."

"I giornalisti fanno solo speculazione. Queste notizie vendono, quindi le stanno gonfiando a dismisura."

"Capisco." Rispose l'americano dopo un lungo sospiro, continuando con una voce flebile ma un tono determinato. "Apprezzo la tua sincerità. Preferisco gli uomini che dicono quello che pensano, piuttosto che quelli che mentono per guadagnare soldi."

"Bene, siamo in sintonia allora! Il tuo italiano è davvero perfetto. Se non fosse per l'accento e per la tua altezza fuori dal comune, non sembreresti uno straniero..."

"Sì, sì, lo so. Probabilmente ce l'ho nel sangue, come saprai, visto che sembri molto ben informato sul mio caso, ho origini anche italiane."

"Sì, ne ero a conoscenza. Prima di incontrarti mi sono informato sul tuo conto, ma ricordo bene anche il clamore e gli articoli di stampa di allora, delle tue origini si parlò molto."

"Ascoltami," lo interruppe Andrew fissandolo negli occhi e con una cadenza più americana rispetto al resto delle frasi che aveva pronunciato fino a quel momento, "vorrei chiederti più informazioni sul tuo conto, anche personali, se non ti spiace."

"Assolutamente. Ti ascolto."

"Tu quindi sei un militare. Un carabiniere, giusto?! Come mai hai scelto questa carriera per certi versi molto dura?"

"Potrei risponderti anche io che ce l'avevo nel sangue" ribatté Salvatore ridendo.

"Tuo padre era carabiniere?"

"Sì, e prima di lui anche mio nonno fu un fedele servitore della patria. Sono cresciuto con l'idea che anche io avrei servito il mio paese. Pensa, quando ero piccolo giocavo con i modellini dei mezzi dell'Arma."

"Impressionante. Ma scusa, non ti senti un po' mortificato nello svolgere le stesse mansioni di tuo padre come se fossero ereditarie? Non vorrei offenderti, ma possibile che tu non ti senta diverso da lui? Che tu non abbia passioni e desideri professionali differenti..."

"Ah ah! Pensare di svolgere le stesse mansioni che altri della mia famiglia hanno assolto, è per me un privilegio, non una mancata realizzazione."

"Ma allora com'è possibile che svolgi anche investigazioni private?"

"Attualmente sono sospeso" rispose il militare abbassando lo sguardo e toccandosi il naso con la mano destra.

"Ah, mi dispiace. Posso chiedere come mai?"

"C'è in corso un'indagine interna secondo cui io avrei eliminato elementi di prova a carico di più soggetti sotto processo per associazione mafiosa in cambio di denaro e altre utilità."

"Altre utilità?!"

"Un'auto che mi sarebbe stata regalata e altro... Ma sono sciocchezze! Io sono un uomo onesto e ho sempre rispettato la legge. In attesa che questa verifica interna si sgonfi, mi dedico all'investigazione privata."

"Ed è consentito che durante la sospensione tu svolga..."

"Ascolta Andrew," lo interruppe sbuffando e allargando le braccia, "siamo in Italia. Da noi non siamo così rigidi... Insomma, anche per l'onorario che mi corrisponderai, spero non vorrai la fattura. Io sono un amico che ti sta dando una mano. Capisci cosa intendo?!"

"Ah, ho capito."

Lo sguardo di Andrew si abbassò di colpo e da quel momento l'americano non riuscì più a guardare negli occhi il suo interlocutore.

Salvatore, accortosi della distanza generatasi tra lui e il suo potenziale cliente, cercò di spronarlo e convincerlo a farsi assumere in vari modi, assicurandogli perfino che avrebbe risolto quel caso che da troppi anni lo tormentava, e intervallando battute e sorrisi nel vano tentativo di coinvolgerlo emotivamente.

Dopo circa mezz'ora il militare comprese che ormai aveva perso la fiducia dell'uomo che gli stava di fronte, e quando si congedarono, non resistette a un'ultima e amara battuta:

"Buona fortuna, ne avrai davvero bisogno!"

Sbuffando e scontento per quel primo scadente candidato, Andrew si fece portare un altro caffè.

Riaccese lo schermo del suo tablet e proseguì a leggere gli aggiornamenti sul "caso Terranova".

Fissava di continuo la foto del bambino, anche quando ripeteva a se stesso che non poteva perdere tempo prezioso commuovendosi, ma a stento tratteneva le lacrime.

Gli occhi scuri del piccolo erano del tutto differenti dall'azzurro profondo della sua bambina, eppure Andrew vi scorgeva qualcosa in comune con lei, una sorta di opacità, forse il presagio della loro prematura e dolorosa morte.

Ai tavoli accanto la gente si alzava e lasciava il posto agli altri clienti quasi a intervalli regolari, mentre lui, immobile col suo tablet, ordinò perfino uno snack menù per tre volte pur di rimanere seduto indisturbato e continuare a leggere ogni singola parola di tutti gli articoli che riusciva a scovare sul Web.

Spesso si trattava di testi ripetitivi, addirittura le fonti minori riprendevano, con un vero e proprio copia e incolla, i giornali e le agenzie di stampa più famose, senza neanche citare la provenienza della notizia.

Tornò a fissare la foto di Giovanni, ma questa volta si soffermò sul volto di suo padre, ne scrutò quasi ossessivamente gli occhi e ne osservò attentamente perfino le rughe della fronte, pensando che erano simili alle proprie, e infine s'immedesimò nell'immenso dolore che secondo lui quest'ultimo aveva provato per la perdita del figlio.

Stando attento ad asciugare le sue lacrime prima che solcassero le guance e così diventassero visibili in pubblico, rievocò i ricordi e le emozioni degli ultimi istanti vissuti insieme a Brenda.

Quando per un solo secondo, con gli occhi arrossati e stanchi, smise di concentrarsi sull'immagine, il suo sguardo si posò sull'orario visualizzato in alto a destra e ne rimase sorpreso.

Erano già le sette e mezzo di sera.

Alzò il capo dal tablet, si guardò intorno ed ebbe la spiacevole sensazione che i camerieri, fissandolo astiosamente, lo stessero invitando a uscire da quel locale, in cui si era fermato davvero per troppo tempo.

Saldato il conto, camminò fino a un piazzale dove, scorgendo la scritta largo di Santa Susanna, non poté far a meno di pensare alla moglie, ma ricontrollando se quest'ultima avesse risposto a uno dei suoi mille messaggi, constatò amaramente di non aver ricevuto nulla.

Continuò nella sua passeggiata solitaria fino a raggiungere via Vittorio Emanuele e, incuriosito dall'insegna Lumen Cocktails & Cuisine, decise di entravi.

Un bar di alto livello, arredato con sfarzo. Un ambiente dominato da archi e colonne classiche, adornato da alberi veri, con tavoli in marmo nero e un divano, sul quale Andrew prese subito posto seguendo l'invito del giovane addetto alla sala che proseguì domandandogli, con un tono molto cortese e sempre sorridendo:

"È da solo?"

"No, sto aspettando un signore, ma potrebbe tardare, spero non sia un problema…"

"Ma si figuri! Siete nostri graditi ospiti. Cosa posso portarle?"

"Da bere… Cosa mi consiglia?"
"Se anche lei, come molti dei nostri clienti, è amante dei vini, noi abbiamo una collezione davvero di pregio, infatti come può vedere sulla lista…"
"No, la prego, mi consigli qualcosa lei."
"Provi un bicchiere di rosso di Montepulciano Ruffino. È molto apprezzato per la sua…"
"Va bene, va bene" lo interruppe lui, brandendo tra le mani il suo iPhone.

Non appena il giovane si fu allontanato, Andrew telefonò al professor Del Greco:

"Buonasera Del Greco, sono Andrew."
"Buonasera signor Williams. Mi dica, a cosa devo il piacere?"
"So che aveva altri impegni, ma vede, adesso mi trovo al Lumen Cocktails & Cuisine e sono da solo. Se lei potesse, per favore, raggiungermi, potremmo conoscerci e così valutare una possibile collaborazione."
"Come le ho già detto, non mi è possibile anticipare un appuntamento già organizzato, in ogni caso, credo che potrò essere da lei verso le otto e mezzo. Sempre che le vada bene…"
"Sì, sì, va benissimo. L'aspetto. Se dovesse disimpegnarsi prima, io sono qui."

Sollevando lo sguardo, l'americano si ritrovò di fronte il giovane cameriere che, avendo notato che l'uomo aveva già terminato il bicchiere di vino, con tono perfino eccessivamente garbato e a bassa voce, gli sussurrò:

"Gradisce altro?"
"Sì, un altro bicchiere di quest'ottimo vino. Anzi, no… Facciamo una cosa… Che dolci avete?"
"Abbiamo un vasto assortimento di torte e pasticceria, sia internazionale, sia della tradizione romana, preferisce la…"
"Sa, io sono diabetico, non dovrei mangiarne. Ma sa che le dico? Ho proprio voglia di una bella fetta di torta."

“Capisco signore, vuole provare la nostra torta papalina?”

“Credo di non averla mai assaggiata. Cos’è?”

“Si tratta di una crostata di ricotta e amarene, con…”

“No, no. Detesto l’amarena. Cosa avete al cioccolato?”

“Anche tra i dolci a base di cioccolato abbiamo una vasta scelta. Si tratta di pasticceria fresca, preparata nel nostro laboratorio artigianale. L’hanno già informata che qui noi realizziamo la Sacher migliore d’Italia?”

“La Sacher… Quanto tempo! Sì, grazie, me ne porti una bella fetta.”

“Certamente signore.”

Capitolo 7

Quando la sensazione della glassa al cioccolato che si scioglieva dolcemente in bocca iniziò a inebriarlo, chiuse per qualche istante gli occhi e dimenticò del tutto le preoccupazioni.

Il pan di spagna del dolce era un po' duro e secco, quindi lo accompagnò con un'abbondante cucchiaiata della panna non zuccherata che affiancava la fetta.

Quella sensazione di secchezza, però, non passò neanche sommandone una più cremosa, e allora, voltandosi verso il cameriere, cercò di attirare la sua attenzione.

"Posso aiutarla?"

"Sì… Ma è troppo secca questa torta. Mi sbaglio?!"

"Eh! Sì, signore, non posso non darle ragione. La vera sacher, l'originale, è proprio così, realizzata con un pan di spagna duro, non umido. Sa che infatti a Vienna la servono sempre accompagnata da un tè o un caffè?"

"Ah, capito. Non lo sapevo. Questo vecchio americano ignorante non capisce molto di pasticceria!" esclamò ridacchiando Andrew.

"Oh signore, lei è molto gentile. Sono certo che nel suo lavoro è una persona di talento, ma a ognuno il suo, diceva un filosofo greco. La pasticceria lasciamola realizzare ai maestri del nostro laboratorio artigianale. Io ho visto come lavorano e oltre a essere molto competenti, sono anche appassionati alla loro arte."

"Lei è un uomo molto saggio per la sua età. Come mai lavora come… Insomma, come mai fa il cameriere?"

"In realtà studio filosofia. Per mantenermi devo lavorare, la mia famiglia non potrebbe permettersi..."

"Ah, ho capito! Bravissimo. Complimenti!"

"Posso portarle del tè, quindi?"

"Il problema è che dopo il vino non mi va di bere tè o caffè. Posso chiederle per favore di versarmene un altro bicchiere? Era davvero ottimo! E cortesemente mi porti anche un'altra fetta di Sacher con questa squisita panna non troppo dolce."

"Certamente."

Intanto che terminava la prima abbondante porzione di dolce, di nuovo estasiato da quei sapori di cioccolata e albicocca che si fondevano armoniosamente, gli venne in mente la gioia e la felicità di Brenda quando lui l'accompagnava in una pasticceria. Lei adorava la cioccolata, soprattutto quella al latte.

I bocconi della seconda fetta sembrarono meno dolci, a tratti perfino sgradevoli, inghiottiti masticando poco e accompagnati dal sapore del vino, erano comunque sopraffatti da quei ricordi malinconici che assillavano Andrew senza tregua.

Le immagini che si susseguivano nella sua mente lo trasportarono in un passato che in realtà non era mai scomparso e, tra il viso della sua dolcissima figlia, la sensazione di udirne la voce e l'impressione di esser fissato dagli occhi tristi e spenti del piccolo Giovanni, l'americano non riuscì a trattenere le lacrime. Si asciugò immediatamente il viso con entrambe le mani e notò, con grande imbarazzo, che il personale in sala e alcuni clienti si erano accorti del suo momento di sconforto, ma nessuno aveva osato interferire con la sua inquietudine.

Regolando gradualmente il respiro, cercò di riprendersi e continuò a leggere gli articoli sui giornali on line, fino a quando la voce di un uomo bassino, sui quarant'anni, lo interruppe:

"Buonasera signor Williams. Sono il professor Del Greco."

"Ah, bene!" esclamò Andrew scoprendo leggermente il Rolex che portava al polso sinistro.

"Sono in anticipo. Vede, alla fine in qualche modo l'ho accontentata!"

"Ah ah! Si sieda, la prego, mi faccia compagnia. Gradisce anche lei un dolce?"

"No, grazie, prenderei anch'io qualcosa da bere. Noi in Italia non lasciamo mai che a un tavolo si beva da soli" gli rispose il docente con un sorriso apparentemente falso sul viso.

"In ogni caso, mi fa davvero piacere che sia arrivato un po' prima, così possiamo…"

"Le confesso una cosa," lo interruppe Del Greco con un tono saccente continuando poi con una voce più acuta, "in realtà io odio variare i miei impegni. Gli appuntamenti vanno rispettati a prescindere, è una questione di serietà."

"Sì, va bene, avevo capito che lei non è abituato a cambiare i suoi piani."

"Una buona collaborazione si basa sempre sul rispetto reciproco" proseguì il docente, senza curarsi minimamente del rischio di non fare buona impressione sul suo potenziale cliente.

"Ha ragione, mi scusi. Se collaboreremo sul piano professionale, sono certo che da parte di entrambi ci sarà il massimo rispetto reciproco."

"Perfetto!"

"Posso chiederle alcune cose che non ho ben compreso leggendo il suo curriculum vitae che lo Studio Ambrini mi ha inoltrato?"

"Certo. La ascolto."

"Non ho capito come fa a conciliare la sua carriera universitaria con incarichi privati così impegnativi. Non ha corsi o conferenze a cui deve presenziare?"

"In questo periodo della mia vita, come specificato nella mia breve nota biografica, ho deciso di prendermi un anno sabbatico."

"Ah bene, quindi ha scelto di dedicarsi totalmente alle indagini private. Come mai? Insomma, cosa c'è in questo settore che nel campo accademico della criminologia non ha trovato?"

"Collaborare con i privati è sempre utile. In questi mesi sono stato anche opinionista in programmi televisivi di rilievo nazionale su casi molto noti. Il suo fu un caso che destò grande scalpore, occuparmene mi darà maggiore visibilità e…"

"L'unico obiettivo che mi prefiggo è la risoluzione del caso!" lo interruppe Andrew, infastidito da quell'implicita e ignobile confessione di ricerca di fama.

"Certo, e io sono l'uomo giusto. Se controlla la grande quantità di articoli scientifici che ho scritto su riviste di…"

"Io non cerco qualcuno che organizzi una conferenza sulla morte di mia figlia, né che sia interessato alla visibilità mediatica, anzi, quest'ultima mi dà terribilmente fastidio. A me interessa trovare un bravo detective! Ma mi aiuti a capire una cosa, un uomo come lei, con la sua esperienza accademica, avrà anche il legittimo desiderio di scalare la gerarchia universitaria, vero?! Come mai allora lascia del tutto il mondo universitario per un anno intero? Non teme che questa pausa possa rallentare la sua carriera? Ho letto inoltre nel suo curriculum che lei è un docente associato, se non sbaglio, non è il grado più elevato in Italia? Insomma, è un titolare stabile di cattedra, quindi non capisco perché…"

"Glielo spiego io!" esclamò il docente alzando improvvisamente il tono della voce e poi, continuando con modi più pacati e sorseggiando il suo vino tra una frase e l'altra: "Ho già praticamente vinto il concorso per essere nominato ordinario, ma è stato impugnato presso la giustizia amministrativa da un candidato concorrente, quindi nel frattempo posso dedicarmi a impegni non accademici."

"Ah, capisco. Come mai il suo rivale ha coinvolto i giudici?"

"Invidia" borbottò ridendo rumorosamente Del Greco.

"Sì, ma avrà trovato un motivo ufficiale…"

"È gente squallida che si appiglia a tutto pur di bloccarti la carriera, perché loro non arriveranno mai dove io sono. Hanno fatto leva sulla presenza, come presidente di commissione, di una professoressa con cui ho una relazione sentimentale…"

"E non è vietato che la sua fidanzata abbia presieduto la commissione che l'ha nominata professore ordinario?"

"No! Non siamo conviventi, non siamo parenti, non siamo niente. Mio padre insegna Diritto penale nella stessa facoltà, mia madre è docente ordinario di Economia politica e mia sorella fa la ricercatrice in Diritto del lavoro. Nessuno di loro è intervenuto nel mio concorso, pur lavorando nello stesso ateneo. Comunque, è solo questione di tempo, vedrà che i giudici non invalideranno gli atti della commissione, e anche se lo facessero, per legge non possono nominare loro il vincitore, quindi verrei riesaminato dalla stessa commissione, o da persone che riconoscerebbero in ogni caso la mia altissima professionalità."

"Ah però, tutta la famiglia..."

"Sì, evidentemente siamo geneticamente portati allo studio."

"Ho capito. Tornando a noi, ha esperienze concrete, di indagini sul campo intendo, in casi di omicidio?"

"Ho coadiuvato..."

"No, no. Intendo, indagini sue, dirette da lei."

"No, al momento non..."

"Ascolti professore, non le faccio perdere altro tempo. A me serve un detective che risolva il mio caso, lei francamente, con tutto il rispetto per i suoi studi universitari, non mi sembra affatto la persona giusta."

"Americani maleducati e ignoranti! Non rispettano neanche gli orari di un semplice appuntamento" mormorò Del Greco, adagiò una banconota da cinquanta euro sotto un piattino sul suo lato del tavolo e se ne andò senza neanche guardare in faccia il suo interlocutore.

Andrew sgranò gli occhi verso di lui e rimase immobile e in silenzio per molti secondi.

Lo seguì con lo sguardo uscire dal locale con passo affrettato e senza mai smettere di borbottare frasi la cui distanza non permetteva di comprenderne il significato, ma dal tono palesemente ingiurioso.

Arrossì leggermente in viso ma non si arrabbiò, in fondo, un uomo del genere, di così scarso valore, non meritava neanche la sua collera, ma qualcuno che invece avrebbe dovuto ascoltare cosa provava in quei momenti c'era:

"La disturbo?" domandò al telefono non appena Richard gli rispose.

"Sono a pranzo. Comunque, mi dica."

"Bene, le ruberò poco tempo. Ho incontrato i primi due candidati detective. Il primo un carabiniere figlio di carabiniere sotto inchiesta per essere stato corrotto, l'altro un pagliaccio."

"Il docente universitario?!"

"Sì sì, proprio quello. Uno che vuole diventare ordinario, ma a cui hanno sospeso la nomina per palesi irregolarità nella composizione della commissione che avrebbe dovuto giudicarlo. Una cosa imbarazzante! Un idiota che antepone 'professore' di continuo prima del suo cognome. Ignorante, maleducato e pure incapace. Il ragazzino che fa il cameriere qui e che studia filosofia, è molto più intelligente e colto di lui. Ma dove lo avete trovato?"

"Andrew, abbia pazienza, stiamo parlando dell'Italia. Lei ormai dovrebbe conoscerla. È il paese più clientelare di tutto il mondo occidentale. Tempo fa un collega che adesso insegna all'università di Berkley mi raccontò che molti italiani vengono da noi come *research visiting* o *visiting student,* non solo senza parlare inglese, ma dimostrando un'ignoranza e un'incapacità impressionanti. Alcuni, peraltro, con borse di studio pagate da istituzioni pubbliche italiane. Chissà come le assegnano. E poi vantano perfino nei loro curricula il periodo passato in America etichettandolo come esperienza formativa di altissimo livello, quando invece la loro visita è stata solo una gran perdita di tempo e soldi."

"Vabbè ho capito cosa intende e conoscevo già questo aspetto malato dell'Italia, ma mi fa impressione vedere che in tanti anni non è cambiato nulla."

"A me fa impressione che ancora si stupisca."

"In ogni caso, l'ho chiamata affinché lei chieda allo Studio Ambrini di essere molto più selettivo nella ricerca dei candidati, di escludere le persone che svolgono lavori nella Pubblica Amministrazione, di qualunque tipo, e di non mandarmi gente che lavora in ambienti clientelari. Io ho bisogno di uno bravo!"

"Eh, lo so, ma non sarà facile."

"Guardi, mi programmi almeno altri cinque o sei appuntamenti oltre a quello di domani. Se andiamo avanti così, trovarne uno in gamba sarà un'impresa impossibile."

"Sono d'accordo con lei. Aumentare il numero è l'unico modo per avere qualche chance di successo, perché sulla qualità è davvero difficile porre un filtro iniziale. Appena finisco, chiamo i nostri corrispondenti italiani."

"Me ne sono accorto purtroppo. Adesso la lascio pranzare in pace."

Andrew si alzò per dirigersi all'uscita, non prima però di aver pagato integralmente il conto e regalato i cinquanta euro lasciati sul tavolino al giovane cameriere come mancia.

Mentre camminava lentamente lungo via Vittorio Veneto, era tentato di rileggere il terzo curriculum dell'uomo che avrebbe incontrato l'indomani mattina, ma ogni volta che cliccava sull'e-mail, si deprimeva talmente tanto al solo pensiero di esaminare nuovamente la vita di una persona immersa nel clientelismo e nella disonestà, che alla fine rinunciò.

"Sam Onesti," borbottò a bassa voce prima di varcare l'entrata del suo hotel.

Almeno dal nome promette bene, pensò nella sua stanza fissando il soffitto bianco e cercando, almeno per quella notte, di rilassarsi.

Capitolo 8

– Buongiorno Andrew, mi conferma il nostro appuntamento per le dieci e mezzo all'Harry's Bar?

– Sì, le confermo il nostro incontro – rispose lui, leggendo quel messaggio WhatsApp scritto da Sam, quasi sdegnato, sicuro che anche quel colloquio sarebbe stato un totale fallimento.

Mentre si radeva la barba in bagno, subito dopo aver assunto le sue medicine, continuava a scuotere la testa davanti allo specchio e a bisbigliare:

"Ma cosa sto facendo… Sto sbagliando di nuovo tutto …"

Non aver trovato, neanche quella mattina, una risposta ai tanti messaggi inviati, né da parte di sua moglie, né di Jacob e Hubert, lo angosciò profondamente.

Ogni gesto pareva essere più pesante, lento e fiacco del solito.

Puliva la lama piena di schiuma e del residuo dei peli, come se temesse di terminare di radersi troppo in fretta e di ritrovarsi davanti all'ennesima delusione di quel viaggio a cui aveva affidato le sue ultime speranze.

Si risciacquò il viso con acqua fredda, lo asciugò quasi bruscamente, tentando di svegliarsi da quel torpore che invece pareva volerlo trattenere in camera e, alla fine, vestitosi in fretta, uscì dall'hotel.

Intanto che camminava su via Vittorio Veneto era tentato di leggere approfonditamente il curriculum di Sam, tanto avrebbe comunque dovuto incontrarlo a breve e aver paura di conoscerne il passato prima di vederlo, temere di essere nuovamente deluso, non lo avrebbe di certo protetto.

Lo visualizzò aprendo l'allegato dell'e-mail dello Studio legale Ambrini, non prima di aver letto, nell'ultima comunicazione ricevuta, che gli avvocati italiani gli avevano già organizzato altri tre incontri.

La notizia di una platea di candidati che si allargava lo tranquillizzò un po'. Avrebbe probabilmente faticato, ma era tuttavia convinto che alla fine avrebbe trovato un bravo detective.

Nasce a Roma nel 1992, ha conseguito la laurea in Scienze criminologiche cum laude nel 2016 e ha contribuito, da investigatore privato, alla risoluzione del caso di San Martino Spino.

"Troppo giovane" brontolò Andrew intanto che si accomodava al bar a cui ormai era giunto.

Essendo in anticipo, incuriosito dalle poche righe che aveva letto e sorpreso per la semplicità del curriculum di Sam Onesti, una sola pagina di word, peraltro priva di foto, contro le quasi venti del docente universitario, l'uomo cercò su Google San Martino Spino e poi cliccò sulla sezione 'notizie'.

Già dai primi articoli dei risultati di ricerca, alcuni perfino recenti, nonostante il caso risalisse al 2017, si comprendeva chiaramente la dinamica dell'omicidio: una madre aveva trovato il proprio bambino ricoperto di sangue con profonde ferite all'addome rientrando in casa dopo aver accompagnato il figlio più grande alla festa di compleanno di un amico vicino di casa. Inizialmente i sospetti si erano concentrati sulla donna, unica indagata e con problemi fino a quel momento giudicati lievi di tipo psichiatrico, ma le indagini dimostrarono invece l'innocenza di quest'ultima e la colpevolezza di un uomo amante del padre.

Prima che Andrew potesse approfondire la vicenda e scoprire come il signor Onesti avesse contribuito, se in modo determinante o meno, alla risoluzione del caso, fu interrotto da una voce femminile, ma ferma:

"Buongiorno Andrew! Piacere, sono il detective Onesti."

"Ehm… Scusi… Non ho capito…" accennò l'uomo scuotendo la testa e fissandola stranito.

"Lei è Andrew Williams, giusto? Non posso sbagliarmi, ho visto la sua foto. Sono Samantha Onesti, abbiamo un colloquio oggi e sono…"

"No, no… Non credevo che…"

"Sono arrivata troppo presto?!" disse sorridendo ironicamente la donna e sedendosi al tavolo.

"Sì… No… È in perfetto orario, ma non credevo che lei…"

"Che io fossi una donna?" lo incalzò Sam.

"Mi ascolti bene…" disse l'uomo scandendo lentamente ogni parola e continuando a scuotere la testa.

"Sono qui Andrew, mi dica!"

"Prendo volentieri un caffè con lei, ma non ho tempo da perdere. Questo è un caso molto serio, mi ha già distrutto la vita. Io ho bisogno di un uomo che sia abituato a occuparsi di omicidi e ad affrontare situazioni difficili…"

"Di un uomo?! Ma cosa cerca, un pene o un detective?! Allora, le dico subito che io invece sono allergica alle salsicce, anzi, come dice sempre una mia amica, da quel punto di vista sono vegetariana" ribatté ridendo rumorosamente la donna.

"Non ho capito…"

"Non si preoccupi. Le battute sono sempre difficili da comprendere per chi non è madrelingua, nonostante il suo italiano sia davvero buono."

"Grazie, ma comunque io non penso che lei possa…"

"Siamo qui per conoscerci! Non si ponga inutili limiti."

"In che senso?"

"Vediamo… Questa è la dodicesima volta che lei viene in Italia dopo il 1999, quando morì Brenda. È solo anche stavolta, vero? Scommetto che sua moglie non l'ha presa bene…"

"Ma come fa a sapere che…"

“Non mi interrompa!” esclamò Sam con decisione, anteponendo il palmo aperto della mano sinistra davanti al suo interlocutore e continuando, con un tono più pacato. “Le prime due vittime sono state Leonardo D’Angelo, ucciso a coltellate nel ’94, e il piccolo Youssef Sana, di origini tunisine, trovato senza vita tre anni dopo nel Parco Nazionale del Circeo. Per entrambi, non è mai stato trovato l’assassino. Secondo l’inchiesta di allora, peraltro, i due omicidi non sarebbero collegati, dato che presentavano impronte digitali e tracce di DNA differenti. Nel 1999 muore la piccola Brenda e questa volta la giustizia italiana scova il responsabile, il reverendo Antonio Battistin, colpevole, tra l’altro, anche di possesso di materiale pedopornografico. Peccato però che Brenda non presentasse segni di violenza sessuale e che il prete non abbia mai confessato. In realtà, non ha mai neanche parlato. Dal giorno dell’arresto si è chiuso in un silenzio assoluto rifiutando anche di essere difeso. Lei provò ad avere un colloquio con lui più volte, senza successo ovviamente. Adesso la PM che indaga, molto nota per altri casi di cronaca affrontati con grande professionalità, è convinta che anche Matteo Morelli, trovato morto in fondo a un pozzo nel ‘98 e il cui caso fu archiviato in fretta e classificato come incidente, sia stata vittima dello stesso disegno criminoso. Infine, ecco il motivo per cui lei si è precipitato qui, Giovanni Terranova. Questa volta la scienza è in grado di analizzare e supportare le indagini in modi e con metodi che vent’anni fa erano inimmaginabili e forse proprio quest’ultimo efferato omicidio permetterà di trovare il vero colpevole della morte di Brenda.”

“L-lei pensa che siano collegati?” disse con un filo di voce tremante Andrew che adesso pendeva dalle labbra della giovane e la fissava con un rispetto e un’attenzione che, pochi minuti prima, non avrebbe mai neanche immaginato di provare verso una donna.

“Sì. Ho studiato a fondo il suo caso. Già prima di conoscerla, mi aveva attratto. In molti considerano Battistin innocente e ritengono che il vero assassino sia ancora libero. Certo, un serial killer che operi in un arco temporale così esteso è davvero raro. Ma raro non vuol dire impossibile.”

"L-lei… Io… Penso che…"

"Diamoci del tu Andrew! Io non amo molto le formalità, mi piace andare al sodo, alla sostanza delle cose."

"Mi s-scusi… T-ti chiedo scusa per averti…"

"Fa nulla! Neanche immagini quante volte mi è successo."

"Sei ancora disponibile ad accettare l'incarico?"

"Certamente Andrew, possiamo collaborare, se entrambi riteniamo profittevole la nostra cooperazione" gli rispose subito lei porgendogli la mano sinistra e sorridendogli dolcemente.

"Per il pagamento io inizierei..."

"Io non lo faccio per i soldi! Come hai immediatamente notato, sono molto giovane. Per me la risoluzione di questo caso è una grande scommessa professionale. Mi darebbe una visibilità eccezionale e non sarei più sottoposta a certi pregiudizi…"

"Capisco."

"Sai cos'è il patto di quota lite?"

"No."

"I romani lo chiamavano *pactum de quota litis,* in sostanza si tratta di un accordo con il quale si stabilisce che il compenso per la prestazione professionale svolta è determinato in percentuale rispetto al risultato ottenuto."

"Ah, adesso ho capito. C'è anche da noi, lo fanno gli avvocati. Ma è legale?"

"Formalmente ci sarebbero delle difficoltà, ma tu sei un uomo di parola, vero? Inoltre, possiamo siglare un accordo davanti a un notaio. Io non voglio soldi da te prima della risoluzione del caso. Se lo risolveremo, trovando finalmente il vero assassino di tua figlia, mi corrisponderai questa cifra" gli sussurrò Sam voltando il display del suo smartphone verso lui.

"Si tratta di un compenso molto elevato" replicò a bassa voce mentre fissava il monitor con occhi sgranati.

"Solo se avremo successo. In caso contrario non voglio neanche un centesimo! Resta inteso, ovviamente, che qualsiasi spesa io debba sostenere per le indagini, sarà a tuo carico."

"Sì, certo, ma il compenso finale è comunque troppo alto."

"Ci vuoi pensare?"

"No" esclamò lui alzando la voce e sospirando profondamente. "Va bene, accetto."

"Bene, possiamo andare a San Felice Circeo anche domani stesso…"

"No, stasera."

"Vuoi partire stasera?!"

"Sì, non voglio perdere altro tempo! Per te è un problema?"

"No, va benissimo. Mi organizzerò in poco tempo. Possiamo usare la mia auto."

"Perfetto, ma toglimi una curiosità, come hai fatto a sapere quante volte sono venuto in Italia?"

"Ah ah! Sono una brava detective io. E poi, oggi con Internet è tutto più facile. La tua generazione ha meno confidenza con questi strumenti, ma nelle indagini dei giorni nostri si rivelano degli alleati davvero preziosi. Non hai idea di quanto si possa scoprire grazie al Web."

"Sì, hai ragione. Che altre informazioni hai scoperto sul mio conto?"

"Hai origini italiane e irlandesi. Hai sposato una donna ebrea la cui famiglia è proprietaria di un'azienda leader nel settore della distribuzione di gioielli e orologi, e sotto la tua guida è ulteriormente cresciuta. Ti sei convertito all'ebraismo prima di sposarti e hai due figli, inoltre da poco tempo sei anche diventato nonno. Nonostante la tua conversione al giudaismo, continui a essere molto legato alle tue radici cattoliche, e a volte vai pure a messa."

"Incredibile! Tutto questo grazie a Internet?!"

"Anche."

"E io che mi limito a leggere gli articoli dei giornali on line."

"Adesso è meglio che ci congediamo. Devo prepararmi per la partenza, e anche tu devi lasciare l'hotel e organizzarti."

Uscirono fuori insieme e si salutarono non appena furono giunti all'uscita del bar, dandosi appuntamento alle diciassette davanti all'Hotel Ambasciatori.

Intanto che da solo Andrew ritornava al suo alloggio, questa volta meno impensierito e perfino contento di aver conosciuto una donna di grande intelligenza e che avrebbe davvero potuto aiutarlo, inviò un messaggio WhatsApp a Richard, conscio che lo avrebbe letto appena si fosse svegliato e che, dato l'orario, non avrebbe potuto chiamarlo:

– Comunica allo Studio Ambrini di disdire e sospendere tutti gli altri appuntamenti. Sam Onesti è la persona giusta!

Sorrideva mentre saliva le sontuose e luminosissime scale del suo hotel e per la prima volta dopo tanto tempo pensava che avrebbe realmente trovato il vero assassino di sua figlia. Forse così avrebbe potuto alleviare, almeno in parte, il dolore che lo tormentava da ormai troppo tempo.

Sistemando il suo piccolo bagaglio, continuava a visualizzare nella sua mente l'immagine dolce ma determinata dello sguardo di Sam.

Gli occhi cerulei molto somiglianti a quelli di suo figlio Jacob, i capelli corti e biondi come il suo secondogenito Hubert, e infine quel tono di voce fermo e risoluto, per certi versi simile alla moglie Susan, gli ispiravano allo stesso tempo tenerezza e sicurezza.

Socchiuse gli occhi per qualche istante dimenticando le sue mille preoccupazioni e, alleggerito dai suoi tormenti interiori, si accasciò pesantemente sul letto e si abbandonò a una serenità a cui ormai non era più abituato.

Capitolo 9

Quando incrociò di nuovo lo sguardo fiero e forte della sua detective, che dall'auto di fronte all'hotel lo fissava in attesa che prendesse posto, Andrew ricominciò a sorridere.

"Sei contento?!" gli domandò Sam una volta che si fu seduto accanto a lei.

"Tu mi hai proprio stupito, sai?!"

"Ah ah! Non te lo aspettavi da una donna!"

"A dire il vero... no! Io non ho pregiudizi di nessun tipo. Anche mio figlio Hubert è omosessuale, si è sposato davanti a un rabbino l'anno scorso e noi gli siamo stati accanto davvero con grande felicità. Anzi, credo perfino che appartenere a minoranze a volte, per motivi legati al nostro istinto di sopravvivenza, vi renda, o almeno renda alcuni di voi, più intelligenti e anche capaci di comprendere tendenze future ed eventi che altri non riuscirebbero mai a intuire. Una sorta di risorsa evolutiva che secondo me è radicata solamente in chi si sente più debole, perché cosciente di essere minoritario."

"Andrew, credo che la fluidità con cui parli l'italiano non smetterà mai d'impressionarmi! Inoltre sei un uomo davvero colto, ma non sono d'accordo con te. O meglio, forse far parte di una minoranza in effetti potrebbe estremizzare sia le qualità positive, sia quelle negative, ma non credo che la mia passione e le mie capacità investigative dipendano da questo."

“Ma che strada stai prendendo?” disse Andrew indicando con sorpresa dal finestrino i numerosissimi alberi che costeggiavano la carreggiata.

“È la Riserva Naturale di Decima Malafede.”

“Ma non ho mai fatto questa strada…”

“Fidati, così in un’ora e mezzo arriveremo.”

“Non mi piacciono questo tipo di stradine, sono troppo piccole.”

“Secondo la mitologia, qui il dio Fauno sarebbe apparso al Re Latino per annunciargli l’arrivo di Enea, progenitore della famiglia Giulia, da cui discendono i Cesari e i primi imperatori romani.”

“Capisco. Mi inquieta comunque, sembra la stradina di una campagna isolata.”

“Ah ah! Davvero non hai mai visitato il parco? È meraviglioso…”

“Ho smesso di visitare questo paese molti anni fa” rispose lui a bassa voce e con un tono più serio.

“Scusami, hai ragione. Prima di prepararmi ho contattato il signor Franco Bertelli per un incontro. Stasera stessa faremo due chiacchiere con lui.”

“Il sacrestano?!” esclamò Andrew sgranando gli occhi e voltandosi di colpo verso di lei.

“Esattamente.”

“Con me è sempre stato restio a parlare, e anche gli altri detective non sono mai riusciti a…”

“Io sono brava a convincere la gente.”

“Ma quanti anni ha adesso? Era già grande quando trovò mia figlia.”

“Ne ha settantacinque infatti. Credo che abbia accettato perché con l’età e l’ultimo delitto di cui parlano tutti i TG, senta l’esigenza di dare il suo contributo.”

“Perfetto. Posso assistere anch’io?”

“Sì, ma devi stare zitto. Sarò io a fare le domande, tu sei troppo coinvolto emotivamente. Se vuoi essere presente, non devi fiatare, capito?!”

“Va bene, capo.”

Lo squillo a intermittenza del cellulare di Sam interruppe il loro dialogo.

"Pronto?" rispose la donna usando i comandi vocali tramite il Bluetooth dell'auto.

"Ciao Sam, sono io" ribatté subito una voce maschile, all'apparenza molto giovane, con un tono però acuto e nervoso.

"Ah bene. Lui è Lorenzo, il mio collaboratore. È un mago col computer, riesce perfino a trovare..." disse la detective nel tentativo di presentarlo a Andrew.

"Quindi ancora non lo sapete" borbottò lui a bassa voce, ma scandendo bene ogni parola.

"Cos'è successo?" domandò immediatamente la donna.

"Hanno trovato un altro corpo."

"Mio Dio!" esclamò Andrew dopo qualche secondo di totale silenzio.

"Dimmi tutto, cosa sai!" ordinò la detective con un tono fermo e quasi autoritario.

"La notizia è appena stata battuta dall'ANSA. Un uomo, insospettito dall'insolita insistenza con cui il suo cane abbaiava e continuava a scavare nei pressi di Torre Fico, ha trovato i resti di un bambino maschio, presumibilmente dell'età di cinque anni, in decomposizione."

"Chi è?!" lo incalzò Samantha.

"Ancora non si sa."

"Ma come è possibile che un bambino scompaia e nessuno ne denunci la scomparsa?! Non ha senso" aggiunse Andrew alzando leggermente la voce, ma con un tono da cui ancora traspariva il suo shock.

"Si tratta probabilmente di un immigrato..."

"Che vuoi dire? Lo riferisce l'ANSA?" gli domandò Sam.

"No, no... Fonti secondarie sostengono si tratti di un bambino nordafricano giunto in Italia illegalmente e di cui nessuno ha mai denunciato la scomparsa."

"Assurdo!" borbottò Andrew.

"Hai altre informazioni utili?" chiese lei.

"No, sto cercando di approfondire sui social leggendo i commenti di chi vive in zona. Insomma, devo prima verificare un minimo…"

"Ho capito! Aggiorniamoci appena sai dell'altro. Noi tra meno di mezz'ora arriveremo a San Felice. Abbiamo appuntamento con l'ex sacrestano, ma a questo punto anche dare un'occhiata al luogo del ritrovamento e capire se qualcuno possa fornirci qualche informazione preziosa non sarebbe affatto male."

"Allora affrettatevi. Dalle prime immagini del luogo che mi stanno arrivando, pare che ci siano già tantissimi giornalisti. Molti erano da tempo a San Felice per seguire gli sviluppi dell'inchiesta, ma adesso, col signor Williams che si sta recando di nuovo dove ha perso la figlia e i due nuovi delitti, anche i media internazionali invaderanno la zona."

"Ma che ne sanno che io mi sto recando di nuovo a San Felice!" disse Andrew con un tono incredulo e infastidito allo stesso tempo.

"Andrew, c'è un'intervista di un docente universitario sul canale YouTube di una delle influencer più famose d'Italia, in cui quest'uomo sostiene di aver rifiutato il tuo ingaggio perché ritiene improbabile che l'omicidio di Brenda sia collegato al caso Terranova e di provare compassione per un uomo disperato come te, pronto ad attraversare mezzo mondo in fretta e furia e ad aggrapparsi ad assurde teorie pur di placare i propri sensi di colpa."

"*He's a fucking bastard*!" scandì chiaramente ma a bassa voce l'americano.

"Non gli dare importanza. Molti lo conoscono da noi. È solo un provocatore in cerca di visibilità. Ma davvero era uno dei candidati detective che ti hanno proposto?"

"Io lo querelo… Lui non può…"

"Eh, mi dispiace, è uno stronzo, ma conosce bene la legge. Si mantiene sempre al limite di sanzioni legali."

"Che schifoso parassita! Quello non ha mai lavorato in vita sua. L'ho capito subito appena l'ho…"

"Non avrebbero dovuto proportelo. È un personaggio noto da noi, lo chiamano lo Sciacallo. Francamente mi sembra davvero strano che abbiano pensato di farlo collaborare a un caso così serio.”

“Ragazzi, io stacco. Appena ho *news* vi chiamo” disse Lorenzo interrompendo i due.

“Manderò un’e-mail di lamentele allo Studio Ambrini. Non li pago per essere preso in giro.”

“Ti do un consiglio, ignoralo. Noi abbiamo cose più importanti di cui occuparci. Ho già prenotato due stanze all’Hotel Mastrogiacomo. Si tratta di una struttura non di lusso, a due passi dalla Chiesa dell’Immacolata. Il gestore mi ha assicurato la massima discrezione. Subito dopo aver posato i bagagli, andremo a piedi in via Marco Emilio Lepido, dove vive Franco. Mi raccomando, come ti ho già detto, se vuoi essere presente al colloquio, non devi farti prendere dall’emotività e devi lasciarmi condurre le indagini rimanendo uno spettatore passivo. Poi, andremo a Torre Fico per capire se ci sono elementi o testimoni che potrebbero esserci utili. Nel frattempo Lorenzo ci informerà su ogni nuovo dettaglio reso noto tramite i media, ufficiali e non. Tutto chiaro?!”

“Va bene, ma se sto zitto mentre parli con i testimoni, come faccio ad aiutarti?”

“Aiutami a capire quello che non so.”

“Cosa intendi?”

“Raccontami cosa successe quando vi accorgeste che Brenda era scomparsa. Non la versione ufficiale, quella la conosco a memoria. Dimmi quello che non so!”

“Proverò,” disse l’uomo con un filo di voce tremante.

“Lo so che è doloroso e che l’avrai rivissuto nella tua mente migliaia di volte, ma ho davvero bisogno di conoscere ogni dettaglio.”

“La scelta di recarci a San Felice Circeo dopo tre notti a Roma non fu ovviamente un caso, come avrai sicuramente letto sui giornali. Un mio cugino americano, grande appassionato di genealogia, ci aveva messi in contatto con un nostro parente che viveva a Borgo Montenero. Si trattava di un cugino di mio nonno e si era detto molto contento di incontrarci. Peccato però che quando arrivammo, forse a causa dell’Alzheimer che ormai lo aveva sopraffatto, non riusciva neanche a ricordarsi del nostro appuntamento. Mia moglie insistette perché tornassimo subito a Roma, città di cui si era innamorata, ma io, invece, che adoro le spiagge, le chiesi di passare qualche notte in uno dei tanti hotel di San Felice che si affacciano sul mare. Non appena arrivammo sul posto, mi diede ragione, si trattava infatti di un luogo incantevole, e non solo per l'albergo che avevamo scelto, lussuoso ma semplice e accogliente allo stesso tempo, ma soprattutto per l'atmosfera che si respirava. Neanche in Florida mi ero mai sentito così in estasi. Il profumo del mare si fondeva con l'odore di antico di cui ogni edificio era intriso. Nel pomeriggio andammo a fare una passeggiata tutti insieme, poi cenammo al ristorante dell'hotel e infine ci ritirammo nelle nostre camere. Avevamo a nostra disposizione un vero e proprio appartamento, con una camera matrimoniale molto grande per me e Susy, una cameretta per Jacob e Hubert, e infine una stanza tutta per Brenda. Quando, durante il nostro secondo giorno a San Felice, svegliai di notte mia moglie confidandole che non riuscivo a dormire, lei prima mi consigliò di bere una tisana e poi, purtroppo, mi assecondò nella mia malsana idea di una passeggiata notturna noi due da soli in riva al mare. Erano le due di notte, i nostri figli dormivano profondamente, prima di uscire ovviamente li controllammo, e poi l'hotel era davvero a pochi passi dal mare, mai avremmo pensato che…" s'interruppe singhiozzando e piangendo come un bambino.

"Andrew, queste sono cose che conosco già. Quando siete rientrati e non l'avete più trovata, non hai notato nulla di anomalo? C'è qualcosa che non hai mai detto ai carabinieri? Devi rivelarmi tutto, anche dettagli che magari ti sembrano privi d'importanza."

"Ho r-rievocato quei momenti ta-ta-tantissime volte," le rispose continuando a singhiozzare e balbettando leggermente, "m-ma non ho m-mai capito cosa f-fosse realmente successo. Io personalmente interrogai il personale dell'hotel, ispezionai anche i filmati delle telecamere di sorveglianza, ma Brenda sembrava svanita nel nulla. Tutto per colpa mia…"

"Quindi la versione ufficiale secondo cui l'hanno presa dalla finestra lasciata leggermente aperta per far entrare aria, era veritiera?"

"Sì, fu mia moglie a lasciare quella fessura, mai avremmo pensato che…"

"Ma quando siete tornati e non avete trovato la bambina, che successe?"

"Ma cosa vuoi che sia successo?!" urlò l'americano interrompendola violentemente.

Dopo un lungo e nervoso respiro continuò con un tono meno aggressivo.

"Non appena Susan si rese conto che non era più nella sua stanza, prima la cercò in bagno e in ogni angolo delle nostre camere, poi uscì di colpo in corridoio e corse fino in reception a chiedere dove fosse la sua bambina, infine la cercò per strada, urlando a squarciagola il suo nome."

"Non hai visto nessuno? Non hai dato qualche indicazione utile agli inquirenti?"

"I miei figli si svegliarono sentendo la loro madre urlare da fuori 'L'hanno presa! L'hanno presa!', e io impotente e colpevole li fissavo senza riuscire a calmare il terrore che scorgevo nei loro piccoli occhi."

"Possibile che non abbiate notato nulla di strano? Che anche gli inquirenti brancolassero nel buio fino a quando quattro giorni dopo non fu trovata morta in una chiesa poco distante?!"

"Nulla. Non c'era nessun motivo perché dovessero prendere lei. Non conoscevamo nessuno lì, non poteva essere una vendetta, un'estorsione, o chissà cos'altro. Ipotizzarono perfino che il rapimento fosse finalizzato a riti satanici di una setta, ma erano tutte balle. È stata solo colpa mia, se non avessi chiesto a mia moglie di uscire quella notte, la mia vita non sarebbe andata in frantumi."

"Non lo è! Hai una bellissima famiglia e non temere, non li perderai. Troveremo la verità insieme."

"Adesso è diverso. Non è solo per la mia Brenda, ma anche per chi è ancora in pericolo con un mostro del genere libero di agire."

Sam spostò lentamente l'auto in retromarcia e, infine, la sistemò nel piccolo parcheggio che il modesto Hotel Mastrogiacomo metteva a disposizione dei clienti.

Dopo essere scesa dall'auto, aver preso il proprio bagaglio e aver chiesto più volte ad Andrew di seguirla, vedendo che l'uomo, ancora immobile a fissare il vuoto all'interno della vettura, non accennava a scendere, né a nessun tipo di reazione fisica, aprì lo sportello lato passeggero e accarezzandogli con forza la spalla destra, gli sussurrò all'orecchio:

"Sbrigati. Abbiamo molto da fare e ho bisogno di te!"

Capitolo 10

Le inferriate blu elettrico apparivano in evidente contrasto con il bianco avorio della facciata dell'hotel.

Già dopo pochi passi, perfino prima di entrarvi, Andrew aveva intuito la modestia dell'alloggio che lo avrebbe ospitato.

Una semplicità a cui un uomo come lui non era di certo abituato, tanto che, mentre Sam esibiva i documenti in reception e ribadiva alla giovane donna dietro al bancone la massima discrezione, già garantita dal gestore, lui continuava a girarsi attorno e a fissare quasi inorridito quei mobili ai suoi occhi troppo poveri ed esteticamente sgradevoli.

Il corridoio era stretto e le scale anguste e intanto che l'uomo saliva lentamente, seguendo la sua detective in silenzio, non riusciva a trattenersi dal disprezzare le spartane decorazioni floreali e i quadri naïfs appesi ovunque, spesso in tema floreale e banalmente dominati anch'essi da una tinta blu vivace, tanto intensa da infastidirlo.

"Abbiamo pochi minuti, sistemiamoci e andiamo dal sacrestano. Secondo me Franco sarà già lì ad aspettarci" gli disse a bassa voce Sam, interrompendo il suo disgusto per la miseria che lo circondava.

"Sì certo" le rispose lui, afferrando dalle mani della donna la chiave numero sessantuno ed entrando nella sua stanza, subito dopo che lei fu entrata nella sessanta.

La vista di quel lettone con una scadente trapunta bianca, un asciugamano poggiato sopra e adornato da un fiore rosso in cima e qualche petalo sparso sul letto, lo nauseò ancora di più.

In effetti, se la discrezione ed evitare la stampa erano gli obiettivi di Sam, probabilmente aveva scelto bene, nessun giornalista americano o di una testata italiana, ma di un certo livello, avrebbe mai pernottato in un posto del genere. Neanche lui in realtà ci avrebbe dormito in altre circostanze. Durante i suoi numerosi viaggi passati, non aveva mai alloggiato in un hotel che non fosse almeno un quattro stelle e trovava ripugnante il solo pensiero di distendersi su quel letto, o di farsi una doccia nel piccolo bagno adiacente.

"Chi è?!" domandò quasi spaventato quando sentì bussare con forza alla sua porta e smise così di colpo di disprezzare quell'ambiente.

"Dai, sbrigati!" esclamò da fuori Samantha.

"Sì, scusami" ribatté lui abbassando il tono della sua voce e aprendo la porta.

"Forza, andiamo!"

Andrew continuò a seguirla in silenzio.

Lei era così determinata, forte e sicura di sé. Tutte qualità che lui non si sarebbe aspettato da una donna. Susan era stata per lui una compagna amorevole, sicuramente una signora di grandissima intelligenza e cultura, ma in fondo gli era stata semplicemente a fianco, ne aveva influenzato spesso le decisioni, anche in modo determinante, ma non ne aveva mai prese.

Adesso, invece, si ritrovava a seguire come un cagnolino una giovane ragazza, sperando che fosse capace di risolvere il più grande e doloroso problema della sua esistenza.

In pochi secondi uscirono dall'hotel e, nonostante camminassero velocemente, Andrew non poté fare a meno di soffermarsi con lo sguardo sugli edifici che lo circondavano, sempre così uguali, anche nel loro degrado e nella trascuratezza, tanto da sembragli privi di qualunque restauro o intervento rispetto alla prima volta che li aveva intravisti.

Ai suoi occhi San Felice Circeo era solamente il luogo della sua più grande sciagura, eppure non negava che la costa e le spiagge fossero incantevoli e fondessero la bellezza del mare italiano all'affascinante storia romana. La parte più interna della città, invece, continuava a sembrargli tanto degradata e trascurata, da stupirsi di come fosse possibile che molti degli edifici storici fossero stati lasciati nell'incuria così a lungo.

Andrew le conosceva fin troppo bene quelle case, proprio lungo le piccole vie interne alla città, aveva cercato disperatamente la figlia e si era aggrappato alla vana speranza di rivederla sbucare fuori da uno dei tanti vicoli, sorridente e in cerca del suo caloroso abbraccio.

Aveva perlustrato ossessivamente e per giorni interi ogni angolo di quelle strade così anonime e desolate e quando, stremato dalla fatica aveva compreso il suo centesimo e amaro fallimento, il suo pianto fu inconsolabile.

Ritrovarsi a camminare per l'ennesima volta tra quelle vie, per recarsi proprio di fronte alla chiesa dove la sua bambina aveva esalato l'ultimo respiro, lo angosciava enormemente.

Cercò di accelerare la sua andatura per star dietro a Samantha, tuttavia man mano che andavano avanti i suoi passi parevano più pesanti e faticosi del solito, il suo respiro più affannoso e la fatica fisica, forse appesantita dai tanti ricordi dolorosissimi che si affollavano nella sua mente, lo stava per immobilizzare.

"Ormai ci siamo, un ultimo sforzo!" esclamò all'improvviso Samantha, senza mai fermarsi, né voltarsi indietro.

Adesso anche lui intravedeva il ristorante a due passi dalla Chiesa dell'Immacolata.

Pure quel locale pareva essere sopravvissuto indenne da cambiamenti durante tutti quegli anni, a differenza degli edifici interni alla cittadina, però, era più curato. Le sedie e i tavoli, dello stesso stile che Andrew ricordava, sembravano nuovi, lo stesso valeva per i cartelli, che pur mantenendo una grafica quasi identica nel tempo, apparivano puliti e lucidissimi.

Intanto che l'uomo veniva travolto da una valanga di ricordi e spiacevoli reminiscenze, per un istante, prima di entrare nella parte esterna del ristorante coperta da una struttura mobile, Sam si voltò verso di lui e gli fece il segno del silenzio. Solamente in quel momento Andrew intravide il vecchio sacrestano seduto a un tavolo a pochi passi da loro e, impallidendo alla vista di quell'uomo così invecchiato ma con lo stesso sguardo freddo che lui ricordava perfettamente, si sedette subito dopo la sua detective senza neanche fiatare.

Osservava in silenzio la donna nello sforzo d'instaurare un rapporto amichevole con l'anziano.

Sam ammiccava sorrisi e cercava di scherzare con lui, ma questi impassibile a qualunque tentativo di accorciare le distanze, gli diede la mano senza accennare nemmeno un sorriso e poi, fissando Andrew negli occhi come mai aveva fatto in passato, gli strinse le mani con entrambe le sue.

"Mi sento in colpa. Avrei dovuto consolarti. Avrei potuto aiutarti di più" disse Franco con una voce rauca e tremante, sempre rivolto verso l'americano e ignorando le domande della detective.

"Può farlo adesso!" esclamò Samantha afferrando la mano del vecchio e pretendendo la sua attenzione.

"Ora sono solo un vecchio inutile. Nessuno si curerebbe delle mie parole, ma posso proferirle liberamente perché non ho più paura di ritorsioni. Non ho figli, mia moglie è morta, ormai non temo più la vendetta di nessuno" sussurrò a bassa voce il sacrestano per la prima volta fissando Sam negli occhi.

"Perché non hai mai voluto parlarmi prima d'ora?" domandò con un filo di voce Andrew visibilmente arrossato in viso.

"Ti prego Andrew, lascia che finalmente si liberi dei suoi segreti" affermò Sam fulminando il suo assistito con uno sguardo che lo invitava nuovamente a un silenzio assoluto.

"Erano tanti in effetti i miei segreti. Non ho mai mentito, ma ho taciuto. Noi avevamo avuto modo di parlare prima di quel maledetto giorno, alla santa messa a cui tu assistetti non appena giunto a San Felice. Eri così buono e in pace… Pensare all'inferno che hai vissuto mi fa stare male. Mi ricordo che quando mi ritrovai di fronte la bambina, sapevo quale fosse la causa di tanto orrore, eppure non avevo il coraggio neanche di ammetterlo con me stesso."

"Non abbia paura. Potrei essere sua figlia. Io non la giudico. Siamo qui solo affinché la verità lenisca il dolore della famiglia di Andrew. Lo aiuti" gli sussurrò Samantha, accarezzandogli dolcemente la mano destra.

"La verità," ripeté l'uomo scandendo lentamente ogni lettera, "io ho servito la verità per tutta la mia vita, ma ho peccato con il mio silenzio."

"Quando ha trovato il cadavere della piccola in sacrestia, cos'ha pensato?"

"Da quel giorno non ho più avuto il coraggio di entrare da solo in chiesa. Anche mesi dopo quell'orrenda esperienza, svolgevo il mio lavoro o accompagnato da mia moglie o alla presenza del nuovo parroco, o di altri."

"Mi dica Franco, cos'ha nascosto per tanti anni che la tormenta ancora? Si liberi" lo esortò lei.

"Gli uomini a cui io avevo sempre affidato la mia anima, erano in realtà pieni di vizi. Non ero il solo ad aver trovato quelle immagini. In tanti sapevamo."

"Sta parlando della pedofilia di don Battistin?"

"Sì, lui era un uomo malato, malvagio."

"Eppure lei sa benissimo che non ha mai confessato nessun delitto. È sempre rimasto in silenzio e non ha neanche scelto un legale di fiducia. In tanti, ormai, soprattutto con le nuove uccisioni, dubitano apertamente della sua colpevolezza."

"È per questo che oggi ho scelto di incontrarvi."

"Quindi lei non pensa che dietro i recentissimi omicidi ci sia lo stesso mostro che massacrò Brenda?"

"Sono persone diverse."

"Perché? Cosa glielo fa credere?"

"Don Antonio era un maniaco. Un depravato che sfruttava l'abito talare per insidiare bambini indifesi..."

"Su Brenda non c'erano segni di violenza sessuale" lo interruppe Sam allargando leggermente le braccia e continuando, con un tono pacato, ma scuotendo la testa. "Non fu mai accertato nessun caso di violenza o molestie su minori commesso dal reverendo."

"Io so quello che dico. L'ho visto. Ho taciuto perché avevo bisogno di questo lavoro. Avevo paura che sarei stato marchiato anch'io per quell'infamia."

"Non ho capito. Se per lei Battistin è il vero assassino di Brenda, chi avrebbe ucciso allora Giovanni Terranova e il piccolo senza nome ritrovato oggi?"

"La tana del diavolo è ancora piena" borbottò a bassa voce il sacrestano, ma scandendo bene ogni parola.

"Che significa?"

"Avete conosciuto il reverendo Trotta?"

"È l'attuale parroco della sua chiesa" gli rispose la detective indicando con la mano destra l'edificio religioso dietro le sue spalle.

"Esatto. Gaetano Trotta è il quarto responsabile della Chiesa dell'Immacolata da quando don Battistin è stato arrestato."

"Insomma, lei sta sostenendo che..."

"Vai a parlarci. Così capirai di più!" esclamò l'uomo alzandosi di colpo e allontanandosi frettolosamente dal ristorante.

"Sta mentendo" sussurrò Andrew all'orecchio della sua detective, non appena l'uomo fu abbastanza lontano da non poterli sentire.

"Sì lo so, ma per proteggere chi?! E poi perché coinvolgere di nuovo un prete?"

"Franco è sempre stato un uomo ripugnante. Si finge un sempliciotto, con quei vestiti miseri e il suo aspetto burbero, e invece ha una grande cultura. È uno che legge tanto. Mi ricordo bene di lui, non mi ha mai voluto aiutare nonostante io l'avessi supplicato di raccontarmi tutto quello che sapeva. Dopo la morte di mia figlia si rifiutò perfino di rivolgermi la parola con la scusa che un nostro incontro, o anche una nostra conversazione segreta, avrebbe comunque attirato l'attenzione mediatica su di lui. E adesso, all'improvviso accetta di vederci per sostenere che non c'è un serial killer, ma che il responsabile dei recenti omicidi sarebbe il nuovo parroco?! Assurdo!"

"Anche io sono convinta che ci abbia mentito, ma questo non vuol dire che tutto quello che ci ha appena rivelato sia falso."

"Che proponi quindi?!"

"Sentiamolo domani questo prete. Magari non è uno stinco di santo. In fondo, anche Battistin non lo era."

"Io cerco l'assassino di mia figlia, non una vittima da sacrificare per placare la sete di giustizia della massa."

"Lo so! Ma rifletti, se Franco questa volta ha parlato è perché ha paura. Siamo sulla strada giusta" concluse la donna, invitando Andrew a seguirlo.

L'americano sembrava provato da quel breve incontro, anche fisicamente. Respirava affannosamente ed era ancora visibilmente rosso in viso, ma non accettò l'invito di Sam a tornare in hotel con un taxi per riprendersi, anzi insistette affinché entrambi si recassero sul luogo del ritrovamento dell'ultimo cadavere.

Sull'auto, per evitare che il tassista comprendesse le poche frasi che durante il tragitto i due si scambiarono, la detective iniziò a parlargli in inglese e il suo accento così marcatamente romanesco lo fece sorridere.

Giunti in zona, sotto lo sguardo curioso dell'autista che, su loro richiesta, li attendeva, trovarono solo desolazione.

Non c'era nessun giornalista nei paraggi, non un turista o un curioso, e neanche un rappresentante delle forze dell'ordine. Solamente le transenne e il nastro bianco e rosso impedirono ai due di raggiungere il punto esatto dove il cadavere era stato dissotterrato, peraltro ben visibile perché il telo che avevano usato per coprirlo, ne nascondeva solamente una parte.

"Pronto Lorenzo" rispose Sam al telefono, impedendo così che gli squilli continui interrompessero troppo a lungo il silenzio di quel luogo.

"Non riescono a identificare il cadavere della vittima, pare si tratti di un bambino arrivato con la famiglia su un barchino non intercettato e sbarcato in Sicilia. I media stanno usando il nome di fantasia Yassine. Ci sono dei dibattiti di fuoco anche in TV sulla questione dell'immigrazione. Quest'omicidio di un bambino anonimo ha riacceso i riflettori su…"

"Dimmi qualcosa di utile!"

"Hai ragione, scusa. Martedì è confermato il tuo colloquio al carcere di *Regina Coeli…*"

"Perfetto!" esclamò lei alzando la voce e interrompendolo nuovamente. "Questa sì che è un'ottima notizia. Mandami per e-mail la documentazione da stampare. Se riusciamo a convincerlo, potrò muovermi con più libertà."

La giovane donna però, accortasi di essersi fatta prendere troppo dall'entusiasmo attirando così l'attenzione del suo cliente, terminò di colpo la chiamata.

"Qual è la buona notizia?" le domandò subito Andrew che la stava fissando.

"Martedì avrò un colloquio col reverendo Battistin."

"Davvero?! Ma come sei riuscita a convincerlo?! Con me non ha mai voluto interloquire!"

"Non ha mai parlato neanche con i suoi legali d'ufficio, però adesso la situazione è molto diversa. Il vero assassino è tornato a mietere vittime e probabilmente Battistin sente finalmente il bisogno di confidarsi con qualcuno" gli rispose lei abbassando il tono di voce, quasi bisbigliando.

Andrew continuò a fissarla sgranando gli occhi per qualche secondo e infine, accompagnati dal rumore delle onde che si infrangevano senza sosta sugli scogli, risalirono in taxi e attesero entrambi in assoluto silenzio di rientrare in hotel.

Capitolo 11

La canzone *Addicted To You* di Avicii risuonava nella sua camera a volume crescente, fino a quando, alle cinque del mattino, la giovane donna non staccò la sveglia impostata sullo smartphone.

Sospirò profondamente, non perché stanca, ma per il dispiacere di aver nascosto i dettagli di quell'incontro al suo cliente. Non si sarebbe trattato semplicemente di un colloquio che avrebbe aiutato le loro indagini private, ma lei aveva proposto al vecchio reverendo un vero e proprio contratto di collaborazione professionale. Se il prete avesse deciso di firmare l'accordo, lei sarebbe diventata anche la sua detective privata e impegnandosi a scagionarlo avrebbe avuto maggiori spazi investigativi per il diritto italiano.

Da quando aveva i capelli molto corti, prepararsi la mattina era diventato più semplice. Si vestì velocemente cercando di mantenere uno stile sobrio, infatti quello al carcere di *Regina Coeli* sarebbe stato il suo primo incontro col potenziale cliente e Sam non voleva trasmettergli una sensazione di aggressività o sembrare troppo appariscente.

Lasciò l'hotel in pochi minuti, senza quindi incontrare Andrew, sperando così che quest'ultimo potesse, almeno per quella giornata, distaccarsi dai ricordi che lo tormentavano e riposarsi.

Una speranza vana, della cui illusorietà lei era in fondo ben consapevole, ma a cui si era comunque aggrappata quasi desiderando che la sua odierna missione fosse utile ad Andrew anche per vivere qualche momento di serenità.

Un tragitto silenzioso quello che da San Felice Circeo la riportò a Roma, durante il quale non ascoltò neanche un po' di musica, come era solita fare durante i viaggi in auto.

Quando attraversò nuovamente la piccola stradina che divideva in due la Riserva Naturale di Decima Malafede, ripensò alle parole del suo cliente. Nonostante si prefiggesse sempre di non affezionarsi o comunque di non intrattenere rapporti di amicizia con i propri assistiti, le frasi dell'uomo risuonavano nella sua mente con un tono e una familiarità quasi paterna. In fondo la tenerezza che provava per un signore che, per la sua età, avrebbe davvero potuto essere suo padre era così spontanea e irrazionale da non poter essere limitata.

Una volta giunta a destinazione, superando il grande portone arcato d'ingresso, ebbe la sensazione di entrare in un altro mondo.

Le numerosissime sbarre di ferro che delimitavano ogni ambiente, il costante sottofondo di lamenti e chiacchiere, le croci e gli antichi affreschi a tema religioso, testimonianza del vecchio convento a cui un tempo l'edificio era adibito, parevano averla trasportata in un'altra città, lontana e diversa dalla grandiosità di Roma.

Non era la prima volta che Sam entrava in un carcere, ma non era mai stata al *Regina Coeli* e la dimensione spirituale dell'edificio, che rivelava il suo passato di convento in ogni angolo, la colpì molto, tanto che quando Battistin entrò nella piccola stanza destinata al loro colloquio professionale, subito dopo una veloce stretta di mano, vedendola pallida, le domandò:

"Sta bene signorina?"

"Per favore, mi chiami Samantha. Anzi, se lei è d'accordo, diamoci pure del tu."

"Va bene, Samantha. Quando mi hanno comunicato la tua richiesta, sono rimasto molto sorpreso. Pensavo che il clamore per la mia condanna si fosse ormai sopito. Perché ancora tanto interesse?"

"E invece il caso è tornato in auge dopo la morte di Terranova. Adesso, inoltre, a causa del ritrovamento del piccolo Yassine, diventerà una faccenda internazionale, vedrai che…"

"Io ormai non ho più paura della morbosa attenzione dei media" la interruppe lui abbassando il capo e con un tono di voce incerto. Continuò, dopo quasi un minuto di silenzio, con un tono più deciso alzandosi in piedi: "Sto già pagando per le mie colpe. Ti ho incontrata solamente perché non sei una giornalista. Non ti faccio perdere altro tempo, la mia risposta alla tua proposta di collaborazione è no."

"Per favore Antonio, siediti" gli sussurrò con voce decisa ma allo stesso tempo dolce la detective, fissandolo dritto negli occhi e indicandogli col palmo della mano sinistra la sedia.

"Posso anche ascoltarti ma non cambierò idea," ribatté lui abbassando nuovamente lo sguardo.

"Se hai accettato di avere un colloquio con me, non è solamente perché io, a differenza di chi ti ha contattato finora per parlarti, non sono una cronista in cerca di notorietà, ma per liberarti di un peso che ti opprime da troppi anni. Subire l'onta di una condanna ingiusta e così infamante non dev'essere facile, vero?! Tu sei innocente. Io lo so e…"

"Che importanza ha?!" la interruppe bruscamente lui allargando le braccia.

"La tua vita è stata distrutta dall'accusa di aver ucciso Brenda…"

"NON È VERO!" urlò l'uomo sbattendo entrambi i pungi sul tavolo e aggiungendo, con un tono più pacato: "È stata l'accusa di pedofilia a condannarmi. E quella purtroppo è vera. Non è stato un modo del sistema di trovare un colpevole a tutti i costi."

"Sì, hanno trovato alcune foto pedopornografiche, ma nessuno ti ha mai accusato di molestie."

"Io sono un prete! La mia vita è finita quando gli investigatori hanno scoperto… Che importanza aveva alla fine se mi mandavano in galera per omicidio."

"Il problema è che il vero colpevole è ancora in giro e tu gli hai permesso di uccidere ancora" bisbigliò Samantha indicando l'uomo con l'indice della mano sinistra.

"Io non ho mai fatto del male a nessuno!" ribatté immediatamente Antonio alzando di nuovo il tono di voce e incrociando le braccia.

"I due bambini morti dopo Brenda avevano una vita davanti, e invece…"

"Ecco!" strillò il prete firmando i fogli che la giovane donna aveva già disposto sul tavolo.

"Bene, questo è l'inizio di una proficua collaborazione, io credo che…" provò a dire lei, con un tono molto dolce e dei modi accondiscendenti.

"Fa' le tue indagini, ma non cercarmi mai più. Ormai la mia pena è quasi terminata. La Chiesa mi permetterà di concludere la mia misera esistenza terrena in un convento. Da solo, pregando, forse troverò la pace" concluse Battistin alzandosi e andandosene.

Sam sorrise per qualche istante, mentre raccoglieva i fogli sparsi sul tavolo e controllava che ci fossero tutte le firme necessarie.

Non erano previsti compensi economici, ma guadagnare non era assolutamente il fine che si era prefissa.

Grazie a quel mandato difensivo disposto dalla potenziale vittima di un'ingiusta reclusione, avrebbe potuto raccogliere ogni elemento idoneo a sua difesa, quindi accedere alle prove raccolte dagli inquirenti negli anni passati e disporre così di mezzi investigativi ben più efficaci di quanto avrebbe potuto ottenere in nome e per conto di Williams.

Lasciò lentamente il grande convento con un'aria soddisfatta, ma ancora prima di varcarne l'uscita, iniziò a crescere in lei il sospetto che in realtà Battistin conoscesse l'identità del vero colpevole, così come il sacrestano.

Pensò allora che il prete avesse accettato quella pena per espiare il peccato di aver conservato immagini pedopornografiche, mentre Bertelli evidentemente aveva un legame con l'assassino, oppure lo temeva.

Non appena riattivò il suo smartphone, fu sommersa dalle quasi cinquanta notifiche di chiamata e messaggi da parte di Andrew, e leggendo gli ultimi, dove l'uomo chiedeva di essere immediatamente ricontattato, decise di sentirlo.

Capitolo 12

"Che succede?!" gli domandò Samantha preoccupata.

"Stamattina ho parlato col sacrestano e mi ha detto che…"

"Ti avevo raccomandato di non agire autonomamente!" urlò Sam interrompendolo di colpo, aggiungendo, dopo un breve sospiro e cercando di mantenere un tono più calmo: "Tu sei troppo coinvolto emotivamente, non puoi indagare da solo, devi lasciar lavorare me. Eravamo già d'accordo su questo, non avresti dovuto andare da lui."

"Hai ragione, ma le cose sono andate diversamente."

"Che vuoi dire?!"

"Volevo riflettere un po' da solo, ma non riuscivo a rimanere chiuso in camera, allora sono uscito a fare due passi e, senza averne l'intenzione, ho ripercorso la strada che mi ha portato vicino alla Chiesa dell'Immacolata. Fissando da lontano la grande croce in cima all'edificio, ho pensato a tutte le volte in cui ho maledetto quel luogo come il centro delle mie sofferenze, e alla fine, forse spinto dal desiderio di pregare, sono entrato."

"Ma se sei ebreo!" lo interruppe Sam, intanto che raggiungeva l'auto.

"*La vera idolatria non esiste al di là della Terra d'Israele. Fuori da essa, l'idolatria non è altro che seguire i costumi degli antenati.*"

"Ma che stai dicendo?!"

"Citavo il Talmud, Gittin…"

"Ti prego Andrew, non c'è tempo per questo."

"Insomma, una volta entrato, prima ancora che potessi avvicinarmi all'altare, ho notato che seduto nelle ultime file c'era proprio Franco che parlava con una donna sopra la cinquantina, forse la moglie."

"Guarda che il sacrestano è vedovo."

"Un'amica allora… non lo so. Comunque, mi sono subito seduto vicino ai due, ma non appena lui si è accorto della mia presenza, ha smesso improvvisamente di parlare alla donna."

"E poi cos'è successo?" lo spronò Sam, visto che Andrew era rimasto in silenzio per diversi secondi.

"Lei se n'è andata e lui si è avvicinato ancora di più a me."

"E che ti ha detto?!"

"Mi ha suggerito all'orecchio di andare a conoscere don Trotta svelandomi che in quel momento si trovava da solo in sacrestia."

"Quindi hai parlato col nuovo prete?"

"Sì, e in effetti ha ragione Franco. Questo reverendo è molto strano, e non mi riferisco ai suoi atteggiamenti marcatamente femminili. Mi ha parlato in modo molto vago nonostante io lo avessi tempestato di domande precise e durante il nostro colloquio non mi ha mai guardato negli occhi. Inoltre, pur conoscendo la mia storia e sapendo quindi che ci trovavamo proprio nel luogo esatto dove la mia bambina è morta, non ha tradito nessuna emozione. Nessuna."

"Tutta qui la sua stranezza?!"

"Mi ha colpito molto il suo sguardo nei pochi istanti che ha incrociato il mio. È un uomo freddo, privo di sentimenti."

"Te l'avevo detto, tu sei troppo coinvolto emotivamente e non puoi quindi analizzare lucidamente la realtà. Ascoltami bene, aspetta il mio arrivo e non tentare più approcci con persone vicine al caso. Quando saremo insieme, analizzeremo con calma le informazioni che hai ricevuto, magari qualcosa che ti ha detto, ma che non hai notato come potenzialmente importante, può esserci utile. Fai mente locale su tutto quello che ti ha riferito, mi raccomando, cerca di ricordare le sue esatte parole. So che è difficile, ma concentrati e magari prova a scrivere tutto ciò che man mano riesci a rievocare."

"Va bene, ci proverò. A te invece come è andata? Cosa ti ha detto Battistin?"

"Ormai è troppo vecchio. Sono ancora più convinta di prima che lui non sia l'assassino di Brenda, anzi, penso che lui non sia proprio capace di uccidere nessuno, ma ha preferito la galera piuttosto che affrontare la vergogna per le sue foto pedopornografiche che gli inquirenti hanno rinvenuto."

"Ha ammesso che erano sue?!"

"Certo che erano sue, non c'è mai stato nessun dubbio su questo. Il problema è che l'inchiesta del 1999, non avendo trovato il colpevole, anche a causa della pressione dell'opinione pubblica, ha sacrificato lui, un prete pedofilo che si rifiutava di rispondere a chiunque e che si era chiuso in un silenzio assoluto. Il suo silenzio, però, non è stato indolore, all'opposto, ha causato la morte di altri bambini, visto che il killer è ancora libero."

"E tu gliel'hai detto?!"

"Sì, ma credo che abbia seri problemi di senilità e che quindi ormai non si renda più conto di molte cose. Tanti anni di galera lo hanno provato e ne hanno compromesso la lucidità mentale in modo probabilmente irreparabile. Credo che ormai non possa più esserci utile."

"Ma ne sei sicura?! Gli ultimi articoli di giornale che ho letto, ne parlavano come di un uomo che prega ogni giorno per fare penitenza e che è profondamente pentito per le sue colpe."

"I giornali dicono tante fesserie. L'unica colpa di quell'uomo è essere un pedofilo, ma non ha mai molestato nessuno. È un debole. Quando uscirà di galera, si rinchiuderà in un monastero per passarvi gli ultimi anni che gli restano."

"Te l'ha detto lui?"

"Sì, a quanto pare le gerarchie ecclesiastiche non lo hanno abbandonato. Ascolta, io sono già per strada, stasera parleremo con calma di tutto. Cerca di stare tranquillo" concluse la donna toccandosi il naso con la mano sinistra.

La giovane detective, complice un sole ormai scomparso e le strade scarsamente illuminate, si tolse gli occhiali da sole che quando guidava indossava quasi sempre.

Solamente in quegli istanti di solitudine, al riparo dallo sguardo indiscreto o curioso di chiunque potesse considerare quelle lacrime un segno di debolezza, iniziò lentamente a piangere.
Intanto che il suo pianto solcava gradualmente la pelle, solleticandola con dolcezza, si ritrovò in mezzo alla stradina della Riserva di Decima Malafede. Questa volta, però, non si soffermò a scrutarne la fitta vegetazione ai lati, perché la sua mente era totalmente offuscata dall'orrore che aveva provato la sera prima visionando attentamente le immagini del cadavere di Brenda. Nonostante avesse finto perfino con se stessa di non esserne impressionata, l'attenzione maniacale con la quale aveva letto e ricercato qualsiasi particolare rilevante, aveva avuto l'effetto indesiderato di scolpire nella sua mente ogni dettaglio del corpo privo di vita della bambina, e il suo sguardo spento e inanimato pareva ormai accompagnarla costantemente.

Capitolo 13

Di sera, nella piccola saletta dell'Hotel Mastrogiacomo dedicata alla cena, Andrew fissava in silenzio Sam, attendendo che quest'ultima gli illustrasse i piani per i giorni a venire.

Intanto che l'uomo, che a tratti si guardava attorno ancora disgustato per gli arredi scarni e sconcertato dalle strane divise del personale, difficilmente distinguibili da un abbigliamento casual, continuava in silenzio ad attendere le sue parole. La detective, con gli occhi profondamente arrossati e un respiro che tradiva la sua fatica, pareva invece non avere nessuna voglia di dialogare.

"Sei stanca?" le domandò l'americano sorridendo timidamente.

"Io non sono mai stanca!" ribatté Sam sbattendo inconsciamente per più volte le palpebre.

"I viaggi in macchina affaticano anche me" disse lui con un tono molto pacato, continuando, dopo qualche secondo di pausa, con una voce più acuta: "Sai quante volte ho desiderato di parlare a Battistin?"

"Immagino. Un uomo condannato dalla vergogna di quello che è."

"Ma come hai fatto a parlarci?! Come lo hai convinto?! Mi sembra incredibile…"

"Io sono brava a convincere la gente, lo sai bene. Il problema è che non mi ha detto nulla di utile, né mi concederà altri incontri."

"E perché? Non capisco. Come hai fatto?! Che ti ha detto?"

"Il legale d'ufficio che lo ha difeso è lo zio di una mia ex fidanzata, l'unica con la quale sono rimasta in buoni rapporti. Di solito, quando mi lascio con qualcuna, difficilmente ci rivolgiamo ancora la parola."

"Ah ah, lo zio. Il clientelismo vostro italiano ogni tanto è utile" ribatté Andrew ridendo rumorosamente e alzando il capo.

"Ogni paese ha i suoi difetti. Anche i ricchi e meritocratici USA hanno i loro problemi. Ma non parliamo di queste cose, abbiamo ben altro a cui pensare."

"Hai ragione. Ma possibile che Battistin non ti abbia detto proprio niente di utile?! Neanche senza volere?"

"Sto ripensando a ogni sua parola, alle smorfie che assumeva mentre gli parlavo, e anche al suo tono di voce. Io sono convinta di una cosa: lui sa chi è l'assassino."

"E perché non lo dice?"

"Forse non immaginava che avrebbe ucciso ancora. Probabilmente, prendendosi lui la colpa, credeva di salvarlo."

"Oppure lo temeva."

"Pensi che possa essere qualcuno che lo minacciava?"

"Magari lo ricattava per la sua malattia sessuale."

"In ogni caso il materiale pedopornografico è stato ritrovato, quindi non capisco di cosa avrebbe dovuto aver paura."

"Forse il vero assassino avrebbe potuto rivelare il nome dei bambini che lui aveva realmente molestato. Magari era proprio uno di questi bambini cresciuto. Oppure il padre di uno di…"

"Non ha senso. Io ho parlato con quest'uomo. Mi è sembrato assolutamente innocuo. Non credo che abbia effettivamente molestato qualcuno."

"Non bisogna escludere nulla. Me lo hai insegnato tu."

"Sai Andrew?!" disse la donna senza aggiungere altro.

"Cosa?"

"Hai proprio ragione!"

"Ah ah."

"Su entrambe le cose."

"Che intendi?"

"Sono stanca. Viaggiare mi ha stancata. Parlare con don Antonio mi ha provata più di quanto io stessa riesca ad ammettere. Mentre mi rispondeva, rivedevo di continuo le foto di Brenda, di Giovanni e anche le immagini pornografiche che lui deteneva e che ho studiato con molta, forse addirittura troppa, attenzione. Quell'uomo mi ha profondamente disgustata. Probabilmente non è un assassino, secondo me non ha molestato nessuno, eppure penso che meriti tutti quegli anni di galera. Anzi, meriterebbe di morire."

"Dovrebbero ammazzarli quelli come lui."

"Hai ragione anche nel sostenere che non bisogna escludere mai nulla..."

"Sei tu che lo dici sempre."

"Potrebbe esserci qualcuno che lo minaccia, anche adesso. Un genitore, un bambino ormai cresciuto, tutto è possibile."

Il sorriso serio, ma spontaneo, di Andrew rivelava la sua profonda soddisfazione per aver ottenuto un implicito attestato di stima da una donna che giorno dopo giorno ammirava sempre di più.

Quella che a primo acchito gli era sembrata solamente una ragazzina, adesso riceveva da lui solo sguardi di profonda stima. Ormai l'americano, senza neanche essersene reso conto, pendeva letteralmente dalle sue labbra, tanto che quelle poche parole con cui Sam gli dava ragione, erano riuscite perfino a renderlo felice.

"Riesci a ripetermi esattamente cosa ha detto il reverendo?" gli domandò lei fissandolo dritto negli occhi.

"Non è facile per me. Non ricordo mai le frasi precise di voi italiani. Posso cercare di..."

"Sforzati per favore. È importante."

"Sono state poche parole. Lui è davvero molto femminile, secondo me è omosessuale."

"Che importanza ha?! Dimmi cosa ti ha detto."

"Quando gli ho ricordato che mia figlia era morta proprio a pochi passi da dove io mi ero appena seduto, mi ha semplicemente risposto, distogliendo lo sguardo da me, 'Sì, lo so'."

"Solo questo?!"

"No, ha citato una frase, credo del Vangelo... Non ricordo di preciso quale..."

"Tipo? È importante ogni particolare. Potrebbe essersi fatto sfuggire, anche inconsciamente, qualcosa che lui conosce, ma che per esempio non vuole rivelare."

"*Dopo la morte comincia qualcosa di innovativo, su cui tutte le potenze del mondo della morte non hanno più la forza*. Credo qualcosa del genere, non ricordo bene."

"Io non mi intendo di Sacre Scritture, ma non mi sembra una frase del Vangelo."

"A me sì, poi francamente in italiano non ne sono sicuro. Io ho avuto una formazione cristiana di rito romano molto solida e, nonostante mi sia convertito all'ebraismo prima di sposare Susy, tutt'ora frequento ambienti cattolici."

"Eccola!" esclamò lei dopo aver digitato sul suo smartphone le parole riferitegli da Andrew. "*Qualcosa di nuovo*, non di innovativo. Non è il Vangelo, è una frase di un teologo luterano, un certo Dietrich Bonhoeffer."

"Lo conosci?"

"Ma figurati, io non l'ho mai sentito nominare in vita mia. Adesso mando un'e-mail con questa citazione a Lorenzo, se c'è qualcosa che noi non capiamo, un indizio, un significato sotteso che ci sfugge, lui di sicuro con l'aiuto di Internet lo scoprirà."

Sorrise nuovamente soddisfatto per quel naturale pragmatismo informatico che la sua generazione, meno legata alle nuove tecnologie, purtroppo non possedeva. Andrew aveva scoperto Internet e le sue infinite risorse a un'età troppo tarda per dominarne l'uso come Sam e il suo collaboratore, all'opposto, riuscivano con molta disinvoltura a fare.

Riabbassò lo sguardo verso il suo piatto e, nonostante l'aspetto degli spaghetti con vongole veraci non fosse dei migliori, continuò a gustarli con un piacere e una soddisfazione sorprendente. Mai avrebbe pensato che in un posto tanto umile ed economicamente abbordabile, avrebbe assaporato una cucina così squisita, come non gli era successo neanche nei migliori e molto più cari ristoranti romani. Inoltre, sebbene lui non avesse mai amato il sapore dell'aglio, quella sera, pur sentendone la presenza, non solo non ne fu infastidito, ma ne apprezzò addirittura l'armonia con l'olio e il risalto che tutti gli ingredienti davano alla freschezza delle vongole.

"È buono vero?!" esclamò Samantha con un tono molto dolce e accennando un sorriso.

"Sì, davvero ottimo, non pensavo che in un posto del genere..."

"Un posto troppo povero per te?" lo interruppe lei, parlando a bassa voce.

"Non sono abituato a questo tipo di alberghi" le rispose l'uomo quasi sulla difensiva.

"Lo so, lo so, ma ci è utile per passare inosservati, o almeno per provare a non attirare troppo l'attenzione, visto che molti giornalisti sanno benissimo che siamo a San Felice. Il cibo è molto buono comunque."

"Davvero ottimo. La tua zuppa di ceci com'è?"

"Squisita. Io adoro i ceci."

"Credo che per me sia ora di andare a riposare" affermò lui sospirando profondamente. "Come hai notato, i ricordi, le emozioni che rivivo, accentuati dal ritrovarmi di nuovo in questa cittadina, mi affaticano parecchio."

"Sì, è normale, purtroppo. Prima che tu vada, ti chiedo un ultimo sforzo. Parlami... Descrivimi in dettaglio cosa vi siete detti col vecchio sacrestano."

"Abbiamo scambiato giusto due parole. È stato più confidenziale di quando c'eri tu. Mi guardava negli occhi."

"Cosa ti ha detto di preciso."

"*Guarda che c'è il prete in sacrestia. È da solo. Parlaci, ti aiuterà molto a capire la situazione*. O qualcosa del genere."

"E basta?"

"Sì, non era un incontro organizzato, è stato davvero un caso. Ho interrotto le sue chiacchiere con una donna..."

"E chi era?!"

"Non lo so."

"Era giovane o vecchia?"

"Una donna sui cinquant'anni credo."

"Mah, allora potrebbe essere semplicemente una parrocchiana che conosce."

"Sai che adesso che ci ripenso… i suoi occhi, il suo viso… mi ricordano la sorella di Battistin."

"Ho letto di lei nelle carte dell'indagine. Se non erro vive qui a San Felice e già allora aiutava il fratello nella gestione della chiesa, ma non fu coinvolta nell'inchiesta. Quando Brenda fu rapita e uccisa infatti, lei si trovava a Lourdes per un viaggio organizzato dalla comunità parrocchiale, con decine di anziani che testimoniarono la sua presenza."

"Esatto. Sai praticamente più di me, io certi dettagli non li ricordo neanche."

"I miei ricordi sono più freschi, ho studiato con molta attenzione tutta la documentazione processuale prima di incontrarti, e subito dopo aver ottenuto il tuo mandato investigativo, ho avuto accesso agli atti processuali che riguardano Brenda. Inoltre, come ti confessai all'inizio, il caso non mi è del tutto nuovo e avevo già letto molto sulla scomparsa di tua figlia."

"Forse mi sbaglio, magari non era Elisa" borbottò lui, con lo sguardo perso nel vuoto.

"Indagheremo anche su questo. In effetti, se si trattasse della sorella di Antonio, sarebbe comunque strano."

"No, non era lei, questa donna era troppo grassa. Elisa, invece, era magra."

"Andrew, sono passati più di vent'anni!"

"Non lo so… Non sono sicuro di niente. L'ho appena intravista, ne ho incrociato lo sguardo solo per un istante."

"Verificheremo. Ogni cosa a suo tempo. A ogni modo, è un elemento utile, anche se obiettivamente non era coinvolta nella morte di Brenda. Inoltre, soffrendo di deficit mentale, non so fino a che punto possa esserci utile sentirla, se non per scoprire qualcosa sul fratello che magari ingenuamente ci confesserà."

"Io provai a parlarci nei primi anni duemila e non ne ricavai nulla."

"E del nuovo sacrestano sai qualcosa? L'hai incontrato?"

"No, no, magari era in chiesa, ma non lo conosco."

“Si chiama Roberto Grenga. È giovane, se non ricordo male ha circa trent’anni. Era disoccupato prima di essere stato ingaggiato dalla parrocchia, viene da una famiglia di contadini e ha studiato alle magistrali. Dovremmo sentire anche lui, potrebbe esserci utile.”

“Ma come fai a sapere tutte queste cose?!” esclamò l’americano con un tono piacevolmente sorpreso e sgranando gli occhi verso la donna.

“Lorenzo… Internet…”

“Ah, giusto! Siete bravissimi, davvero.”

Capitolo 14

Il vento che soffiava forte infrangendosi sulle vecchie persiane blu della sua camera lo svegliò da un sonno che di rado lo aveva avvolto così dolcemente.

Prima ancora che il suo iPhone potesse squillare, riproducendo il suono del canto del gallo senza sosta, ne disattivò la sveglia e si alzò con pacatezza dal letto avvicinandosi alla finestra e aprendola del tutto.

Nonostante non fosse vicinissimo al mare, Andrew ne sentiva l'odore, addirittura riusciva a godere dell'aria fresca e benefica che entrava dalle sue narici e veniva molto gradualmente espulsa dalla sua bocca.

La sicurezza di avere accanto una donna capace che l'avrebbe finalmente aiutato a scoprire la verità, gli stava donando una serenità che mai prima di quel momento aveva vissuto tornando in Italia.

Respirò ancora profondamente quell'aria salmastra per diversi minuti, senza pensare a nulla e fissando l'alba come un bambino curioso di scorgere per la prima volta i tenui colori delle nuvole cambiare e schiarirsi al sorgere del sole.

Dopo aver preso i suoi farmaci e bevuto mezzo bicchiere d'acqua fresca, si diresse in bagno, dove radendosi di fronte allo specchio, non fu più tormentato dagli occhi di Giovanni Terranova, né dalla vocina di sua figlia, né ragionò nervosamente a cosa avrebbe fatto durante il giorno. L'unico suo pensiero su cui si stava concentrando, piacevole e a tratti perfino rilassante, era quello di affiancare Sam e di assisterla nel suo lavoro, sforzandosi di non intralciarla e di non lasciarsi trasportare dalle emozioni.

Prima di indossare la camicia, però, due forti colpi alla porta lo interruppero improvvisamente, ma non lo spaventarono, infatti era certo che si sarebbe trattato della sua detective, e terminando quindi di abbottonarsi in fretta, aprì subito la porta senza neanche chiedere chi fosse o sbirciare dallo spioncino.

"Forza caro! Ci aspetta una lunga giornata" gli disse Samantha allargando leggermente le braccia, ma senza entrare in camera.

"Buongiorno. Finisco di vestirmi e arrivo."

"Ti aspetto nella sala della colazione allora."

Indossò le scarpe nere, si coprì con una giacca verde scuro, e poi giù per quelle strette scale che il primo giorno gli apparvero degradate e povere, e adesso invece gli sembravano perfino accoglienti.

La stessa sensazione di gradevole ospitalità Andrew la provò varcando la soglia della piccola sala in cui veniva servita la colazione. Non più minuscola, ma comoda, non povera, ma semplice, e addirittura dopo essersi accorto che non erano disponibili, nello scarno buffet servito su un tavolino bianco, marmellate adatte a diabetici, invece di arrabbiarsi come avrebbe fatto in altre occasioni, sorrise e bevve un tè verde senza zucchero, né miele, osservando Sam che davanti a lui si abbuffava di fette biscottate stracolme di confettura alle fragole.

"Mangia qualcosa, avrai bisogno di energie oggi" borbottò lei mentre masticava con la bocca semiaperta.

"Hai ragione" le rispose l'uomo, brandendo una banana e iniziando a morderla.

"Devo incontrare don Trotta e voglio fare qualche domanda anche a Roberto Grenga. Secondo le mie informazioni, li troveremo entrambi in chiesa stamattina."

"Capisco."

"E tu ricordi qual è il tuo compito?!"

“Lasciarti lavorare senza interferire” le rispose lui con un filo di voce, ma un tono deciso.
“Perfetto!” esclamò la giovane donna, alzandosi dal tavolo e dirigendosi un’altra volta al buffet dove riempì di nuovo fino all’orlo i suoi due piatti di brioche e mini confetture.

Con fatica Sam trasportò tutto quel cibo al suo tavolo, rischiando che strabordasse e cadesse più volte durante i pochi passi percorsi.
In pochi minuti ingurgitò praticamente tutto, bevendo anche due tazze di latte caldo nelle quali immergeva le brioche imburrate e colme di marmellata, rendendole più morbide e facili da masticare e deglutire.
Andrew la fissò stupito per qualche secondo, poi quando lei ricambiò per un istante il suo sguardo incrociandone gli occhi, distolse subito il proprio fingendo di fissare l’iPhone.

“Non hai mai visto una donna mangiare?!” lo punzecchiò lei, cosciente del suo imbarazzo.
“No… Sì… Forse i modelli femminili a cui sono abituato sono differenti. Mia moglie non mangia mai la mattina a tavola con me, mi serve la colazione. Poi pranziamo sempre insieme, ma il suo appetito è meno… come direste voi italiani… vorace?”
“Abituati alla realtà allora. Io non sono una bambola, quando ho fame mangio, e tanto! Dai, adesso andiamo” concluse la detective alzandosi dal tavolo mentre si puliva frettolosamente le labbra con un tovagliolo.

L’uomo continuò a seguirla in silenzio fissando i suoi passi svelti e decisi, fino a quando, all’uscita, invece di camminare, Sam gli rivelò che avrebbero preso l’auto.

“Come mai? È così vicino” borbottò incredulo Andrew.
“La giornata è lunga, meglio conservare le energie” gli rispose lei toccandosi il naso con la mano sinistra.

Andrew sospettò che la sua detective evitasse di farlo camminare perché aveva notato la sua difficoltà ad affrontare percorsi, anche se non lunghi, ininterrottamente e a un passo veloce.

Nonostante non gli piacesse l'idea di esser trattato come un debole, non obiettò nulla e salì in auto senza fiatare.

Capitolo 15

Un percorso veloce, di pochi minuti, che però terminò ben prima che i due si avvicinassero all'ingresso della Chiesa dell'Immacolata, per via delle molte auto dei carabinieri presenti ai lati della strada e che spinsero quindi Sam a fermarsi e a parcheggiare nei paraggi.

La detective, con a seguito Andrew, si diresse, senza che nessun militare le domandasse nulla o ne limitasse i movimenti, fino al sagrato, dove, un uomo molto alto e in uniforme, allontanandosi da una donna che sembrava interrogare il reverendo all'interno della chiesa, le si avvicinò molto velocemente e, con una voce autorevole e ferma, esclamò:

"Lei è Samantha Onesti, giusto?!"

"Sì, lieta di conoscerla. Con chi ho il piacere di parlare?" gli rispose per nulla intimidita da quel tono risoluto e dallo sguardo fisso del militare.

"Sono il maresciallo Francesco Mancuso. Coordino io le indagini su delega della PM" disse l'uomo indicando con la mano destra la donna che ancora, affiancata da un altro carabiniere, parlava molto nervosamente con don Gaetano.

"Piacere di conoscerla, io sono Andrew Will..." provò a presentarsi l'americano.

"Sì, so chi è lei" lo interruppe bruscamente il maresciallo. Poi, continuando a parlare con un tono più pacato ma con dei modi che parevano comunque aspri, si rivolse alla detective:

"Cortesemente mi segua. Dobbiamo scambiare due chiacchiere in privato."

Sotto lo sguardo sbigottito di Andrew, Sam seguì l'uomo in silenzio, fino a quando quest'ultimo si fermò in fondo alla navata sinistra, abbastanza distante da tutti i presenti.

"Quindi lei ha avuto un incarico investigativo-difensivo da parte del signor Antonio Battistin. Complimenti signorina!" le disse il militare a bassa voce, ma sempre con un tono molto sicuro di sé e leggermente spavaldo.

"Detective! Mi chiami detective. Come mai c'è una presenza così massiccia di forze dell'ordine qui attorno? È successo qualcosa?!"

"Le ricordo detective," ribatté l'uomo scandendo quell'ultima parola più lentamente e con un tono quasi astioso, "che ogni atto che lei compie deve comunque essere autorizzato dalla dottoressa Crescentini. Noi dobbiamo conoscere ogni suo…"

"So come funzionano le indagini difensive e conosco anche l'autonomia che la legge mi riconosce, caro maresciallo! Non mi ha ancora risposto. Se non collaboriamo insieme… sarà difficile condividere con reciproca fiducia le nostre informazioni" gli rispose Sam interrompendolo e accennando un sorriso quasi beffardo.

"Su segnalazione anonima, la PM ha deciso di eseguire una perquisizione della casa del reverendo Trotta. In un cassetto sono state trovate delle foto di Giovanni Terranova senza vestiti, del bambino immigrato ritrovato a Torre Fico e anche, con nostro grande stupore, una foto della figlia del suo cliente."

"Una foto di Brenda?!"

"Sì."

"Nuda?!"

"No, no. Si tratta di una foto che la ritrae con la sua famiglia, sospettiamo che sia stata sottratta durante il suo rapimento. Chiederemo conferma al signor Williams."

"Non ha senso."

"Un pedofilo che trovando le foto del suo predecessore, malato e perverso come lui, tenta di emularlo, è un'ipotesi che la dottoressa Crescentini non esclude affatto, anzi…"

"Capisco."

"Anche lei e Williams sarete ascoltati dalla PM, oggi in caserma alle tre di pomeriggio. Siate puntuali, Anna Maria non tollera ritardi" concluse il maresciallo allontanandosi dalla detective e ritornando al fianco della magistrata.

Andrew notò da subito il nervosismo con cui Sam tornava da lui, guardando verso il basso e con un'andatura irrequieta e più lenta di prima.

"Cosa ti ha detto?" le domandò immediatamente, prima ancora che fosse abbastanza vicina per sussurrarglielo.

"Seguendo una segnalazione anonima hanno perquisito la casa di Trotta e vi hanno trovato foto di Terranova e Yassine nudi. C'è anche una foto che ritrae Brenda, probabilmente sottratta dalla vostra camera d'hotel al momento del rapimento."

"N-n-non è possibile" bisbigliò lui con un filo di voce quasi soffocato, balbettando leggermente e arrossendo in viso.

"Sta' calmo! Oggi alle tre verremo sentiti dalla PM e dal maresciallo Mancuso. Chiama lo Studio Ambrini, oltre a me, desidero che quando ti viene posta una qualsiasi domanda dalla magistrata o da chi per lei venga delegato alle indagini, tu sia assistito da un legale. A quanto ho capito, non so se goffamente o volutamente, il maresciallo si è lasciato sfuggire la tesi accusatoria; la Crescentini pensa che il nuovo prete sia un pedofilo che, avendo ritrovato una parte del materiale di don Battistin a suo tempo non rinvenuta dagli investigatori, ne stia emulando le gesta, ripercorrendone e rinnovandone la scia di delitti."

"Assurdo!" esclamò l'uomo sempre con un filo di voce e scuotendo visibilmente la testa.

"Adesso non potremo più parlare col prete, lo porteranno in caserma" concluse Sam, sospirando profondamente e abbassando lo sguardo.

Capitolo 16

La gamba destra di Andrew pativa visibilmente un tremore lento ma costante.

La notizia del ritrovamento di una foto che ritraeva la figlia scomparsa lo aveva profondamente turbato. Nonostante fosse convinto, sin da quando aveva letto della morte di Terranova, che l'assassino di sua figlia e i recenti delitti fossero opera dello stesso mostro, il timore di sbagliarsi non lo aveva mai abbandonato. Da quel momento però, a causa di quello che ai suoi occhi era solo un tentativo di depistaggio per incastrare di nuovo un altro falso colpevole, non ebbe più nessun dubbio.

Chi aveva orribilmente ucciso Brenda era ancora libero, continuava a mietere vittime e stava cercando di coinvolgere un altro uomo per farla di nuovo franca.

"Tutto ok?" gli domandò Sam a bassa voce per non attrarre troppo l'attenzione dei presenti che già fissavano straniti la gamba dell'uomo.

"Sì, io… Andiamo in hotel, così chiamo lo Studio Ambrini e li aggiorno sulla situazione."

"No. Vieni con me, sediamoci al bar qui vicino, devo parlare prima con Lorenzo. Poi ci separeremo, tu tornerai in hotel e io, invece, sbrigherò delle faccende. Ci ritroveremo per l'audizione in caserma alla presenza del pubblico ministero. Chiaro?!"

"Va bene" disse infine l'uomo con un filo di voce, seguendola in silenzio e sforzandosi di fermare quel fastidioso tremolio.

Pochi istanti dopo essersi accomodati a un tavolo, però, intanto che Sam ordinava su WhatsApp a Lorenzo di procurarle informazioni sul maresciallo Mancuso e di analizzare a fondo ogni elemento utile reperito on line sul prete, Andrew iniziò a respirare affannosamente.

"Caro, sei troppo agitato. Ti riporto subito in hotel. Io devo continuare le indagini con la massima urgenza, non posso starti dietro" gli sussurrò con freddezza la detective, fingendo di non interessarsi del suo stato di salute.

"Hai ragione" le rispose l'americano toccandosi le guance con entrambe le mani.

"Vedrai che questa è la volta buona, devi stare tranquillo. D'ora in avanti però dovrò condurre in solitudine le indagini, tu non puoi assolutamente partecipare attivamente, sei troppo..." affermò a bassa voce Sam, abbassando lo sguardo e allargando leggermente le braccia.

"Che c'è, vuoi restare sola col maresciallo?" ribatté lui, interrompendola e con tono ironico.

"Andrew, come ti avevo accennato, io sono vegetariana."

"Ah ah! Lo so, ma come dissi a mio figlio prima che si sposasse con un uomo, dovresti avere vedute più ampie, raddoppieresti le possibilità di trovare l'amore."

"Ih ih! Povero figlio."

"Be', in fondo il militare non è male. È alto, ha le spalle larghe, ha un fascino mediterraneo. Sicura che non ti piaccia neanche un po'?"

"A me no, ma sai che inizio a pensare che piaccia a te?!" esclamò Sam continuando a ridere e cercando di allentare la tensione di quei momenti, assecondando quell'ingenua battuta di Andrew, nonostante in realtà la trovasse profondamente stupida.

"Ah ah! Forse hai ragione."

"Dai, ti chiamo un taxi tramite l'app" concluse la giovane donna, abbassando nuovamente lo sguardo verso il suo smartphone.

Il rumore della portiera del taxi che si chiudeva fu l'unico suono in grado di calmarlo.

Dal finestrino osservò nuovamente Sam intenta a parlare al cellulare senza curarsi del suo allontanamento.

Probabilmente la giovane detective sarebbe stata più libera nei movimenti senza un uomo di mezza età affaticato dai suoi acciacchi fisici, pensò Andrew nel frattempo che il suo respiro aveva riacquisito un ritmo più regolare e la sua gamba smesso di tremare.

Col suo iPhone tra le mani e il pensiero di chiamare la moglie per rivelarle la sua assoluta certezza dello stesso disegno criminoso dietro la morte di Brenda e i recenti assassinii, tentennò per qualche minuto, fino a quando la voce dell'autista non lo invitò a scendere.

"Mi scusi, non mi ero neanche accorto che eravamo già arrivati" gli rispose l'americano sollevando lo sguardo verso lo specchietto retrovisore.

"So' venti euro" gli disse il tassista con un tono non gentile.

"Certo, posso pagare con la carta di credito…"

"No, no, non prendo le carte. Solo contanti."

"Va bene, ho capito" concluse l'uomo sospirando e porgendogli una banconota da cinquanta euro.

In altre occasioni Andrew avrebbe lasciato una mancia di almeno dieci euro, come era solito fare negli USA, ma la scortesia che incrociava in molti posti in Italia lo irrigidì. Infatti, quando il tassista sostenne di non avere il resto perché in quel momento a suo dire deteneva solamente banconote da venti euro, lui si alterò parecchio e scese nervosamente cercando di cambiare le banconote alla hall dell'hotel.

Sto diventando un cafone come questa gente, pensò intanto che si allontanava dal taxi e stupito per il suo stesso comportamento.

Infine, invece di salire in camera, si andò a sedere a un bar vicino, dal quale finalmente trovò il coraggio di chiamare nuovamente la moglie.

"Dimmi" rispose lei con un tono freddo, senza salutarlo o chiedergli come stesse.
"Ciao amore, come stai? Finalmente mi hai risposto, non puoi capire quanta ansia provo quando ignori le mie chiamate."
"Ti avevo avvisato di non andartene, ma tu non ascolti mai."
"Hanno trovato una foto di Brenda a casa del nuovo prete che gestisce la Chiesa dell'Immacolata."

Quell'ultima frase, detta di fretta, come se Andrew avesse paura che la moglie potesse troncare la telefonata all'improvviso e così impedirgli di rivelarle la notizia, fu seguita da un lungo silenzio.

"Pronto?! Tesoro, ci sei ancora?!" la esortò lui immaginando lo shock della moglie.
"Sì. Che significa che hanno trovato una foto della nostra..." disse la moglie iniziando a piangere e a singhiozzare molto rumorosamente.
"Cara, sta' tranquilla. Questa volta davvero troveremo il colpevole, non solo per noi e per la nostra piccola, ma anche per Giovanni, per Yassine e per tutti quelli che ancora sono in pericolo con questo maniaco in giro."
"Non ho capito, com'è possibile che ci sia a casa di quest'uomo una foto di Brenda?" domandò di nuovo la donna, sforzandosi di trattenere i singhiozzi.
"Probabilmente si tratta di una foto sottratta dal nostro hotel al momento del rapimento. Noi eravamo talmente sconvolti che non ce ne siamo neanche accorti. Magari una di quelle nell'album in valigia, oppure tra quelle sistemate nel cassetto della camera da letto dove le avevamo poste per rivederle la sera, ricordi?!"
"Sì, mi ricordo. Ma non riesco ancora a capire come sia possibile dopo tanti anni che una foto circoli. Non capisco..."

"Secondo me si tratta del maldestro tentativo di coinvolgere di nuovo una persona non colpevole per farla franca. Adesso però è tutto diverso. Non ci scapperà!"

"Ma Andrew, come fai a esserne sicuro? E se invece ti stessi ingannando come tutte le altre volte?"

"No, no. Non era mai successo prima. E poi ora è tutto diverso, c'è una detective davvero in gamba. Lei ci aiuterà."

"Lei?! È una donna?"

"Sì, amore. Ha gli stessi occhi di Jacob. È bravissima."

"*Spera in un miracolo, ma non dipendere da esso*" gli rispose infine la donna citando il Talmud.

Una saggezza solo formale quella di sua moglie, perché il tono della voce spezzata dal pianto e tremante ne rivelava tutta la fragilità.

Una donna forte, legata alle tradizioni e alla famiglia, fonte del grande benessere economico di Andrew, eppure emotivamente molto provata, tanto da aver finto di dimenticare la tragedia della figlia per concentrarsi sul futuro.

Andrew, in quella citazione di cui la moglie si era fatta scudo per tentare di mascherare il proprio dolore, aveva comunque percepito tutta la sua sofferenza, mai sfogata nel corso degli anni, anzi, repressa e nascosta, addirittura fino al punto di tentare di negargli quell'ultimo viaggio.

Aveva chiamato Susan per chiederle ancora una volta perdono per essere partito così impulsivamente e contro il suo parere, eppure in quegli istanti comprese che era lui in fondo a dover perdonare lei per aver nascosto così a lungo i suoi veri sentimenti.

Iniziò a domandarsi cosa sarebbe successo se alla fine delle indagini avesse trovato il vero assassino di sua figlia, visto che una sola foto era riuscita a causare a entrambi una tempesta di emozioni così intensa; la verità forse avrebbe liberato definitivamente lui e la moglie da quell'immenso dolore che li affliggeva ormai da troppo tempo.

La telefonata con cui pretese dallo Studio Ambrini l'invio di un legale per assisterlo all'audizione che si sarebbe tenuta dopo poche ore, nonostante le richieste economiche legate all'urgenza dell'intervento, sembrò non coinvolgerlo minimamente, tanto che quando la terminò, gli sembrò quasi di non aver parlato con nessuno.

Nella sua mente risuonava ancora e in modo distinto la voce della moglie e quell'ultima frase per certi versi oscura.

Non è una speranza, continuava a ripetere nella sua mente scuotendo la testa e stringendo con forza i pugni.

Dopo aver bevuto un po' d'acqua, sentendo ancora il peso della colazione abbondante, decise di fare due passi piuttosto che ritirarsi in camera per riposare, e si diresse quindi, con fare molto pacato, verso la costa.

Pensò che il suono, al momento ancora lontano, delle onde che s'infrangevano senza sosta sulla spiaggia, lo avrebbe distratto dalle sue ansie e, quando fu giunto a un piccolo muro bianco che si affacciava sulla spiaggia, vi si sedette subito come avrebbe fatto un ragazzino.

Immobile a fissare quel monotono movimento del mare, ne fu in parte tranquillizzato.

Chiuse gli occhi per qualche minuto, abbandonandosi così al ritmo delle onde il cui fragore sembrò sovrastare i suoi pensieri fino a soffocarli, lasciando la sua mente finalmente libera dall'ansia.

Capitolo 17

Sorrise per qualche istante da sola, quasi soddisfatta per quell'autonomia che in fondo desiderava, ma un po' amareggiata per la solitudine di quell'uomo che ormai percepiva come un amico.

Sam si alzò dal tavolo del bar già dopo pochi minuti l'allontanamento del suo cliente e con passo deciso tornò all'interno della chiesa.

Il suo sguardo freddo, l'andatura veloce e la sicurezza con cui si diresse verso la PM, richiamarono l'attenzione di due giovani carabinieri che si frapposero immediatamente tra lei e la magistrata.

"Buongiorno detective Onesti!" esclamò la donna oltrepassando i due militari e porgendole la mano.

"Salve dottoressa Crescentini, come sta?"

"Bene, grazie. Più tardi ci dovrà raggiungere con uno dei suoi assistiti in caserma, l'hanno già informata?"

"Sì, me ne ha parlato il maresciallo" rispose Sam indicando col palmo della mano destra Mancuso e aggiungendo a bassa voce: "Il signor Williams non conosce i dettagli del contratto che mi lega a Battistin, le chiedo quindi la massima discrezione."

"Che cosa?!" esclamò immediatamente la PM sgranando gli occhi e aggiungendo, dopo qualche secondo di silenzio, con un tono più pacato ma determinato: "Lei ha il dovere di informare il suo assistito anche di potenziali conflitti di interessi. Non c'entra niente la discrezione! È questione di etica professionale. So che lei è stata di grande aiuto nella risoluzione del caso di San Martino Spino, ma esigo la massima correttezza da chiunque concorra alla ricerca della verità. Informi il suo cliente del rapporto di lavoro che la lega a Battistin e di possibili clausole contrattuali capaci di generare un conflitto d'interesse tra i due mandati di cui lei è titolare."

Intanto che la magistrata si allontanava dalla detective senza neanche averle rivolto un saluto di congedo, il maresciallo, che le stava osservando discutere a pochi metri di distanza, si avvicinò alla giovane donna.

"Non se la prenda, fa sempre così" le sussurrò lui all'orecchio, con un tono meno serioso rispetto al loro primo incontro.

"Purtroppo lo so. È famosa per i suoi modi sgarbati, ma con me ha sbagliato persona. Io la prendo a…"

"Andiamo Samantha, ricordati che stai parlando del capo delle indagini" continuò a borbottare, questa volta ridacchiando leggermente, il maresciallo.

"Ci diamo del tu quindi?!"

"Siamo quasi coetanei in fondo."

"Ehi, io sono molto più giovane di te!" esclamò Sam sorridendo e con un tono quasi giocoso.

"Obiettivamente, la dottoressa Crescentini ha ragione su entrambe le cose. Tu sei una brava detective, hai praticamente risolto da sola il mistero dell'omicidio di San Martino, quindi la tua presenza sarà preziosa. Vedrai, condivideremo con te gli elementi raccolti utili alla risoluzione del caso, ma ci aspettiamo che tu faccia lo stesso. Devi comunicarci tutto quello che sai e che possa essere rilevante. E poi, non preoccuparti molto del dover rivelare al tuo cliente i dettagli contrattuali del mandato difensivo che hai ricevuto da Battistin. Quando gli avrai spiegato che solo così puoi avere ampi spazi investigativi, capirà."

"Hai ragione. Lui sa già della mia collaborazione professionale col vecchio reverendo" affermò lei mentendo. "Il problema è che obiettivamente i mandati collidono. Io non escludo la colpevolezza di Battistin, anche se, dopo aver studiato a fondo le carte processuali, appare ai miei occhi poco probabile. In ogni caso, ti do la mia parola, collaborerò senza nascondervi nulla, ma dimmi, cosa avete già scoperto su Yassine?"

"Vai subito al sodo tu" le rispose il maresciallo sospirando profondamente, guardandosi attorno come se volesse essere sicuro che la PM fosse lontana e che quindi non lo potesse più osservare o addirittura ascoltare. "Se ti riferisci all'identità del bambino, ci stiamo ancora lavorando, soprattutto tentando di rintracciare possibili familiari o compagni di viaggio che potrebbero essere andati in Francia, ma è davvero dura. Si tratta di un minore, forse non accompagnato, arrivato da noi tramite uno dei tanti sbarchi fantasma sulle spiagge della Sicilia. È quindi impossibile risalire alla sua identità."

"Volevo sapere un'altra cosa" disse Sam avvicinandosi ancora di più al militare e abbassando ulteriormente il tono della sua voce. "Ha segni di violenza sessuale? Cosa gli hanno fatto?"

"No, non è stato violentato, né seviziato."

"Qual è la causa del decesso?"

"È stato colpito con un corpo contundente al torace."

"Quanti colpi?"

"Più di trenta."

"Per il movente brancolate nel buio quindi."

"Sì" le rispose il maresciallo con un filo di voce dopo qualche secondo di esitazione.

"Capisco."

"Adesso ti lascio, raggiungo Anna Maria" concluse infine il militare abbassando lo sguardo, quasi vergognandosi per aver, poco prima, implicitamente ammesso di non aver individuato una possibile pista che potesse condurre al colpevole.

Nonostante la sua carnagione olivastra ne celasse le emozioni, Sam ebbe addirittura l'impressione che l'uomo fosse leggermente arrossito in viso, come se temesse un giudizio negativo sulle proprie capacità professionali.

Capitolo 18

“Non c’è violenza sessuale, non ci sono segni di maltrattamenti, ma allora qual è il movente?!” borbottò la giovane donna mentre da sola si dirigeva all’uscita della chiesa, lasciandosi alle spalle anche la magistrata e il militare che si erano fermati sul sagrato a parlare con un altro carabiniere.

La vibrazione del suo smartphone, conservato nella tasca sinistra dei pantaloni, interruppe quel pensiero fisso:

“Dimmi Lorenzo!” esclamò la donna con un tono quasi seccato.

“Ti disturbo?”

“No, dai, dimmi, veloce che ho molto da fare e questa sarà una giornata lunga.”

“Non ho buone notizie. Ho trovato davvero poco materiale rilevante, infatti stavo…”

“Male Lorenzo! Ho bisogno più che mai del tuo aiuto, qui tutti brancoliamo nel buio, non solo gli inquirenti, ma nemmeno io riesco a ipotizzare chi ci sia dietro a tutto questo.”

“La frase di Dietrich Bonhoeffer che ha citato il reverendo, anche letta nel contesto, non mi dice niente. Oddio, in realtà cercando tra le opere del teologo mi è saltata all’occhio un’altra sua espressione: *Non ha rinfacciato al calunniatore la sua ingiustizia e ha abbandonato il calunniato al suo destino*. Appena l’ho letta, ho pensato al comportamento di Battistin che subisce passivamente il carcere da falso assassino pur di non affrontare l'onta di essere additato come pedofilo. Ma credo che sia solo una mia impressione personale, non penso che effettivamente…"

"No, hai fatto bene a dirmelo. Non scartare nessuna ipotesi. Anche le tue impressioni sono importanti, anzi, essendo tu fisicamente distante e meno emotivamente coinvolto, magari riesci ad avere una visione più lucida di cosa sta accadendo. Sul nuovo prete che hai scoperto? E sul ragazzo che fa il sacrestano? Su Elisa Battistin hai fatto qualche ricerca? Su Bertelli sei riuscito a trovare qualcosa di utile?"

"Nulla di rilevante. Mi dispiace davvero, credimi, eppure ho attinto a una marea di fonti, ufficiali e non. Don Gaetano Trotta non è iscritto a nessun social. Di lui so solo che ha studiato presso la Pontificia Università Gregoriana ed è un grande appassionato di filosofia e teologia, e poi più nulla di rilevante. La sua prima parrocchia è stata quella di Castel di Sangro. Il suo nome non compare in nessun articolo di giornale, neanche indirettamente nei social o in qualche pubblicazione ecclesiastica, non so che pensare."

"Davvero strano."

"Il giovane sacrestano, invece, ha un profilo Facebook in gran parte perfino pubblico. Ha studiato al magistrale, come ti avevo già riferito, ma approfondendo ho scoperto che non è riuscito a diplomarsi. Credo che sia affetto da qualche deficit di tipo cognitivo, ma grazie alla sua famiglia, molto cattolica e di bassa estrazione sociale, è riuscito a farsi assumere dalla parrocchia. Ho trovato anche una notizia in cui, insieme a un gruppo di amici, era stato accusato di aver torturato e bruciato vivo un gattino, ma non sono sicuro dell'attendibilità della fonte."

"Su Elisa Battistin hai scoperto qualcosa che possa esserci utile? Mi puoi girare una sua foto?"

"Sì, in effetti è l'unica su cui una notizia rilevante e ufficiale l'ho trovata. Nel '95, quindi prima della morte di Brenda, era stata accusata da una madre di molestie nei confronti della figlia tredicenne."

"Interessante."

"Pare, però, che l'accusa sia stata ritirata dalla signora e i magistrati abbiano archiviato tutto invece di procedere d'ufficio, quindi non ho capito se c'era o no un fondo di verità."

"Conosci il nome della ragazzina?"

"No, non sono riuscito a rintracciarlo, perché essendo..."

"Trovalo! Potrebbe esserci davvero utile. Se fosse ancora qui a San Felice, sarebbe molto interessante sentirla. Devo fare due chiacchiere anche con questa Elisa, magari sa qualcosa che il fratello ci nasconde. Mandami anche il suo indirizzo.

"Va bene, ti sto girando una sua foto recente e l'indirizzo completo."

"Su Bertelli? Novità? È lui la chiave di tutto. Dobbiamo scoprire i suoi segreti."

"Il vuoto totale. Anche durante i periodi d'indagine, non ha mai parlato, non si è mai esposto pubblicamente né usa i social media, e non avendo figli, non ho neanche trovato profili di terzi che ne parlassero. Non appare neppure nelle foto del sito Internet della Chiesa dell'Immacolata, nonostante ci abbia lavorato per tutta la vita."

"Non hai trovato niente neanche prima del '99?"

"Nulla."

"Continua a cercare. Il tuo aiuto per me è essenziale, lo sai."

"Grazie Sam, buon lavoro!"

Ancora con lo smartphone tra le mani, la detective pensò di rivelare immediatamente ad Andrew il suo doppio incarico nelle indagini in corso.

"*Hello*!" esclamò con una voce chiara e un tono stranamente molto sereno l'americano.

"Ciao carissimo, dove sei?"

"In riva al mare, nella zona di Villa Argentina."

"Ah, bravo! Hai fatto benissimo, devi cercare di stare tranquillo, anche se capisco che per te questa sia una vera e propria tempesta emotiva. Facciamo una cosa, resta lì, passo io a prenderti così andiamo insieme in caserma. Io verrò sentita da sola, mentre tu sarai assistito da Anselmi e ovviamente anche da me."

"Ti hanno avvisata dallo Studio?"

"Esatto, mi hanno chiamata dopo svariati tentativi di rintracciarti, evidentemente hai silenziato il tuo iPhone, e hai fatto benissimo!"

"Sì, un po' di solitudine a volte è necessaria."

"Ascoltami, abbiamo avuto un gran colpo di fortuna. Il reverendo Battistin ha deciso di firmarmi il mandato per le sue indagini difensive e..."

"Che cosa?!" urlò lui interrompendola.

"Sì, hai capito bene. Adesso che lavoro anche per lui, posso compiere molti più atti utili alla nostra indagine e pretendere dalla procura la massima trasparenza praticamente su tutti gli aspetti che riguardano gli omicidi di..."

"Ma come è possibile?! Come... Quando è successo?!" continuò a domandarle l'uomo, sempre ad alta voce e con un tono nervoso.

"Gliene avevo parlato in carcere, ma lui aveva categoricamente rifiutato la mia proposta. Io volevo ottenere il suo mandato difensivo per poter svolgere più a fondo le indagini per te."

"E come gli hai fatto cambiare idea?!"

"Non lo so. Praticamente mi ha chiamato poco fa il suo legale d'ufficio, sostenendo che Battistin ha voluto improvvisamente leggere la mia proposta contrattuale e che alla fine l'ha firmata. Ho provato a contattarlo direttamente, ma prima mi è stato negato un colloquio telefonico per problemi di orario, e poi mi hanno riferito che lui ha rifiutato di accettare la mia telefonata."

"Pazzesco! Con me non ha mai neanche voluto parlare, invece adesso abbiamo lo stesso detective."

"Sono stupita anch'io. È davvero un gran bel colpo di fortuna per noi. Forse la sua coscienza, visti gli ultimi delitti, lo ha spinto a cambiare atteggiamento... Non lo so!"

"Ma non c'è incompatibilità tra il mio incarico e il suo?"

"Non preoccuparti di questi dettagli. Ricordati che io sono qui per te e per aiutarti!"

"Grazie di cuore Samantha. Adesso andrai a parlargli per capire se è pronto a rivelarci davvero tutto?!"

"Se rifiuta perfino di sentirmi al telefono, dubito che dal vivo io possa ricavarne qualcosa. Forse l'incarico che mi ha conferito è un modo di pulirsi la coscienza dai silenzi del passato…"

"Devi sentirlo ancora!" la interruppe lui con un tono nuovamente nervoso. "Se ti ha accettato come detective, potrebbe aprirsi. Lui sa la verità, ne sono sicuro."

"Hai ragione. Proverò a farlo parlare. Aspettami che sto arrivando!" esclamò infine la donna con un tono di voce però più basso e inghiottendo la sua stessa saliva prima di terminare la frase.

Si fermò per qualche secondo e sospirò profondamente, dispiaciuta per avergli mentito, ma in fondo soddisfatta per la reazione, in fin dei conti pacata, del suo assistito.

Poi, con il capo chino e lo sguardo fisso nel vuoto, salì su un taxi per raggiungerlo.

Durante il breve tragitto che la separava dall'americano, la giovane donna non disse una sola parola e ignorò del tutto i timidi tentativi di dialogo del conducente, toccandosi nervosamente i capelli per tutto il tempo e senza mai smettere di pensare che forse aveva sbagliato a ingannarlo in quel modo.

Capitolo 19

Davanti alla caserma, una folla rumorosa di giornalisti e blogger attendeva ansiosamente l'uscita di don Trotta.

Le loro chiacchiere, scambiate sottovoce ma costanti e molteplici, generavano un fruscio fastidioso che divenne un frastuono di domande urlate a squarciagola non appena si accorsero che il reverendo, scortato da due carabinieri, stava uscendo da una porta secondaria dell'antico stabile e si dirigeva di corsa verso una gazzella.

Il prete, privo di manette ai polsi, rosso in viso e con lo sguardo rivolto verso il basso, si affrettava per tenere il passo dei due giovani militari che lo stavano conducendo all'auto di servizio, ma goffamente, anche a causa della sua stazza non magra, inciampò sui suoi stessi piedi e cadde per terra. Nonostante uno dei due militari lo avesse risollevato in pochi istanti, la folla di cronisti circondò immediatamente il reverendo e lo tempestò di domande.

"Quindi lei è in qualche modo coinvolto nella morte del piccolo Yassine? A che titolo è stato ascoltato? È stato iscritto nel registro degli indagati?!" urlò una donna con un microfono in mano continuando senza sosta a porgerglielo aggressivamente di fronte al viso, nonostante l'uomo tentasse di allontanarsi.

"Teme un provvedimento di sospensione da parte della Chiesa intanto che le indagini continueranno?" gli domandò un giovane con un iPhone nella mano destra puntato verso di lui.

"Ci conferma che è stato iscritto nel registro degli indagati? Lei conosceva il suo predecessore? È vero che hanno trovato una foto di Brenda Williams a casa sua?!" lo incalzò rincorrendolo un altro giornalista.

Quando ormai il reverendo, con grande difficoltà anche fisica, dato che tremava visibilmente mentre camminava, fu fatto salire in auto e portato via molto velocemente, qualcuno, nel folto gruppo di giornalisti che stava per disperdersi, intravide un taxi arrivare.

"È Andrew Williams!" strillò una giornalista di mezza età afferrando per un braccio il suo cameraman e indirizzandolo verso l'auto.

In pochi secondi tutti i rappresentanti dei media si fiondarono sull'americano che, appena sceso dalla vettura, fu immediatamente protetto dal suo legale e da Sam. I due, infatti, provarono subito a frapporsi tra lui e la folla, ma non potevano di certo impedire alle tante domande urlate di giungere a destinazione:

"Pensa che la morte di sua figlia sia collegata a quella di Terranova?" continuava a chiedergli senza sosta un giovane blogger che era anche riuscito a raggiungerlo fisicamente.

"Secondo lei c'è un legame tra Battistin e Trotta?" gli domandò una giovane donna attirando la sua attenzione.

In quel momento, Andrew, scosso per quell'implicita insinuazione, stava per rispondere, ma non appena aprì bocca, prima ancora di pronunciare per intero una parola, il suo legale, con tono fermo e deciso, dichiarò:

“Al momento non rilasciamo dichiarazioni. Attendiamo che gli inquirenti svolgano il loro lavoro e riponiamo in loro la massima fiducia.”

Quel tentativo di placare la miriade di domande urlate dal gruppo di giornalisti, però, non funzionò affatto, anzi, anche Samantha ne fu travolta.

“Dopo il successo del caso San Martino Spino, pensa di essere in grado di risolvere questa intricata vicenda? Secondo lei dietro la morte di questi bambini c’è lo stesso disegno criminoso che si perpetua da più di vent’anni, oppure come sostengono alcune fonti, un nuovo killer sta cercando di emulare le gesta di Battistin?” le domandò un reporter di un’importante azienda televisiva privata, ponendosi di fronte a lei e impedendole fisicamente di avanzare.

“Depistaggio o realtà? Depistaggio o realtà?! Ci dica solo questo signor Williams!” gridò una giornalista tentando di provocare nell’uomo una qualsiasi reazione.

“Dottoressa, cosa risponde a chi la giudica troppo giovane per un caso di questa portata?” urlò da dietro una blogger che pareva avere all’incirca vent’anni.

“Samantha, è vero che sarà ospite al programma *Giallo criminale* insieme al professor Del Greco?” aggiunse un altro giornalista che tentava di raggiungerla facendosi spazio tra i colleghi.

Afferrando con la mano sinistra la spalla destra dell’uomo che le impediva di proseguire, Sam lo scostò con decisione, ma senza apparire troppo rude, e così insieme al suo cliente e al legale finalmente varcarono la soglia della caserma.

Intanto che Andrew e l’avvocato Anselmi furono fatti accomodare in una piccola sala, la dottoressa Onesti fu invitata da una carabiniera a seguirla nell'ufficio del maresciallo, dove la PM l'attendeva per un colloquio.

Quando se la ritrovò di fronte, seduta su una grande sedia dietro la scrivania col maresciallo Mancuso al suo fianco e intenta a leggere dei fogli che aveva davanti, Sam si trovò a disagio, come se invece di un colloquio tra pari dovesse subire un vero e proprio interrogatorio.

"Si accomodi!" esclamò con un tono sgarbato e a tratti perfino sprezzante la magistrata.

"Buongiorno dottoressa" ribatté la giovane detective scandendo lentamente il saluto e con un tono leggermente ironico.

"Giusto due parole prima di sentire il signor Williams. Ci è giunta la sua richiesta di ripetere il sopralluogo che abbiamo di recente compiuto a Torre Fico. La nostra risposta è positiva, ma occorrerà la costante supervisione del maresciallo. Chissà, magari riuscirà a trovare qualcosa che noi non siamo stati in grado di valorizzare, oppure come avviene nella quasi totalità dei casi in cui c'è un privato di mezzo, non servirà a nulla" disse la PM con un tono pungente e provocatorio.

"Ogni attività diretta alla ricerca della verità è utile per tutti noi" chiosò la giovane donna senza perdere la calma.

"Fate accomodare Williams cortesemente!" ordinò la dottoressa Crescentini rivolgendosi alla carabiniera che era rimasta vicino alla porta.

Sam, notando che c'erano solo due sedie, si alzò, disponendosi al lato di quella sinistra e davanti al maresciallo, attendendo quindi che il suo cliente si accomodasse con a fianco l'avvocato Anselmi.

"Signor Williams la riconosce?" gli domandò la magistrata, mostrandogli una foto della figlia Brenda insieme a tutta la sua famiglia, dopo un saluto formale e un'informativa sugli scopi di quel colloquio.

"Sì, l'abbiamo scattata al Parco Nazionale di Big Bend, quando eravamo tutta..." provò a rispondere l'americano, bloccatosi di colpo e scoppiando a piangere sotto il peso di un'emotività che evidentemente non era in grado di gestire.

"Vi eravate accorti che questa foto vi fosse stata sottratta?" continuò a domandargli la PM, con un tono del tutto indifferente alle lacrime dell'uomo.

"No, non ne avevamo idea. Dopo la scomparsa di Brenda, le forze dell'ordine passarono al setaccio ogni potenziale indizio nella nostra stanza e quando i nostri effetti personali ci furono restituiti, non notammo la mancanza di una singola foto."

"Quindi secondo lei il momento in cui l'immagine le è stata sottratta è da ricondurre al momento del rapimento?"

"Probabilmente sì."

"Non ne è certo?"

"No, non posso esserne certo, ma ricordo bene che avevamo molte di quelle foto in una delle nostre valigie. Eravamo stati al Big Bend prima di partire per l'Italia e dovendo ancora sistemarle in un album avevamo pensato di portarle con noi."

"Abbiamo esaminato con molta attenzione le sue dichiarazioni subito dopo il rapimento di sua figlia. Lei sostenne sin dall'inizio che la finestra della camera di Brenda fosse stata lasciata aperta da sua moglie, mentre quest'ultima negò addirittura che lo fosse. Tale contraddizione non è mai stata risolta neanche durante il processo. A distanza di tanti anni, avrete sicuramente avuto modo di riflettere sull'accaduto. Vuole cortesemente descriverci cosa trovaste al vostro ritorno la notte della scomparsa di vostra figlia?

"Mia moglie era troppo sconvolta per rendersi conto..." tentò di rispondere lui, ancora rosso in viso.

"Dottoressa, non capisco la pertinenza della domanda con la natura di questo nostro colloquio" lo interruppe l'avvocato Anselmi, rivolgendosi alla magistrata.

"Potete andare!" ordinò la PM indicando con il dorso della mano destra i due e chiamando con lo sguardo la carabiniera posizionata a lato della porta, continuando poi, con un tono più pacato e voltandosi verso Samantha: "Cortesemente lei rimanga qui, la sua presenza è ancora necessaria."

Intanto che i due si allontanavano dalla sala, sorpresi per i modi sgarbati della magistrata, il maresciallo fece cenno a Sam di sedersi, e quest'ultima, senza tradire il nervosismo di quei momenti, si accomodò sulla sedia e allargò leggermente le braccia verso la PM.

"Sul cadavere di Yassine abbiamo rinvenuto tracce biologiche del reverendo Trotta."

"Sperma?" domandò subito Sam con tono incredulo dato che fino a quel momento era stata esclusa la violenza sessuale sui minori uccisi.

"No, saliva."

"Su che parte del corpo l'avete rinvenuta? Cosa ha risposto il reverendo in sua difesa?"

"Sulle labbra. Si è rifiutato di rispondere."

"Capisco."

"Non è finita. Sul cadavere del ragazzino arabo abbiamo altresì rinvenuto alcuni capelli del suo assistito."

"Ma com'è possibile?!" esclamò la giovane scuotendo la testa per diversi secondi e poi rimanendo immobile con gli occhi sgranati verso la magistrata.

"Speravamo che ce lo dicesse lei" disse il maresciallo rompendo il silenzio che si era creato nella stanza.

"Ma scusate, perché non avete chiesto al signor Williams se…" tentò di obiettare Sam.

"Non lo conosce. Non l'ha mai incontrato. Non condivida, al momento, questo dettaglio col suo assistito" concluse la dottoressa Crescentini lasciando la sala senza aggiungere altro, né salutare.

"Ma come fai a lavorare insieme a questa pazza?! E dire che me ne avevano pure parlato bene" esclamò Sam rivolgendosi al militare.

"Non è cattiva, poi si scioglie" le rispose sottovoce lui, che sembrava trattenere un sorriso per quella scena così marcatamente scortese, aggiungendo con un tono invece molto serio e deciso:

"Al momento riteniamo che qualcuno voglia confondere le indagini e convogliare i sospetti su Trotta. Probabilmente il nuovo prete, come Battistin allora, ha paura di parlare, magari perché ha qualcosa da nascondere e agli occhi dell'assassino potrebbe quindi essere il capro espiatorio ideale."

"Nessun inquirente minimamente serio concluderebbe un'indagine, per la seconda volta dopo tanti anni, arrestando un fantoccio invece del vero colpevole."

"Samantha, tu non consideri la pressione dell'opinione pubblica e dei vertici del Ministero dell'Interno. Col passare del tempo trovare un colpevole diventerà un'assoluta necessità."

Questa volta fu la detective a lasciare in silenzio l'ufficio senza proferire più una sola parola, irritata per quelle ultime esternazioni del militare che ai suoi occhi suonavano come un'inaccettabile resa.

Capitolo 20

Confusa per quegli elementi che non riusciva a far combaciare in nessuna ipotesi, anche solo remota, che provava di continuo a costruirsi nella sua mente, Sam ribolliva di rabbia verso se stessa, come se si rimproverasse per non essere neanche capace a immaginare cosa stesse accadendo.

Lo sguardo di Andrew su di lei, per il resto del giorno e durante la cena, fu solo una lieve distrazione dalla sua costante e ininterrotta concentrazione.

Eppure, ogni nuovo tentativo di conciliare elementi così diversi e contraddittori falliva miseramente.

Il calare della notte, silenziosissima e cupa, non rasserenò il suo animo.

Il canto del grillo era l'unico suono che dolcemente la raggiungeva dall'esterno, mentre nella sua stanza, il fruscio delle lenzuola poco inamidate contro la sua pelle morbida diventava sempre più insopportabile.

Si girava e rigirava in cerca della posizione più adatta a dormire, ma in realtà non era il sonno che agognava, ma la soluzione, anche solo parziale, del suo caso; uno spiraglio di luce in quella matassa complicata di indizi e prove in apparenza illogiche a cui la realtà l'aveva così severamente messa di fronte.

La razionalità, la logica e la riflessione l'avevano sempre guidata, all'università prima e nel suo giovane percorso professionale dopo, ma in quelle ore parevano averla del tutto abbandonata.

Sam si sentiva impotente e senza più alleati, davanti a un quadro indiziario a prima vista contraddittorio per essere risolto.

Respirando affannosamente e tremando per il nervosismo, alla fine, si alzò dal letto e iniziò a camminare avanti e indietro per la sua minuscola camera e, quando quei passi brevi e ripetitivi non riuscirono più a placare, almeno in parte, la sua profonda inquietudine, dopo essersi rivestita in fretta e furia, uscì fuori.

Il vento freddo e umido le accarezzava il volto con forza; camminando velocemente e sfidandolo con indifferenza non smise per un solo secondo di tormentarsi.

Come è possibile che abbiano trovato dei capelli di Andrew sul cadavere del bambino, pensava ossessivamente senza mai fermarsi.

La saliva del prete sulla bocca non può essere sua... Sì, è sua, ma non può essere... non è possibile che... Continuò a riflettere fino a quando la vista di un'immensa distesa oscura e il rumore delle onde non la riportarono alla realtà.

Il buio fitto celava del tutto la vastità del mare, rivelata, però, non solo dal suono dell'acqua che s'infrangeva sulla riva, ma dalla consapevolezza della sua presenza nella mente della donna.

Non lo vedo, ma c'è, meditò Sam toccandosi il mento e fissando l'orizzonte.

È come il disegno criminoso che sto cercando. Non lo vedo, ma c'è... Devo riuscire a percepirlo, a scovarlo dietro... stava pensando la detective prima di essere interrotta dalla vista di una sagoma di donna che, a poche centinaia di metri da lei, accavallando le gambe, aveva sommessamente rivelato la sua presenza, fino a quel momento velata dalle tenebre.

La fissò in silenzio per qualche minuto, notando che la propria presenza probabilmente innervosiva quella che da lontano appariva come una donna di mezz'età, non magra e minuta. Quando Sam si decise ad avvicinarsi a quella figura per certi versi inquietante, quest'ultima si alzò di scatto e si allontanò.

Insospettita da un comportamento così anomalo, la detective iniziò d'istinto a correrle dietro, ma il vantaggio della donna misteriosa era troppo grande e già dopo il primo cambio di strada, voltando alla propria destra, Sam non intravide più nessuno.

Immaginando che una donna non in forma fisicamente non potesse esser andata lontana, continuò a cercarla nelle piccole vie limitrofe, eppure nonostante la foga e la velocità con cui le percorreva e scrutava, quella figura misteriosa e sospetta sembrava essere svanita nel nulla, tanto che a un certo punto Samantha pensò perfino di essersela immaginata, magari a causa dello stress e dell'ansia di quei giorni così densi.

Lentamente, senza più rivolgere lo sguardo al cielo stellato ma col capo chino di chi aveva appena subito una cocente sconfitta, ritornò alla sua camera d'hotel dove, esausta per i mille pensieri che la tormentavano, si accasciò subito sul letto e si addormentò in pochi istanti senza neanche cambiarsi.

La sveglia che suonava *Addicted To You* di Avicii, quella mattina le parve più pensante e assillante del solito, tanto che negli istanti in cui, alzandosi dal letto, si dirigeva verso il bagno per sistemarsi, pensò perfino di cancellarla dal suo smartphone.

Cosciente di non poter tardare, si sforzò di nascondere le sue occhiaie con un filo di trucco, ma dopo pochi secondi dall'applicazione, proprio lei che aveva sempre detestato usare fondotinta e cosmetici, si pentì di quel maldestro tentativo di nascondere un difetto estetico, ripulì a fondo la pelle e si rilavò con abbondante acqua e sapone. Infine, dopo essersi vestita in pochi minuti, si diresse con passo veloce alla piccola sala della colazione.

Nonostante avesse fatto tutto in fretta, trovò già ad attenderla Andrew, intento a bere una tazza di tè.

"Buongiorno caro, ti sei svegliato prestissimo oggi!"
"*Hi* Samantha! Sì, non riuscivo a dormire ieri notte... Praticamente non ho chiuso occhio."
"Ah, capisco" gli rispose lei intanto che, allontanandosi dal tavolo, si dirigeva verso il buffet.
"Tu hai dormito bene?"
"Sì, riposare è essenziale in questi giorni per mantenerci lucidi e razionali. Ricorda, noi non possiamo permetterci errori o sviste" parlottò lei nel frattempo che beveva il caffè.
"Grazie per quello che stai facendo" concluse l'americano sorridendo dolcemente, cosciente che a breve si sarebbe ritrovato da solo a terminare con calma la colazione.

Capitolo 21

Uscendo dall'hotel e prendendo il taxi che l'avrebbe portata alla caserma dove Mancuso l'attendeva, Sam non si sentì per nulla in colpa per quelle piccole bugie propinate al suo cliente, secondo lei giustificatissime e perfino necessarie al fine di supportare la fragile serenità emotiva dell'americano. Come da accordi presi col maresciallo, quindi, i due si sarebbero recati insieme a Torre Fico per effettuare un nuovo approfondito sopralluogo, grazie ai mezzi e all'elevata professionalità del personale tecnico dei RIS.

Il panorama del lungomare, prima di giungere a destinazione, e la ripida salita che la condusse davanti al paesaggio mozzafiato a cui si assisteva proprio di fronte agli uffici del Comando dei Carabinieri, affacciandosi dall'inferriata della piccola piazza Giosuè Carducci, la lasciarono letteralmente a bocca aperta.

La volta precedente, la presenza molesta dei giornalisti le aveva impedito di soffermarsi e godere a pieno dello scenario meraviglioso in cui mare e terra s'incontravano delicatamente, fondendosi e celebrando l'insediamento di case che quasi con discrezione ne popolava le sponde.

Il tenue colore rosso delle tegole dei tetti non contrastava col verde della vegetazione, né con il luminoso azzurro del mare che si univa al giallognolo della sottile lingua di sabbia fino ad amalgamarsi con le lontane colline, grigiastre e appena visibili all'estremo orizzonte.

Incantata da quella vista mozzafiato, la giovane detective restò immobile per diversi minuti, fino a quando, dietro di sé, percepì il chiacchiericcio di alcuni uomini.

"Buongiorno dottoressa Onesti!" esclamò il maresciallo Mancuso che, appena uscito dalla porta principale della caserma, stava parlando con altri due militari.

"Salve maresciallo" rispose lei avvicinandosi ai tre.

"Stai bene?" le domandò lui, fissandola in viso quasi con disgusto.

"Sì, certo!" ribatté immediatamente Sam.

"Vieni a prendere un caffè con noi, così facciamo due chiacchiere prima del sopralluogo."

"Volentieri."

Risate, battute anche volgari e un parlottio sgrammaticato e dialettale furono il costante sottofondo di quei fastidiosi minuti in cui Samantha, sforzandosi d'ignorare quei modi fin troppo popolari, tornò a riflettere sulla morte di Yassine.

"Mi sembri stressata" le sussurrò Mancuso all'orecchio destro.

"Sono semplicemente preoccupata Ciccio" ribatté lei, pronunciando il nome con cui gli altri militari si rivolgevano al maresciallo, con un tono di voce più alto e marcatamente ironico.

"Non ti piacciono i diminuitivi? Eppure tu ti fai chiamare Sam" continuò a parlarle, sempre a bassa voce, lui.

"Sì, vero. Ti hanno sempre chiamato così?"

"In Sicilia si usa, io sono di Giarre."

"Io ho molti amici siciliani…"

"Dite tutti così, chissà perché" disse infine il militare, interrompendo la donna e ridendo rumorosamente.

Scortata dai carabinieri e con a seguito gli specialisti del Reparto Investigazioni Scientifiche, in poco tempo la detective si ritrovò a calpestare il terriccio arido attorno alla Torre, scrutandone ogni centimetro quadrato alla ricerca di dettagli, particolari o oggetti fuori contesto, magari sfuggiti al primo sopralluogo.

Ogni tentativo di scovare indizi utili, però, pareva vano, infatti ogni elemento era già stato passato al setaccio dagli uomini del RIS, uno dei quali, alla sua sinistra, le descriveva dettagliatamente gli elementi analizzati e i risultati del primo sopralluogo.

"Lei pensa che sia possibile che la saliva ritrovata sulla bocca del ragazzino non sia la traccia di un bacio, ma sia stata posta sulle labbra dopo la morte?" gli domandò la detective dopo qualche minuto di silenzio.

"Sì, è possibile" rispose il militare con un tono flebile di voce, ma senza tentennamenti.

"Lo ritiene anche probabile?"

"No… cioè… potrebbe. Tutto è possibile, ma a mio avviso è improbabile."

"Perché?!"

"Anni di esperienza nelle investigazioni scientifiche m'insegnano che spesso le spiegazioni più semplici a cui ci portano le analisi sono quelle vere. Conosce il Rasoio di Occam?"

"Sì, a parità di fattori, la spiegazione più semplice è da preferire, così sosteneva il filosofo se non erro."

"Esatto, ed è quasi sempre così. Cosa ritiene più plausibile, che un pedofilo lasci tracce della sua saliva baciando la sua povera vittima, o che qualcun altro ne ponga qualche goccia sulla bocca del bambino per incastrarlo?!"

"Con tutto il rispetto per i suoi numerosi anni di lavoro, la mia esperienza invece mi insegna che va percorsa ogni strada, e se vuole proprio saperlo, secondo me è più probabile la seconda" gli sussurrò lei prima di allontanarsi dall'uomo e d'inginocchiarsi davanti alla buca dove era stato ritrovato il cadavere.

Ne toccò la terra fredda con il pollice, l'indice e il medio della mano sinistra, sbriciolando i grumi umidi che si formavano. La esaminò per diversi minuti, mentre i carabinieri la fissavano increduli e in silenzio da lontano, come se fosse matta.

A mani nude, continuò a rivoltare la terra, questa volta non solo con tre dita, ma con entrambi i palmi, incurante di rovinarsi le unghie e sporcarsi i vestiti, fino a quando, dopo quasi dieci minuti in cui scavava senza risultato alcuno, il maresciallo, avvicinandosi da dietro, non la interruppe:

"Abbiamo già esaminato quella fossa con tutti gli strumenti idonei a rivelarne qualsiasi traccia estranea."

Quelle poche parole, appena bisbigliate, la riportarono alla realtà.

La giovane donna, dopo essersi alzata da terra e pulita le mani con delle salviette umidificate che teneva in borsa, sotto lo sguardo ancora incredulo dei militari, si diresse da sola verso le vetture, manifestando così, di fatto, la sua volontà di terminare quel breve sopralluogo, ma poco prima di giungere ai mezzi, le sembrò di calpestare, proprio ai margini della strada, qualcosa di più duro e lineare e, abbassandosi nuovamente, raccolse da terra un braccialetto d'argento con un ciondolo a forma di cuore.

Sembrava il gioiello di una bambina, probabilmente usurato dalle intemperie, ma non antico, infatti era perfino lucido in alcune parti, quindi compatibile con il recente ritrovamento del cadavere.

"Me lo dia per favore" gli disse con tono freddo, ma non perentorio, il militare del RIS con cui aveva parlato poco prima.

"Certamente. Questo vi è sfuggito?"

"Il perimetro che abbiamo esaminato era circoscritto alla scena del…"

"Quindi probabilmente questo bracciale ne è estraneo?!"

"Esatto."

"Ogni elemento merita la massima attenzione. Quando si tratta di omicidi, la soluzione non è mai quella più semplice!" esclamò la detective con un tono astioso e mostrando leggermente i denti mentre pronunciava l'ultima parola.

Capitolo 22

Quando Sam incrociò di nuovo lo sguardo del suo cliente, desideroso di conoscere i dettagli del sopralluogo, perfino speranzoso che sarebbero emerse novità capaci di chiarire, almeno in parte, un quadro indiziario frammentario e contraddittorio, ancor prima di ricevere qualsiasi quesito, lei gli domandò, con un tono quasi perentorio:

"Hai stampato i documenti che ti ha girato Lorenzo?!"
"Sì certo, ho tutto in una cartelletta che…"
"Li hai già letti?!"
"Sì, ma sai le mie capacità di comprensione sono…"
"Ma smettila! Sei praticamente madrelingua ormai, parli l'italiano meglio di certi bifolchi che vedo nei bar."
"Il linguaggio tecnico è più complesso, perché ci sono termini scientifici che non conosco."
"Andremo a sentire Roberto Grenga. Riassumimi tutto per strada" concluse la detective, evitando di guardarlo negli occhi.

Provava perfino vergogna per non avere ancora neanche un'ipotesi, sbagliata ma almeno verosimile, sulla risoluzione di un caso che diventava più complicato ogni giorno e pareva, soprattutto per i legami con un passato così lontano, irrisolvibile.

Alla casella di posta elettronica professionale di Sam, a cui aveva accesso Lorenzo, erano stati inviati i documenti e le analisi del primo sopralluogo a Torre Fico, la cui condivisione era stata preventivamente autorizzata dalla PM.

"Cosa dicono le analisi delle tracce di saliva riscontrate sulla bocca del bambino?" gli domandò con voce rauca lei intanto che guidava.

"Confermano che il DNA è di Trotta..."

"No... Non è questo. Dammi i fogli!" urlò la donna, fermandosi improvvisamente a lato della strada con la vettura ancora accesa e afferrando sgarbatamente il carteggio dalle mani del suo cliente.

Borbottò i nomi chimici di diverse sostanze e lesse a bassissima voce, di fretta e sbuffando leggermente quasi come se trattenesse un sorriso, le righe che accompagnavano gli stringati dati tecnici e, dopo qualche secondo, sollevando il capo e guardando in viso Andrew, che la stava fissando in assoluto silenzio, esclamò:

"Ci sono glicoproteine, sali e lipidi!"

"Che cosa vuol dir..." provò a sollecitarla lui, mentre lei ridacchiava compiaciuta.

"È muco!" gridò Sam con uno strano luccichio negli occhi aggiungendo con un tono più pacato, ma comunque deciso: "Non l'ha mai baciato!"

"Quindi qualcuno ha tentato di incastralo usando il suo materiale biologico. Un fazzoletto?!"

"Tutto è possibile, ma adesso abbiamo un elemento in più" concluse lei riprendendo a guidare.

Capitolo 23

Giunti all'indirizzo che era stato loro comunicato da Lorenzo, i due si ritrovarono di fronte a un'abitazione visibilmente malandata, alla quale Sam si avvicinò senza tentennare; suonò subito il campanello.

Rimase sull'uscio qualche minuto in attesa che qualcuno le aprisse la porta, scambiandosi con Andrew sguardi di disgusto e meraviglia per quei pezzi d'intonaco cadenti e la sporcizia cumulata ai lati dei muri.

"Buonasera signorina, chi sta cercando?" le domandò una donna molto anziana, leggermente gobba e con un grosso scialle di lana sulle spalle.

"Buonasera signora! Mi chiamo Samantha Onesti, desidero parlare con Roberto."

"Mio figlio è ancora in chiesa. Dovrebbe tornare più tardi."

"Possiamo aspettarlo, non è un problema" ribatté subito la giovane.

"Ma lei è un'amica di chiesa di Robertino?"

"Sì, signora" rispose Sam senza la minima esitazione.

"Ah, bene. Che bella signorina. Quello è suo padre?"

"Sì, è mio papà."

"Che uomo distinto, mi ricorda mio marito, sono dodici anni che è morto. Adesso sono sola con Robertino, gli altri miei figli se ne sono andati tutti."

"Ah signora, mi dispiace, e quanti ne ha?"

"Otto, signorina. Sette abitano lontano. Uno in Germania, la più grande è andata in America e si è sposata lì e il più vicino, invece, sta a Roma, ma non viene mai. Ci pensa solo Robertino alla mamma."

"Signora, con la porta aperta rischia di prendere freddo" le sussurrò la detective avanzando verso l'interno e cercando di coprire meglio la donna con lo scialle.

La vecchietta, rassicurata dallo sguardo limpido e trasparente della ragazza, fece segno ai due di entrare in casa e, presentandosi come Emma, li invitò a prendere un caffè. Continuò, inoltre, a rivolgersi ad Andrew sempre con l'appellativo di padre della giovane, senza mai esser contraddetta da nessuno di loro. L'americano, difatti, rimase per tutto il tempo in silenzio, mentre Sam annuiva e l'assecondava.

"Robertino torna sempre dopo aver pulito tutto" ribadì la signora Emma con voce tremante, intanto che serviva il caffè ai suoi ospiti.

"Ci dev'essere molta confusione in questi giorni in parrocchia con tutto quello che è successo. Non crede?! Immagino che avrà molto da fare suo figlio" le rispose la giovane, alzando il tono della voce per farsi sentire meglio, ma fermandosi a fissare con un certo disgusto la tazza mal pulita che le era appena stata posta davanti.

"Ma perché, cos'è successo?!" esclamò con un tono molto preoccupato la signora.

"Intendo la situazione che si è venuta a creare."

"Che situazione?! Robertino ha fatto qualcosa di male a lavoro? Spero proprio di no, abbiamo festeggiato tanto per quel posto. Finalmente si è sistemato. È un gran lavoratore mio figlio."

"Non è successo nulla signora. Assolutamente niente. Mi riferivo ai preparativi per la Quaresima e le messe pasquali. Sono molto impegnative e tanti fedeli le attendono" le rispose Sam cercando di calmarla, dopo aver compreso che la vecchia nulla sapeva di omicidi o dei media che stavano assediando il paese.

Quando la porta d'ingresso si aprì e Roberto rientrò a casa sua chiamando subito ad alta voce la madre in dialetto, Sam e Andrew si fissarono stupiti negli occhi per qualche istante, comunicandosi sia il disgusto per quelle tazze così sporche, dalle quali nessuno dei due aveva bevuto neanche una goccia di caffè, sia l'insofferenza per il degrado e la lordura presenti in casa.

"Cosa ci fate qui?!" esclamò il giovane sacrestano con una voce stridula e molto acuta.

"Siamo qui per fare due chiacchiere. Mamma Emma è stata davvero gentile e ci ha offerto un buonissimo caffè" ribatté immediatamente la donna, sforzandosi di sorridere dolcemente e aggiungendo dopo un breve sospiro e con un tono pacato e molto gentile: "Ti va di parlare un po'?"

"Va bene" rispose con un filo di voce Roberto, invitando la madre a lasciarli soli.

Nel frattempo che l'anziana signora, prima di andarsene, serviva agli ospiti dei biscotti dall'aspetto casareccio ma assolutamente non invitante, Sam avvicinò la sua poltrona a quella del giovane e, parlandogli sottovoce, gli chiese:

"Ma di tutta questa situazione che si è creata, tu cosa ne pensi?"

"Io faccio solo il mio lavoro. Sistemo la chiesa, aiuto il prete, pulisco il..."

"C'è un'atmosfera pesante, non credi?!"

"Sì, ma non ci penso. Io eseguo le mie mansioni e basta. Come vedete mi occupo anche di mia madre, ormai è troppo vecchia per badare a se stessa e quindi la devo aiutare in tutto" concluse il sacrestano abbassando lo sguardo.

Sam lo fissò per qualche istante in silenzio, scrutandolo attentamente.

I suoi capelli crespi, ricci e disordinati, i denti non allineati che testimoniavano la totale mancanza di cure negli anni passati, il sorriso timido e la sua evidente effeminatezza intenerirono la detective che, abbassando ancora di più la voce e sussurrando all'orecchio del giovane, gli domandò con un tono provocatorio:

"Secondo te don Gaetano è coinvolto?"

"No... io penso che... non lo so. Io non so niente!" rispose tentennando lui, arrossendo in viso e avvicinando le mani alla bocca.

"Roberto, ascoltami bene, anche io credo che sia innocente, ma secondo me qualcuno vuole fargli del male. Noi siamo qui per fermare le persone cattive... Tu le conosci, vero?!"

"Io non lo so..."

"Il vecchio sacrestano lo conosci, giusto?! Lui sa molte cose, non te ne ha mai parlato?"

"Con me non parla mai nessuno" rispose esitante il giovane con una voce tremante e gli occhi lucidi.

"Sei un bravo ragazzo, meriteresti più persone che credono in te. Io voglio essere tua amica! Franco nasconde tante cose, e tu sei un tipo sveglio, sicuramente qualcosa hai notato, vero?!"

"Sì, non mi piace il vecchio sacrestano, frequenta la chiesa ma non prega mai, chiacchiera sempre con i suoi amici."

"Con chi parla?"

"Lo vedo sempre in compagnia della sorella di Battistin, la signora Elisa. Anche lei non mi piace, non mi rivolge mai la parola, mi tratta sempre con sufficienza, come se io non valessi niente."

"Che brutta gente! Quindi la sorella del prete in carcere frequenta ancora la chiesa ed è amica di Franco..."

"Sì, dà anche una mano nel sistemare i fiori alle statue o vicino all'altare. Lei, alla fine, abita qui vicino, ha sempre aiutato il fratello. Anche quando lui è finito in carcere per aver ucciso quei bambini, è sempre rimasta in parrocchia."

"Oltre a Elisa, ci sono altre persone con cui hai visto chiacchierare Franco?"

"Sì, diverse, ma di più con Elisa e con un'altra donna, che non conosco."

"Saresti in grado di descriverla?"

"Una donna di mezz'età, robusta, non alta, capelli biondi tinti a caschetto e occhi verdi. Ha uno sguardo che non mi piace."

"Ma se è una parrocchiana, possibile che tu non l'abbia mai vista prima?! Sicuro che non la conosci?"

"A messa non l'ho mai notata. S'incontrano col vecchio al bar fuori dalla chiesa o nei banchi in fondo, ma quella alle celebrazioni non l'ho proprio mai vista."

"Capisco Robertino. Dobbiamo andare adesso, salutaci tanto la signora Emma. Abbine cura mi raccomando, è davvero una donna molto dolce" concluse Sam alzandosi e dirigendosi da sola verso la porta.

Dopo qualche passo, ormai giunti nei paraggi dell'auto, Andrew, che la seguiva in silenzio, mormorò:

"Hai visto che posto?! E la sporcizia del vassoio su cui la madre ci ha servito i biscotti... Incredibile!"

"Poverini, sono... come dire... trascurati, ma in fondo si tratta di brava gente."

"Vuoi sentire di nuovo il vecchio sacrestano?"

"No, o almeno, non ancora."

"E allora che intenzioni hai?"

"Domani mattina parleremo con Elisa!" concluse lei con gli occhi che le brillavano per l'eccitazione.

Capitolo 24

Le stradine di San Felice Circeo avevano ormai un aspetto quasi familiare per Sam, mentre Andrew continuava a guadarsi attorno sempre con una certa malinconia.

Gli archi in pietra, i vasi di terracotta lungo le vie e la fontana di anfore che rievocava l'antica storia romana, sembravano perfino affascinare la giovane detective che, in parte sollevata dai nuovi sviluppi, adesso pareva perfino capace di apprezzare con più tranquillità la radiosa bellezza della cittadina laziale.

"Che c'è? Ti vedo impensierito" sussurrò all'americano cercando di incrociarne lo sguardo.

"Mi preoccupa incontrarla" ribatté lui a bassa voce e col capo chino.

"Ma tu la conosci già, di cosa hai paura?!"

"E se fosse lei?" disse con appena un filo di voce l'uomo, fermandosi e fissando la sua detective negli occhi.

"Potrebbe. Tutto è possibile. Stiamo cercando la verità, non devi averne paura."

"Io l'ho vista più volte, ci ho anche parlato, ma non ho mai pensato che avrebbe potuto…"

"Non devi mai escludere nessuna possibilità. Mai!"

"Lei aveva un alibi di ferro. Era a Lourdes quando mia figlia fu assassinata."

"Questa volta verificheremo come si deve anche il suo alibi, secondo me gli inquirenti di allora hanno trascurato troppi elementi. Lorenzo ci ha procurato gli indirizzi di due signore che a suo tempo hanno dichiarato ai pubblici ufficiali la presenza della signora Battistin con loro in pellegrinaggio. Erano tre, ma una è morta."

"Tu pensi che possano aver mentito."

"Possibile."

"Se fosse lei la colpevole vorrebbe dire che sono davvero un cretino."

"Quando troveremo la verità, sarà una liberazione per tutti."

"Se la troveremo."

"Quando!"

"È una donna strana, a me sembrò anche un po'... Come si dice in italiano *retarded*?"

"Anche Lorenzo mi aveva riferito che ha un deficit intellettivo, ma sai che ti dico?! Io se non vedo non credo."

"Cosa intendi? Che possa fingere?!"

"Potrebbe. Tu sei sicuro che sia mentalmente ritardata?! Hai appena sostenuto di averci parlato più volte negli anni passati e di non averla mai sospettata, eppure poco fa eri pronto ad ammettere che potrebbe perfino essere stata lei ad aver ucciso i bambini. Se così fosse, non sarebbe affatto stupida, anzi, sarebbe un genio."

"Spero proprio non sia così."

"Dovresti sperare che invece lo sia, vorrebbe dire che siamo a un passo dalla verità!"

"Non lo so..."

"Sei qui per questo."

"Sì, è vero" concluse l'uomo ingoiando la sua stessa saliva e ricominciando a camminare.

In poco tempo i due giunsero in una traversina di via Telemaco e si fermarono davanti a un grande cancello in legno circondato da un muro bianchissimo e dal quale s'intravedeva una villetta, anch'essa di colore chiaro.

"Be' di sicuro non è povera" mormorò Andrew.

"Lorenzo non ha trovato notizie sui suoi redditi. Ufficialmente non lavora, questa casa era del fratello."

"Eh ma ci vogliono soldi anche per mantenerla, guarda come sono ben curati gli alberi che..."

Prima ancora che Andrew potesse terminare la sua frase, un insistente miagolio, emesso da un gruppo di gatti al di là del cancello, interruppe improvvisamente i due.

Sam, avanzando di qualche passo, provò a premere il pulsante del campanello, ma proprio nel momento in cui stava per azionarlo, la cancellata si aprì lentamente.

Davanti ai loro occhi, circondata da almeno sette gatti meticci e vestita con una tuta bluastra trasandata e parzialmente strappata alle ginocchia, si materializzò la padrona di casa.

Elisa avanzò verso di loro pacatamente, avvolgendo i due in un intenso odore di escrementi di gatto non appena si avvicinò. Fissando con disprezzo la detective e ignorando invece del tutto la presenza di Andrew, la donna domandò con un tono innervosito e una voce acuta:

"Di cosa avete bisogno?!"

"Due chiacchiere, cara. Ho già parlato con tuo fratello ed è stato molto disponibile con me, infatti mi ha detto..."

"Non ci credo! Quel vecchio maiale sa che deve marcire in carcere per i suoi peccati e il silenzio è uno dei modi in cui sta espiando la sua orribile colpa."

"Io credo che Antonio..."

Il rumore fragoroso del cancello, sbattuto con forza davanti alla faccia di Sam, la interruppe inaspettatamente, la frastornò e la confuse.

La giovane detective si voltò immediatamente verso Andrew con gli occhi sgranati in cerca di uno sguardo di conforto.

"È completamente diversa da come la ricordavo" mormorò l'americano, anch'egli sciocсato per quei modi.

"Che intendi?!"

"Fisicamente è simile, solamente invecchiata e anche molto male, ma non ha mai avuto questi modi, anzi era stata perfino disponibile allora, anche se inutilmente, visto che risultava del tutto estranea alla vicenda e giurava di non essersi mai accorta di strani comportamenti da parte del fratello."

Intanto che Andrew le parlava, Sam iniziò a sbattere con forza entrambi i pugni contro un'anta del cancello.

"Chiamo i carabinieri se non ve ne andate subito!" urlò Elisa che si trovava ancora poco distante dai due.

"Chiama chi ti pare, ma se non mi rispondi, io da qui non mi muovo!" esclamò la detective per nulla intimidita da quella blanda minaccia e continuando a percuotere violentemente il legno.

Dopo quasi dieci minuti di quel chiasso ininterrotto, nonostante gli inviti di Andrew a calmarsi, Elisa ritornò ad aprire il cancello.

"Così spaventi i miei bimbi, cretina!" gridò Battistin con rabbia e un tono di voce minaccioso.

"Si calmi signora" si affrettò a dirle Andrew, frapponendosi tra le due donne e cercando di bloccare fisicamente Sam, che pareva perfino intenzionata a ricorrere alle mani.

"Mi ricordo di te, sei l'americano. Non hai trovato quello che cercavi allora, non lo troverai neanche adesso."

Quelle poche ma dure parole paralizzarono completamente l'uomo, mentre la detective, che invece sembrava essersi calmata, avanzando non più minacciosamente verso Elisa, le sussurrò:

"Lui ha perso tutto. Sua figlia era il suo mondo. Scusami per aver disturbato i tuoi bimbi, mi dispiace davvero. Ti prego, concedici pochi minuti."

"Sei proprio un'ingenua" borbottò a voce bassissima la donna, aggiungendo dopo un lungo e sofferto sospiro e con un filo di voce: "Va bene, ma solo qualche minuto."

I due la seguirono in silenzio osservando meravigliati attorno a loro un giardino che, per quanto grande e in apparenza lussuoso potesse sembrare dall'esterno, appariva totalmente abbandonato alle intemperie e adibito esclusivamente a dimora dei gatti. I tanti felini infatti, anche in quegli istanti, parevano dominare il territorio e osservavano costantemente gli estranei con un'aria infastidita ed emettendo un irritante miagolio di gruppo.

Entrati in casa, il degrado a cui assisterono fu perfino maggiore: cataste di vestiti maleodoranti per terra, pavimento visibilmente sporco e non pulito da chissà quanto tempo, e una luce soffusa che penetrava dalle tapparelle e illuminava la spessa coltre di polvere depositata sui mobili.

"Ecco, sedetevi" disse loro Elisa, togliendo alcuni vestiti da due poltrone e gettandoli con incuranza per terra, dichiarando inoltre, dopo aver preso un vecchio album da una credenza ed essersi anche lei seduta su un divanetto di fronte agli ospiti: "Non c'è niente che io possa dirvi. Non posso aiutarvi in nessun modo."

"Cos'è quello?" le domandò Sam cercando di fissarla negli occhi, nonostante la donna distogliesse di continuo il suo sguardo indirizzandolo altrove.

"Lourdes 1999" ribatté lei porgendole sgarbatamente l'album da sfogliare. "Guarda tu stessa!"

"Adesso ricordo" aggiunse Andrew intanto che Sam sfogliava attentamente l'album. "Anche questo era uno degli elementi che la rendeva estranea alla faccenda, non solo le testimonianze."

"Va bene, eri altrove quando Brenda fu uccisa in sacrestia, ma possibile che tu non ti sia mai accorta di nulla?! Se è vero che tuo fratello commise quegli orribili delitti, e tu vivevi con lui, possibile che dichiarasti di non aver mai notato, neanche minimamente, nessun comportamento anomalo?!"

"Il materiale pedopornografico lo nascondeva in chiesa. Inoltre, io non gli ho mai chiesto cosa facesse..."

"No, qui non si parla solo delle foto di bambini che fanno sesso con adulti o delle coltellate alla figlia di Andrew. Gli altri due dico, Leonardo D'Angelo e Youssef Sana. Tuo fratello è stato indagato a lungo anche per la loro morte, tutt'ora irrisolta, avvenuta qui in paese. Possibile che in tutti questi anni accanto a lui tu non abbia mai notato niente di strano?!"

"Ti ho detto che Antonio non mi ha mai confidato niente, mi ha sempre considerata la sorellina cretina di cui, suo malgrado, doveva farsi carico dopo la morte dei nostri genitori. Io vivo da sempre occupandomi dei miei bimbi, loro sono tutto il mio mondo, del resto non ho mai chiesto niente a nessuno" rispose Elisa alzando leggermente la voce e allargando le braccia verso i gattini che la stavano circondando anche in quel momento.

"Capisco. Sai che le tracce di DNA ritrovate su Leonardo e Youssef erano diverse tra di loro e comunque non riconducibili a tuo fratello?"

"Sì lo so, e allora?!"

Un tonfo proveniente presumibilmente dalla cantina, simile a una catasta di libri che cade a terra da un soppalco, interruppe di colpo le due donne.

"Cos'è successo?!" esclamò insospettita Sam.

"Nulla, i miei bimbi avranno fatto cadere qualcosa. La casa è loro, sono liberi di muoversi come credono" ribatté la donna con un'espressione che però pareva preoccupata.

"Ti stavo dicendo che su Leonardo i RIS hanno rilevato un DNA femminile. Ne eri a conoscenza?"

"Io non sono mai stata collegata a nulla. Sono del tutto estranea e non ne so niente. Te lo ripeto per l'ennesima volta, parlare con me è inutile. State solo disturbando i miei bimbi e...."

"Sì va bene, ho capito! Abbiamo finito. Grazie per la tua disponibilità" concluse la detective interrompendola e usando un tono ironico alla fine della frase.

La giovane detective si alzò velocemente da quella poltroncina, su cui si era accomodata con un certo disgusto, e si diresse verso l'uscita senza che la padrona di casa l'accompagnasse, seguita del suo cliente, sempre col costante sottofondo del miagolio dei gatti.

"Sta mentendo" le sussurrò Andrew appena entrambi si trovarono poco fuori dal cancello.

"Lo so. Chi mente di solito o è pazzo o è colpevole."

"O entrambe le cose, no?!"

"Bravo, inizi a capire. Tutto è possibile."

"Ho una brava maestra."

"In ogni caso, non occorre interrogare le anziane che testimoniarono la sua presenza a Lourdes. Sbagliavamo a dubitarne. Elisa era davvero via quando tua figlia è stata uccisa."

"Quindi questo significa che non è coinvolta negli omicidi?"

"Ricorda, tutto è possibile."

"Quando l'ho conosciuta io, ha finto di essere ritardata e io, purtroppo, ci sono cascato in pieno. Avresti dovuto vederla, sembrava una…"

"Immagino caro" gli rispose la donna impedendogli di terminare la frase e aggiunse dopo un breve sospiro: "Ma questa tutto è, fuorché stupida."

Capitolo 25

"Dimmi che hai buone notizie!" esclamò Sam rispondendo al suo smartphone.

"Se non fossero tali, non avrei osato disturbarti" ribatté ridendo Lorenzo con un tono di voce sicuro e apparentemente perfino contento.

"Sputa il rospo, cos'hai scoperto?"

"La ragazzina che nel '95 aveva tredici anni e che Elisa era stata accusata di aver molestato, adesso è una signora di trentotto anni che abita a Molella, vicino a dove alloggiate. Il suo nome è Felicia Tomei. Ti ho già mandato un'e-mail con il suo indirizzo e anche le foto di casa sua ricavate da *Google Street View*."

"Sei un genio! Che altro sai di questa donna?"

"Non è sposata, non ha figli, vive da sola in una casa di proprietà della madre e lavora con contratti a tempo determinato per diverse cooperative che si occupano di pulizia, sia per conto di privati sia per enti pubblici."

"Hai anche sue foto?"

"Sì, già inviate."

"Ti adoro Lorenzo, sei insostituibile!"

"Lo so" concluse il giovane ridacchiando soddisfatto.

In poco tempo, insieme ad Andrew, la giovane detective si diresse verso l'abitazione della signora Tomei, ansiosa di scoprire nuovi dettagli del losco passato di Elisa Battistin e certa che ormai la pista che stava seguendo prendeva sempre più forma.

In meno di mezz'ora giunsero in via Santa Maria de Mattias, davanti a un'abitazione dalla facciata ristrutturata, ma con le piante della veranda secche come se nessuno se ne prendesse cura da molto tempo.

"Guarda, la cassetta della posta è strapiena, sembra che qui non ci viva nessuno" affermò Andrew avvicinandosi all'orecchio di Sam.

"È vero, d'altronde Lorenzo ci ha comunicato la sua residenza, magari non vive più qui, e quindi dovremmo..."

Una donna all'apparenza giovane e molto magra, aprendo la porta che dava sulla veranda di fronte alla strada e dirigendosi senza esitazione verso i due, interruppe di colpo la detective.

"Chi state cercando?" domandò con tono cortese ma deciso l'inquilina.

"Vorremmo parlare con Felicia Tomei per favore, è una questione importante, desideriamo porle..."

"Sono io! Con chi ho il piacere di parlare?" ribatté immediatamente la signora con una sicurezza che non ci si aspetterebbe da chi all'improvviso intravede due estranei fuori dalla propria porta di casa.

"Davvero lieta di conoscerla. Sono l'investigatrice Samantha Onesti e qui con me c'è il signor Andrew Williams, il padre della piccola Brenda, sicuramente ne ha sentito parlare. Vorrei cortesemente scambiare due chiacchiere, per favore" rispose la giovane con un tono tanto gentile, da risultare perfino mieloso.

"Certo, qui a San Felice tutti conosciamo quella storia, che adesso sta tristemente tornando alla ribalta. Ma cosa volete da me?"

"Se permette signora, diamoci pure del tu. Vorrei che tu mi aiutassi a chiarire certi aspetti che riguardano Elisa Battistin" disse Sam abbassando il tono della voce e avvicinandosi lentamente alla donna.

"Va bene capisco. Venite, accomodatevi."

Una casa pulitissima, che profumava di candeggina, ma quasi del tutto spoglia, arredata in modo spartano e con le credenze e i tavolini completamente vuoti.

"Vorrei offrirvi qualcosa, ma sto ristrutturando gli interni e al momento ho davvero poco in casa" borbottò Felicia intanto che invitava i suoi inattesi ospiti ad accomodarsi su due sedie di legno e pelle.

"Grazie cara, sei davvero gentile. Basta il pensiero comunque, non preoccuparti. Non vorrei sembrarti irruente, ma devo chiedertelo... Puoi, per favore, raccontarmi dettagliatamente cosa successe quando avevi tredici anni e tua madre accusò Elisa Battistin di averti importunata?"

"Ah ah! Elisa non ha mai molestato nessuno. È una bravissima persona. Io, già allora, sapevo bene quello che volevo, d'altronde non abbiamo gusti diversi noi due, o sbaglio?!" affermò la signora alludendo, neanche così velatamente, all'omosessualità intuita probabilmente dagli atteggiamenti maschili della detective.

"È proprio per questo che spero che tu ti apra del tutto con me, senza timori, né vergogna. Non è il caso tra di noi. Quindi, aiutami a capire, avevate una relazione?"

"Sì, ma lei purtroppo era già maggiorenne e mia madre, approfittando della differenza di età, ci minacciò di ricorrere alla legge per separarci e mandarla in galera. Pensa che neanche adesso che è in una casa di riposo, paralizzata e resa cieca da un diabete in perenne crescita, riesce ad accettarmi."

"Sì, capisco. Allora non ti ha mai costretta a..."

"Ma figurati! Ero io che comandavo, lei aveva perfino paura di me. Avevo tredici anni, ma non ero una stupida. Mi piaceva, e tanto, e la relazione che ebbi con lei fu la prima della mia vita e forse anche l'unica in cui io abbia amato veramente qualcuna."

"Adesso sei single?"

"Che c'è tesoro, ci vuoi provare?!"

"Per favore, rispondi con serietà alle mie domande, non dimenticare che siamo qui per trovare chi ha ucciso Brenda e i bambini di cui tutti i TG parlano. In che rapporti sei con Elisa?"

“Sì, sono single. Elisa è un’amica, ogni tanto ci vediamo, nulla di più. Ormai è passata una vita dalla nostra relazione, non sono più innamorata di lei” rispose con tono serio e pacato Felicia, aggiungendo dopo una breve pausa: “Guarda che l’assassino di Brenda è già stato trovato. Cosa c’è, anche voi credete all’assurda tesi che il killer dietro le due recenti uccisioni sia lo stesso del passato, addirittura del bambino caduto nel pozzo?! Ma dai, quella è solo spazzatura dei giornali in cerca di vendite e risalto internazionale.”

“Tu credi che don Battistin abbia davvero ucciso Brenda?”

“Certamente! Era uno schifoso maniaco, magari non l’ha violentata come hanno confermato le analisi, ma mica i RIS si accorgono se quel maiale l’abbia per esempio palpata o costretta a toccarlo, non credi?!”

“In che rapporti eri con il reverendo Battistin? Quando Brenda è stata assassinata, eri quasi maggiorenne. Frequentavi ancora Elisa?”

“La vedevo spesso, stavamo insieme e per me, in quegli anni, era tutta la mia vita. Sì, conoscevo bene suo fratello… Il prete” rispose Felicia pronunciando quell’ultima parola con un tono sarcastico; proseguì poi con lo sguardo perso nel vuoto incrociando le braccia: “Una persona disgustosa, bugiarda e pericolosa. Anche lui, come mia madre, osteggiò la nostra relazione, ma noi fummo più forti di lui e continuammo ad amarci. Niente e nessuno avrebbe potuto separarci. Sai cosa ti dico?! Quando Brenda morì e arrestarono quello schifoso maiale, per noi fu una vera liberazione. Io andai a vivere con lei e passai insieme a lei gli anni più felici di tutta la mia vita.”

“Sapevi della pedofilia di don Antonio?”

“No, ma immaginavamo qualcosa. Una volta Elisa trovò delle foto compromettenti, gli chiese spiegazioni, ma lui rispose di averle sottratte a un fedele che durante la confessione gli aveva rivelato il suo più grande peccato. Noi non gli credemmo. Io volevo andare dai carabinieri, ma Elisa non me lo permise.”

“Perché?”

“Era comunque suo fratello, non voleva fargli del male.”

"Se non sono indiscreta, per quale motivo la vostra relazione terminò?"

"Tutte le cose belle della vita, hanno un inizio e anche una fine. E pure il mio amore per lei si spense. Probabilmente teneva più ai suoi gatti che a me."

"I suoi bimbi."

"Esatto, quindi l'avete già incontrata?!"

"Sì."

"Ma di sicuro non è stata disponibile come me, vero?! Perdonatela, Elisa è fatta così, brusca all'inizio, ma in realtà è la persona più dolce del mondo."

"Le vuoi ancora molto bene."

"Sì, ma come ti ho detto, è solo un'amica. Una cara amica."

"Grazie, sei stata davvero gentile. Adesso dobbiamo lasciarti, sono sicura che avrai molto da fare qui con i lavori" concluse la detective con un tono leggermente ironico, alzandosi dalla sedia e invitando Andrew a seguirla.

Risaliti in auto, durante il tragitto di ritorno, l'americano, con un tono quasi saccente, le confidò senza timori la sua prima impressione su quella donna:

"Sembrava che recitasse un copione."

"Sì, anche questa è una bugiarda."

"In quella casa non ci abita nessuno. Quella ci stava aspettando."

"Forse stanno ancora insieme e lei l'ha avvertita del nostro possibile arrivo presso l'indirizzo di residenza."

"Perché nascondere la loro relazione?"

"Sono solo ipotesi, caro. Magari hanno paura di essere sospettate. Forse sono state loro a incastrare il prete pur di toglierselo di torno."

"Mah, non so più che pensare. Gli occhi verdi di Elisa mi hanno fatto molta impressione, sembravano quelli di una pazza."

"Perché i castani di Felicia ti sono sembrati più normali?! A me è parso di avere di fronte una donna spietata e pronta a tutto."

“In ogni caso, sono sicuro che ci hanno mentito entrambe. Elisa con me fece finta di essere una ritardata mentale e invece ragiona benissimo, mentre questa ragazza recitava palesemente una parte e come attrice non è neppure brava.”

“Anche se ha provato a mentirci non vuol dire che tutto quello che ha detto sia falso. Spesso, quando ci sono di mezzo i sentimenti, non ci si rende conto di ciò che si rivela. Le emozioni sono irrazionali, alcuni dettagli sicuramente le sono sfuggiti.”

“Cosa intendi?”

“Ci ha detto che sapeva della pedofilia del prete. Quindi il reverendo era ricattabile.”

“Ma una volta in carcere avrebbe potuto dire la verità.”

“Aveva già perso tutto. Cosa avrebbe dovuto fare, tornare libero per essere additato con la più infamante delle accuse?!”

“Pensi che lo abbiano ricattato e incastrato?”

“Ancora è troppo presto per trarre conclusioni. Dobbiamo restare lucidi e analizzare qualsiasi possibile pista. Non possiamo tralasciare nulla. Non avere fretta di trovare il colpevole, la verità spesso si nasconde tra mille inganni, ma prima o poi si rivela.”

Capitolo 26

Di sera, da sola nella sua camera, la giovane detective leggeva sul tablet, con un'attenzione quasi maniacale, i dettagli dei rilievi che i RIS avevano eseguito a Torre Fico e i risultati delle recenti autopsie su Terranova e Yussef, tentando d'ignorare i continui avvisi dei messaggi che le giungevano su WhatsApp.

Dopo diversi minuti d'insofferenza, però, non riuscendo a sopportare oltre quel fastidioso doppio *beep*, si alzò per spegnere lo smartphone in carica, ma non appena lo sfiorò, causando così l'illuminazione automatica dello schermo, lesse involontariamente l'anteprima di uno dei tanti messaggi ricevuti:

– Guarda in streaming *Giallo criminale* – le aveva scritto per più volte Lorenzo.

Senza rispondergli per chiedergli il motivo, con un atteggiamento scocciato, se non addirittura arrabbiato, Sam entrò nel sito della RAI e attivò lo streaming del secondo canale.

Non appena la voce stridula e irritante del professore Claudio del Greco arrivò alle sue orecchie, il primo istinto fu quello di disattivare immediatamente la diretta, ma sentendo che stava parlando proprio del caso Terranova, trattenne il disgusto per quell'arrogante e presuntuoso opinionista e provò ad ascoltare cosa stessero trattando di così interessante da attrarre l'attenzione del buon Lorenzo.

Un uomo di spalle, seduto su una sedia e con una voce alterata, stava raccontando di essere stato abusato dal reverendo Battistin insieme ad altri chierichetti durante la prima adolescenza e di non aver mai denunciato l'accaduto alle autorità per vergogna.

"Lorenzo, sto ascoltando, ma credi che sia vero?!" esclamò la detective al telefono con il suo collaboratore.

"Ma non hai letto gli altri miei messaggi?!" ribatté immediatamente il giovane.

"No, io sto lavorando."

"Ti ho scritto che...il mio amico... tu sai a chi mi riferisco..."

"Quello che lavora nella redazione?"

"Esatto, ma meglio non fare nomi per telefono."

"Certo."

"Lui mi ha detto che hanno accertato, per quanto possibile, le dichiarazioni del signore in trasmissione, e pare che abbiano fondamento reale."

"Ah, quindi non è un attore questa volta. Allora potrebbe essere interessante sentire che dice."

"Esatto, per questo ti ho avvertita subito."

"Riusciresti a procurarti i dati di questa presunta vittima?"

"Sai che quello che mi chiedi è difficile..."

"Dai Lorenzo, quello lì ti deve un grosso favore, fatti valere!" concluse Sam, aumentando di parecchio il volume dell'audio del programma per ascoltare con attenzione le dichiarazioni dell'uomo.

Capitolo 27

I dettagli dei rapporti sessuali consumati all'interno dei locali della chiesa sembravano alla detective davvero eccessivi, forse era stato raccomandato all'uomo, per motivi di audience, di descriverli minuziosamente senza lesinare sui particolari anche se del tutto irrilevanti sia ai fini legali sia al tema del programma stesso.

In silenzio e con gli occhi puntati sul suo piccolo tablet, Sam, seduta sul letto con le gambe incrociate, rimase immobile per il resto della trasmissione ad ascoltare quell'interrogatorio tanto indegno da sembrare surreale.

"Cosa le diceva il prete mentre la violentava?" continuava a chiedere il giornalista, ripetendo con insistenza la domanda ogni volta che notava una qualche titubanza dell'uomo in anonimato a rivelare i dettagli più scabrosi degli incontri.

"Lui sosteneva che serviva per benedirmi, che mi avrebbe aiutato a liberarmi dai miei peccati" rispondeva il giovane di spalle, con una voce modificata e metallica, ma della quale si percepiva comunque il tremolio.

"Come la toccava? L'accarezzava dolcemente o era violento?"

"All'inizio con delicatezza, ma dopo un po' iniziava a stringermi forte e a volte non si fermava neanche quando io piangendo lo supplicavo di lasciarmi andare. Diceva che il dolore mi avrebbe aiutato a espiare le mie colpe."

"L'ha mai penetrata con oggetti sacri?"

"Sì. Una volta usò la parte inferiore di un crocefisso, un'altra l'aspersorio. Un giorno ricordo che mi sculacciò molto violentemente tenendo sul palmo della mano l'immagine della vergine e sostenendo che in questo modo mi stava purificando."

"Avete mai avuto rapporti sessuali di gruppo, o meglio, con altri ragazzini?"

"Sì, è successo che ci portasse in sacrestia in due, ma in quelle occasioni era meno aggressivo."

"In che senso?"

"Quando ero insieme a un altro ragazzo si limitava alle carezze e a penetrare parzialmente, ma non era violento come quando restavamo da soli."

"In questi incontri, lei ha mai avuto rapporti completi anche con gli altri ragazzini?"

"No, lui voleva che ci toccavamo, ma io non ho mai fatto sesso con altri. Solo con lui avevo rapporti completi."

"Lei oggi ha un orientamento eterosessuale, oppure omosessuale?"

"Sono bisessuale."

"Pensa sia colpa del prete?"

"Non lo so… so solo che ha distrutto la mia infanzia e anche la mia adolescenza. Io non ero libero di scegliere, lui invece ha approfittato del suo ruolo, della mia ingenuità e della fiducia di mia madre per sporcarmi in un m-m-modo…" si interruppe l'uomo piangendo e singhiozzando come un bambino.

"Perché allora non l'ha denunciato?"

"Mi vergognavo troppo. Siamo in Italia, cosa avrei ottenuto rendendo pubblica la mia storia?! Un risarcimento milionario come negli Stati Uniti?! Ma figuriamoci. Mi sarei solo distrutto la vita ancora di più."

"E allora perché adesso ne sta parlando, anche se in anonimato?"

"Non lo so… Io penso… Io credo che… Forse ho sbagliato. Forse avrei dovuto denunciare affinché altri non subissero lo schifo che ho vissuto io."

"È pentito quindi di non aver reso pubblica la vicenda prima di adesso?"

"Sì, credo di aver sbagliato."

"Sa che alcuni sacerdoti sostengono di essere stati incoraggiati dai bambini ad avere rapporti sessuali con loro? Un prete di recente ha perfino dichiarato che a volte sono proprio i piccoli a cercarlo, ad avere bisogno delle sue attenzioni."

"Loro sono persone malate che nascondono dietro una tonaca all'apparenza sacra le loro pulsioni sessuali più abiette."

"Lei è cattolico?"

"No, sono ateo, ma la religione non c'entra niente. Spesso questi preti, e tanti altri uomini di Chiesa, sono anch'essi non credenti, e la fede diventa solo un modo per usare la gente."

"Quindi, se le chiedessi la sua disponibilità a un perdono cristiano per chi le ha fatto del male…"

"Assolutamente no. Non posso perdonare quel mostro. Non lo perdonerò mai. Mi ha tolto l'innocenza, mi ha rubato i miei sogni. Dopo di lui ho avuto solo incubi."

"Perché dice che le ha tolto i sogni?"

"Non sono più riuscito a fidarmi di nessuno, a innamorarmi davvero. Ogni volta che un uomo o una donna provano ad approcciarsi a me, penso a come lui mi toccava, al modo malato e sadico in cui mi possedeva, e mi blocco."

"Lui le lasciava lividi?"

"Sì, molto spesso. Sul collo, sulle natiche, anche sulla schiena. Una volta perfino sulla guancia sinistra."

"È possibile che sua madre non si sia mai accorta di nulla?"

"Lui era furbo. Mi ricordo che una mattina, dopo avermi violentato e morso sullo zigomo, mi accompagnò a casa dicendole che avevo litigato con un altro bambino."

"E lei non era tentato di dire la verità a sua madre?"

"No, avevo troppa paura che Dio mi punisse. Lui mi aveva convinto, profondamente convinto, che io fossi un peccatore e che se lui non mi avesse purificato in quel modo, sarei finito all'inferno."

"Sua madre non trovava mai i vestiti sporchi del suo liquido seminale?"

“Mi spogliava sempre del tutto. Diceva che dovevo restare come Dio mi aveva creato, e quindi non sporcava mai i miei abiti.”

“Ha mai provato a ribellarsi fisicamente?”

“A volte opponevo una debole resistenza fisica ma io ero solamente un bambino, e poi credevo davvero che quello che mi raccontava fosse vero. Vedevo tante signore che lo seguivano ciecamente, che prendevano l’ostia dalle sue mani... Pensavo davvero che avesse dei poteri, che mi stesse aiutando.”

“Mi scusi se mi permetto, ma non teme che, nonostante lei sia rivolto di spalle e la sua voce sia stata modificata, qualcuno possa ugualmente riconoscerla?”

“Sì, ho pensato che comunque mi sto esponendo e che, soprattutto quelli che seguivano Battistin insieme a me, mi riconosceranno, ma anche loro hanno i miei stessi rimpianti, e forse patiscono perfino tormenti simili ai miei.”

“Eravate in tanti a essere abusati dal reverendo?”

“Io ricordo che lui aveva gli stessi atteggiamenti con quasi tutti. Stava attento a non lasciarsi andare solo con il figlio del medico e il nipote di un maresciallo dei carabinieri. Noi che, invece, venivamo da famiglie più umili, venivamo presi di mira come vittime perfette per dar sfogo alle sue più abiette pulsioni sessuali.”

Una sigla musicale in sottofondo e il conduttore che si spostava in un punto diverso dello studio indicavano la fine di quel morboso intrattenimento televisivo.

Nel momento in cui il giornalista che presentava *Giallo criminale* iniziò a parlare del caso di una donna che aveva ucciso il proprio figlio abbandonandolo in auto, la detective decise di spegnere lo schermo del suo tablet.

Sospirò più volte.

Era sconvolta e disgustata in un modo tale che neanche le scene di efferati delitti riuscivano a provocare in lei.

Ogni volta che chiudeva gli occhi, le sembrava di assistere alle nauseanti scene di abusi sessuali appena ascoltate, a tratti le pareva perfino di sentirne l'odore.

"Ma com'è possibile che non mi sia accorta di nulla" borbottò a bassa voce toccandosi il volto con entrambe le mani.

Ai suoi occhi, soprattutto dopo averci parlato di presenza, Battistin le era sembrato solamente un innocuo e vecchio prete, probabilmente un pedofilo, ma comunque incapace sia di uccidere, sia di stuprare bambini indifesi.

Adesso le sue fragili teorie crollavano di nuovo sotto il peso di nuovi e inquietanti dubbi.

Il reverendo appariva più crudele, spietato e manipolatore di quanto lei non avesse mai immaginato, e anche quelle che fino a quel momento aveva ritenuto le bugie della sorella Elisa e della sua ex compagna, acquisivano nuova forza e parevano perfino credibili.

Nella sua mente, sempre più confusa e ormai priva di quelle poche certezze, costruite di recente e con grandi difficoltà, si facevano spazio altre ipotesi, impressioni, ma soprattutto paure.

Temendo di brancolare un'altra volta nel buio, abbassata la luce dell'abat-jour per riposare un po' gli occhi, Sam, senza neanche rendersene conto, si addormentò.

Capitolo 28

Addicted To You la svegliò di colpo e Sam, afferrando il suo smartphone per disattivarne la sveglia, con gli occhi che ancora pativano l'eccessiva luminosità dello schermo appena acceso, lesse con ansia e grande agitazione gli ultimi messaggi ricevuti da Lorenzo, come se la notte fosse stata solo una lunga e inutile attesa prima di quel momento.

– Francesco Capponi, via Nesazio 32, secondo piano, citofono Cerasoli – così le aveva scritto il suo fedele collaboratore alle quattro di notte.

Tenne premuto il simbolo del microfono per inviargli subito un messaggio audio e, con la voce ancora rauca e gli occhi socchiusi, tentò quasi di urlare:

"Tu sei il miglior amico e collega che potessi incontrare nella mia vita. Grazie di cuore!"

L'energia che la notte scorsa pareva averla abbandonata, adesso, invece, sembrava pervaderla in ogni centimetro del corpo, tanto che in pochissimi minuti era già pronta per partire.

Questa volta era scesa così velocemente e presto che Andrew ancora dormiva e lei non poteva, né voleva attenderlo:

– Vado a Roma a sbrigare due faccende. Mi raccomando, sii prudente e non ti esporre. Ricorda che ci sono molti giornalisti in giro –

gli scrisse su WhatsApp mentre già in auto stava per uscire dal parcheggio dell'hotel.

In pochi minuti fu fuori dalla piccola cittadina che ormai le era familiare e a cui sembrava addirittura affettivamente legata.

Il tempo del viaggio sembrò volare, forse per l'eccitazione di scoprire nuovi dettagli sulla personalità del prete che aveva sbagliato a giudicare, o per la speranza di ricavare nuovi indizi, magari difficilmente dichiarabili in diretta televisiva.

Gli unici momenti in cui Sam guardò fuori dal finestrino e smise per qualche minuto di pensare al suo caso, furono quelli in cui attraversò l'incantevole Riserva Naturale di Decima Malafede.

La luce filtrava tra gli alberi e a tratti la raggiungeva dolcemente, come una tenue carezza che l'invitava a scendere e a addentrarsi tra gli alberi, per perdersi in una natura antica e misteriosa, capace d'inebriare anche la mente più ansiosa e angosciata.

Resisté alla tentazione di scendere e respirare un'atmosfera che già dall'interno della sua auto immaginava liberatoria, però dopo aver superato Castel di Decima fu costretta a fermarsi per una breve ma necessaria pausa.

La stradina stretta, silenziosa e deserta, al cui lato sostò, le sembrò quasi accoglierla e custodirne l'intimità di quei momenti.

Pensò per qualche istante a quanto meravigliosa e affascinante fosse quella terra in cui aveva la fortuna di vivere, e addirittura sorrise da sola, divertita da quella sensazione strana ma spontanea. Poi, come se di colpo fosse ritornata alla realtà dura e spietata che si era impegnata a risolvere, risalì in auto e riprese il suo cammino verso la Città Eterna.

Capitolo 29

Giunta a destinazione, non appena si trovò di fronte al cancello d'entrata, la detective iniziò a temere che non l'avrebbe trovato o che si sarebbe rifiutato di parlare con lei, ma la paura non la fermò, anzi, oltrepassandolo si diresse perfino con maggiore fretta e decisione verso la porta dell'edificio che però era chiusa.

Premette il pulsante accanto al cognome Cerasoli una prima volta senza ricevere alcuna risposta, poi una seconda, anch'essa a vuoto, e infine, notando che si trattava di un videocitofono, scrisse un messaggio sul suo smartphone e ne indirizzò lo schermo verso l'obiettivo della camera suonando così per un'ultima volta.

'Nessun altro bambino merita di soffrire come te, aiutami a impedirlo', recitava la scritta ben visibile dal monitor dell'abitazione.

"Chi sei?" rispose al citofono Capponi con voce tremante e insicura.

"Mi chiamo Samantha Onesti, sto indagando sull'omicidio di Brenda Williams. Ho davvero bisogno di parlarti" ribatté lei abbassando il cellulare e ponendosi davanti alla camera in modo da mostrare gli occhi in primo piano.

Istanti di silenzio interminabili in attesa di una risposta dell'uomo che, dopo uno sbuffo quasi irritato, replicò molto velocemente:

"Va bene, salga al secondo piano, le apro la porta" chiudendo infine molto rumorosamente la cornetta.

Alla fine della rampa di scale, la detective si ritrovò di fronte un uomo in pigiama che la fissava dalla fessura della porta, nascondendo in parte il proprio volto ma mostrando uno sguardo impaurito e diffidente.

"Venga, ma faccia piano, i miei coinquilini stanno dormendo" sussurrò Francesco aprendo maggiormente il portoncino.

Seguendolo in silenzio lungo il piccolo corridoio buio e stretto per via delle borse riposte ai lati, Samantha entrò in camera sua dove, una volta aperte le persiane, i due poterono finalmente guardarsi in viso alla luce del sole.

"Io so chi è lei. È stata in televisione per il delitto di San Martino Spino. Ma come ha fatto a risalire alla mia identità?! La redazione mi aveva garantito la massima riservatezza" disse il giovane sedendosi sul letto e invitando la donna ad accomodarsi sulla sedia accanto alla scrivania.

"Diamoci pure del tu, in fondo siamo quasi coetanei. Il tuo nome mi è stato fatto da un uomo di San Felice che ti ha riconosciuto a cui ho garantito massima discrezione. Vorrei che mi aiutassi a capire chi è veramente Antonio Battistin" le rispose con decisione lei fissandolo negli occhi, allargando leggermente le braccia e accennando un lieve sorriso.

"È un mostro" ribatté Francesco abbassando il capo e con un filo di voce tremante.

"Lo hai mai visto avere atteggiamenti violenti verso altri bambini? Ti è mai sembrato irascibile, impulsivo o fisicamente pericoloso?"

"Lo so dove vuoi arrivare. Te lo dico subito. L'assassino di Brenda, o di qualunque altro bambino tu stia cercando, non è il prete. Quello è solo uno schifoso maiale, non uno spietato serial killer."

"Come mai ne sei così sicuro?"

"Io lo conosco, purtroppo!"

"Un maniaco che ti ha stuprato e che definisci mostro dovrebbe essere sicuramente capace di uccidere, non credi?"

"È un debole. La sua depravazione è solo sessuale, non sarebbe in grado di sopprimere un altro essere umano. È solamente uno schifoso maniaco. Nulla di più."

"Sei cosciente che le tue dichiarazioni televisive scateneranno un putiferio a San Felice..."

"Non me ne frega niente! Io ormai ho perso tutto, che la gente mormori quanto vuole, tanto sto a Roma io. E poi, il porco già marcisce in carcere per un omicidio che non ha commesso. Per me l'importante è che stia rinchiuso in galera, se poi ci resta per una colpa non sua, o per avermi stuprato, poco m'importa."

"In realtà la sua pena è ormai agli sgoccioli, dovrebbe uscire a breve" gli sussurrò Sam cercando di coinvolgerlo emotivamente il più possibile.

"Quello che ha fatto a me è ormai prescritto, quindi non potrei comunque far nulla."

"Ascolta, che mi dici di sua sorella? Elisa Battistin sapeva?"

"Ah, me la ricordo bene quella lì. Sì, lei lo sapeva benissimo. Non potrò mai dimenticare quando una volta, mentre lui mi aveva rinchiuso in uno sgabuzzino della sacrestia dove spesso abusava di me, arrivò proprio lei. Elisa in pratica faceva da sacrestana e, sentendo rumori sospetti, aprì la porticina per capire cosa stesse accadendo, richiudendola immediatamente non appena ebbe intravisto il fratello con i pantaloni abbassati addosso a me."

"Quindi è sua complice" disse a bassa voce la detective.

"È malata. Credo soffra di una qualche forma di ritardo mentale o di autismo... non lo so. Negli anni successivi, quando ancora vivevo a San Felice, mi capitava spesso d'incontrarla per strada o nei negozi e una volta, carico di rancore nei suoi confronti, volevo rimproverarla, anzi, ero proprio tentato di aggredirla, ma quando provai un approccio con lei, mi sembrò di parlare con una ragazzina di otto anni. Era come confrontarsi con una bambina della scuola elementare, non si rendeva conto di nulla."

"Quindi non hai mai avuto modo di parlare seriamente con lei."

"Ci provai più volte. Avrei voluto ammazzarla! In alcuni momenti mi faceva perfino più rabbia pensare che lei sapeva e che non aveva fatto nulla per aiutarmi, piuttosto che l'essere stato stuprato. Ma è una persona malata, davvero non si rendeva conto. Era impossibile tentare di farle capire cosa avevo provato per colpa di suo fratello."

"Conosci Felicia Tomei?"

"No, non so chi sia, perché?"

"È stata la compagna di Elisa, lavorava anche lei in parrocchia."

"Ah Felicetta! Ma non era mica la sua compagna. Era solamente una ragazza di servizio che a volte pagavano per pulire i locali della chiesa, soprattutto in occasioni particolari e durante le principali festività."

"La conosci, quindi?! Ci hai mai parlato?"

"No, so solo chi è, in paese lo sanno tutti. La sua famiglia era molto povera. La madre lavorava come cameriera a ore, lavava i piatti e puliva per quattro spiccioli. Ma come fai a dire che è lesbica? E poi, come ti viene in mente che potesse stare proprio con quella lì?! Quella non è capace di avere relazioni, è impossibile! Felicina era solo una povera disperata che puliva la chiesa per guadagnare qualche soldo."

"Da quanto tempo sei andato via da San Felice?"

"Saranno quattro anni ormai che non ci metto piede. Non torno neanche per Natale."

"Quindi non da molto. Che opinione ti sei fatto dei delitti passati? Conosci il caso di Matteo Morelli? Pensi sia stato effettivamente un incidente?"

"Tu stai a San Felice adesso, vero?"

"Sì, ma..."

“E non ti rispondono, giusto?” la interruppe lui con uno strano ghigno, quasi di compiacimento, sul viso.

“La gente del luogo è molto diffidente. Nei paesi è normale.”

“Lo so. Vai da Maria di Prospero. È mia zia, abita in piazza Vittorio Veneto, proprio davanti alla fontana. Se non capisci qual è la porta giusta, chiedi al ristoratore dove suonare, e poi dille che ti mando io. Vedrai che lei sarà disponibile a parlare con te e ti dirà cose che gli altri non confiderebbero mai a una forestiera.”

“Grazie mille Francesco, sono davvero felice del tuo aiuto, ma dimmi per favore, tu di quelle morti cos’hai sentito? Cosa dicono in paese che fanno fatica a rivelare a un estraneo?” domandò lei con un tono eccessivamente gentile nel tentativo di farlo parlare.

“Le voci sono tante. Alcuni accusano il fratello del sacrestano e lo descrivono come un sadico assassino completamente pazzo, ma non è mai stato trovato nulla su di lui, nessun elemento di nessun genere, e infatti non è mai stato coinvolto in inchieste. Secondo me si tratta solo di malignità diffuse dalla gente che non apprezza il suo carattere schivo ed estremamente riservato. Altri, invece, per la morte del bambino trovato nel pozzo, sostengono che il colpevole sia un tipo che tutti chiamano Giacomo lo Zoppo.”

“E chi sarebbe?”

“Un uomo, ormai un vecchio, che vive da solo in una catapecchia in zona Fortino di Guardia Orlando. Le malelingue dicono che sia un pedofilo e che i suoi lo abbiano cacciato di casa per le sue perversioni sessuali, ma secondo me era solo un adolescente problematico, andato a vivere con i nonni. Come ti dicevo, per quanto riguarda Matteo Morelli, in tanti sostengono che sia stato lui ad ammazzarlo gettandolo in un pozzo dopo averlo violentato.”

“Ma non c’erano segni di violenza sul corpo del bambino, e poi di questo Giacomo, così come del fratello del sacrestano, non esiste traccia nelle inchieste passate. Non è possibile che i magistrati che si sono susseguiti…”

“Andiamo Samantha, tu sei molto più sveglia e informata di me. Siamo in Italia. Le indagini vengono fatte male, come qualunque altro compito assegnato a uffici pubblici" la interruppe lui ridacchiando.

"Hai ragione" ribatté la detective, con un tono di voce incerto dal quale trasparivano i suoi dubbi sulle spavalde convinzioni del giovane, concludendo poi, avvicinandosi a lui e porgendogli un bigliettino con numero di telefono ed e-mail: "Se ti viene in mente qualsiasi altro dettaglio utile alle mie indagini, chiamami per favore."

"Certo! Mi ha fatto piacere parlare con te. Non mi hai guardato dall'alto in basso come hanno fatto ieri sera."

"Dall'alto?! Io dovrei solo ringraziarti per la tua disponibilità. Dopo l'inferno che hai passato, hai avuto il coraggio di aiutarmi. Grazie e sii forte!" concluse lei dirigendosi verso la porta e attendendo che lui l'aprisse.

"Andrò da tua zia probabilmente dopodomani, prima devo sbrigare una faccenda qui a Roma" gli confidò a bassa voce appena fuori dal portoncino dell'appartamento, accarezzandogli la spalla destra con la propria mano sinistra.

La detective si allontanò scendendo le scale, con in mente ben impresso lo sguardo spaventato e in cerca d'aiuto di quel ragazzo, in fondo, mai veramente cresciuto.

Capitolo 30

"Allora?! Qual è la risposta?" domandò nervosamente Sam, parlando al telefono con Lorenzo, mentre si allontanava dalla casa di Capponi.

"Ha accettato! Hai appuntamento domani..."

"Pazzesco! Sai che non me l'aspettavo?!" lo interruppe lei, alzando il tono della voce e scuotendo nervosamente la testa.

"Anch'io non credevo che avrebbe acconsentito, soprattutto per come mi avevi raccontato che vi eravate lasciati all'altro incontro."

"Forse l'intervista televisiva alla sua vittima lo ha scosso. Magari ha paura che una volta lasciato il carcere possa subire rappresaglie, oppure vuole tentare di difendersi e chiedermi di diffondere una sua comunicazione, anche informalmente, per esempio tramite qualche amico giornalista."

"Ma dopo la galera non voleva rinchiudersi in convento? Di cosa dovrebbe aver paura?!"

"E se invece temesse proprio che la Curia cambi idea e che quindi il suo ritiro in convento non sia più tra le offerte della sua amata Chiesa?"

"In effetti potrebbe essere..."

"Ma dimmi, a che ora è l'incontro?"

"Alle dieci e mezzo. Ti ho prenotato un hotel per stanotte, un alloggio discreto ovviamente, nonostante lo Studio Ambrini, seguendo le indicazioni del signor Williams, abbia insistito affinché ti riservassi un cinque stelle, gli ho ribadito che tu preferisci mantenere un profilo basso."

"Bravissimo. Hai fatto bene. Per il futuro, gira allo Studio solamente la rendicontazione economica. Non devono interessarsi dei dettagli, né conoscere tutti i nostri movimenti. Capito?!"

"Va bene, scusami, non sono ancora abituato a questo tipo di organizzazione."

"Fa nulla, caro. Tu sei uno che impara in fretta. Ma alla fine, dove hai prenotato?"

"Starai alla Domus Corsini, in via Corsini 10, quindi tutto sommato vicino a *Regina Coeli*."

"Ah, ma lo conosco. Mica tanto basso profilo!"

"Ho trovato solo questo. Considera che c'è il pienone per il Giubileo straordinario proclamato da papa Francesco, quindi molte strutture hanno il tutto esaurito, soprattutto quelle a basso costo."

"Hai ragione dai, ci aggiorniamo più tardi. Ascolta, prima che chiudi, mi dici se abbiamo ricevuto i documenti dall'ufficio della PM?"

"Sì, sono già nella tua e-mail PEC. Io non li ho aperti."

"Bene, stasera li esaminerò con calma. Grazie mille e fammi sapere se ci dovessero essere novità."

Nel frattempo che la detective si dirigeva al suo alloggio, osservando ammirata e in silenzio i grandi palazzi romani dall'auto, non riusciva a non pensare alla voce tremante e insicura con cui Battistin le aveva in parte confidato i propri tormenti, rimproverandosi per non averne compreso a fondo la malata perversione.

Quell'uomo, così misero nella sua gracile fisicità, smagrito da un carcere al quale si era abbandonato senza mai opporsi, era apparso ai suoi occhi innocuo e assolutamente inoffensivo, probabilmente incapace non solo di uccidere, ma anche di molestare i bambini. Eppure, adesso la testimonianza del giovane uomo di San Felice, così sincera, dolorosa e priva di pretese vendicative, le aveva aperto gli occhi.

Antonio Battistin era viscido, spietato e anche pericoloso. Forse non era lui l'assassino a cui Sam stava dando la caccia, ma di sicuro la donna ne aveva mal interpretato il profilo criminale.

Un errore grossolano e imperdonabile che la stava assillando quasi quanto le immagini delle autopsie che continuavano a tornarle in mente.

Il prete, secondo la versione di Francesco, era stato capace di violentare più di un bambino, aveva quindi oltrepassato quel limite che tanti uomini non hanno il coraggio di varcare, per dare forma concreta ai propri desideri malati e violenti, divenendo così irreversibilmente un mostro.

E se invece fosse stato lui a uccidere? Era il dubbio che iniziò a risuonarle in testa, ma che lei non aveva neanche il coraggio di borbottare a bassa voce, vergognandosi per aver sempre scartato senza esitazione quell'ipotesi, troppo semplice e in apparenza errata.

Quando arrivò nei pressi dell'hotel, Sam sembrò letteralmente svegliarsi perché, immersa nei suoi mille pensieri, non si era neanche resa conto del tempo passato in auto.

Una volta scesa, sollevò lo sguardo verso la sontuosa entrata della villa e ne rimase per qualche secondo rapita, contemplandone lo stile classico e il richiamo all'arte dell'antica Roma che lei aveva sempre adorato.

Entrando ebbe l'impressione di varcare una soglia temporale, ritrovandosi così ai tempi della gloria di Roma, respirandone gli odori e ammirandone le meravigliose architetture, ma subito dopo, purtroppo, quando presentò il proprio documento d'identità al giovanissimo ragazzo della reception, quell'illusione svanì di colpo e il peso dei suoi tanti dubbi tornò a perseguitarla.

Ma com'è possibile che non ci sia traccia del fratello del sacrestano nelle inchieste passate?! E anche questo Giacomo lo Zoppo, non l'ho mai sentito nominare. Ho parlato con tante persone del posto, ho cercato di essere alla mano e amichevole, eppure non riesco a farmi rivelare nulla di utile, pensava di continuo salendo le scale prima e sistemando i propri effetti personali poi.

Sdraiatasi sul letto, fissando le volte della sua stanza cercò di risistemare ancora una volta tutte le tessere del puzzle ma, ogni qual volta azzardava un'ipotesi, altri tasselli nuovi e imprevedibili si aggiungevano rendendo tutto ancora più confuso.

Sospirando profondamente e rimanendo in posizione supina sul letto, afferrò il suo tablet e iniziò a sfogliare il PDF con i risultati delle autopsie di Leonardo e Youssef che la magistrata, non senza reticenze, alla fine le aveva concesso di visionare.

A primo impatto le foto molto dettagliate dei due corpi non la impressionarono particolarmente, forse perché la detective era già stata in parte desensibilizzata dalle immagini del cadavere di Brenda, o più probabilmente perché turbata da altro.

In quel momento, infatti, la sua più grande preoccupazione, il suo unico pensiero, era la risoluzione del caso dal quale, senza rendersene conto, era ormai ossessionata.

Poi iniziò a leggere i verbali delle audizioni del nuovo sacrestano, che era stato sentito anche dal maresciallo Mancuso e dalla PM, e del reverendo Trotta, ma nulla di quelle dichiarazioni le pareva rilevante o le suggeriva una direzione su cui concentrarsi, anche solo uno spunto da approfondire.

Ore intere a fissare lo schermo luminoso del suo tablet fino a sentire la fatica degli occhi che, chiudendosi da soli, bloccarono la sua ansia d'immagazzinare tutte le informazioni e i dettagli possibili, costringendola così a un riposo forzato.

Capitolo 31

Di mattina il suo pensiero fisso e opprimente restava quell'incontro.

Prendere la colazione e percorrere il tragitto che l'avrebbe condotta al carcere erano solamente una breve e fastidiosa attesa prima del momento in cui forse avrebbe chiarito alcuni dei suoi più martellanti dubbi.

Neanche i palazzi romani, che tanto l'affascinavano, o la soglia del carcere, sulla quale si soffermava sempre a riflettere come a un imponente confine tra libertà e prigionia, la distrassero dal suo unico obiettivo: incontrarlo, parlagli, chiedere e questa volta ottenere una risposta. Pretenderla.

"Buongiorno Battistin" disse con una voce ferma e fredda quando se lo ritrovò di fronte, prima che si sedesse nell'ufficio che le guardie carcerarie avevano loro predisposto.

"Buongiorno Onesti" rispose lui faticando a guardarla negli occhi.

"Sono davvero soddisfatta che tu abbia accettato la mia istanza per un nuovo incontro. L'inchiesta sta facendo grandi passi avanti, ma le recentissime dichiarazioni di Francesco Capponi impongono che tra noi ci sia un chiarimento."

"Sì, l'eco delle sue parole, purtroppo, è giunto sino a me. Non ho la TV, ma gli insulti di alcuni detenuti, i loro sproloqui e le minacce di morte, nel pochissimo tempo in cui ho interagito con loro, mi hanno fatto ben comprenderne il tenore. Volevo chiedere al mio legale d'informarmi dettagliatamente sulle sue esternazioni, ma visto che tu hai chiesto di rivedermi, ho pensato che avresti potuto essermi utile."

"Francesco ha raccontato, con dovizia di particolari, i tuoi abusi sessuali su di lui."

"Capisco" bisbigliò il reverendo sospirando e senza far trasparire nessuna emozione.

"Violentare i bambini è un crimine ignobile. È perfino più grave di uccidere. Non pensavo che tu ne fossi capace. Mi sbagliavo?"

"Tu non puoi capire, sei solo una ragazzina ingenua."

"Io sono qui per aiutarti, non per giudicarti. La verità ti libererà dal tuo passato. Solo con la verità potrai chiedere perdono a Dio e rasserenare il tuo martoriato animo. Devi lasciarti andare, aprirti con me. Raccontami tutto" ribatté lei fissandolo negli occhi, abbassando il tono della voce e sperando di convincerlo a svelare i suoi segreti.

"Quando commetti azioni così spregevoli, ti vergogni talmente tanto che non distingui più la verità dalla menzogna e alla fine ti convinci che non è mai successo. Non è neanche mentire. Dichiari semplicemente quello che per te è la realtà."

"Quindi è tutto vero, lo hai violentato, e non solo lui, giusto?!"

Una domanda appena sussurrata, troppo lontano dalle guardie che assistevano al loro colloquio per poterne udire il contenuto e alla quale non fu data nessuna risposta.

"Quanti ne hai stuprati?" insistette Sam dopo alcuni minuti di silenzio, aggiungendo con un tono di voce più alto e scandendo lentamente ogni parola: "Se non mi dici la verità, come posso aiutarti?!"

"Ma che cosa vuoi ancora da me?" le rispose l'uomo inspirando molto profondamente e continuando dopo qualche secondo di silenzio: "Non lo so… non riesco a… per me è troppo difficile ricordare."

"Sforzati allora! Tua sorella ha sempre saputo della tua pedofilia e dei tuoi rapporti sessuali con minori, vero?! Perché finge di essere ritardata?! Che cosa nasconde?"

"Ma quella è davvero matta. Tu dici che finge? Forse gioca un po' a fare la vittima, a recitare la parte della stupida, ma francamente tutto è, fuorché normale."

"Cosa intendi?"

"No, non mi riferisco al fatto che è una lesbica. Ormai non me ne frega più niente. Anni fa provai tante volte a guarirla, in fondo cosa le sarebbe costato essere una ragazza normale come tutte le altre, sposarsi, avere dei figli. Ma quando tentavo di farle frequentare un buon uomo della parrocchia, lei diventava violenta e ancora più instabile. Poi la sua relazione con quell'altra pazza l'ha rovinata del tutto."

"Parli di Felicia?"

"Sì, quella lì. Una poveraccia che puliva la chiesa per qualche soldo. Fu un errore mio accettare di aiutarla. Pagai la madre perché non desse seguito a un procedimento legale per molestie nei confronti di mia sorella. In quegli anni mi preoccupavo che lo scandalo potesse danneggiarmi agli occhi del vescovo, avevo ancora una reputazione da proteggere" disse l'uomo sorridendo amaramente, aggiungendo poi, bisbigliando e appoggiando il mento sul palmo della mano destra: "Ma ormai, cosa può più danneggiarmi?!"

"Tu sei un pedofilo e il tuo problema era guarire tua sorella dall'omosessualità?!" ribatté sdegnata la detective, lasciandosi trasportare dall'emotività.

"Io non sono un pedofilo!" urlò di colpo il prete, alzandosi di scatto dalla sedia e sbattendo i pugni sul tavolo. "Io sono un umile servo di *Sancta Romana Ecclesia*! Abbi rispetto per me e per la nostra Chiesa!"

"Calmati Antonio" gli rispose lei, allontanandosi dal tavolo e permettendo alle guardie, nel frattempo repentinamente intervenute, di provare a farlo sedere.

"Ma che cosa vuoi sapere da me, puttana! Io non ho mai ammazzato nessuno. Chiedilo a quella lesbica di merda come te, chi è l'assassino, cretina!" esclamò con rabbia Battistin, digrignando i denti e fissandola furiosamente.

L'uomo provò per qualche secondo a divincolarsi dalla presa delle guardie ma alla fine, impotente contro la forza dei due secondini, venne trascinato via di peso senza mai distogliere il suo sguardo d'odio dalla donna.

Immobile, su quella sedia distanziata una ventina di centimetri dallo spartano tavolino su cui poco prima poggiava le braccia, Sam, rossa in viso ed emotivamente turbata, cercò di regolare il suo respiro e si sforzò di non mostrarsi agitata.

Quando pochi minuti dopo una guardia carceraria, in modo sgarbato e con un tono quasi scocciato, la invitò a lasciare la stanza, lei non esternò nessuna emozione.

Si alzò all'istante e, con pacatezza e come se non fosse accaduto nulla, abbandonò il carcere.

Prima di arrivare al suo hotel lungo la strada gremita di gente, nascondendo con entrambe le mani il proprio viso, non trattenne le lacrime che copiose e inarrestabili solcarono le sue gote.

Amare, ma non di rassegnazione.

Rabbiose, ma non ansiose d'inutile vendetta.

Fiduciose, infine, di trovare la verità e rendere così giustizia alle giovani vittime ormai travolte, nel corpo e nell'anima, dai desideri malati di un ignobile uomo senza scrupoli.

Capitolo 32

"Com'è andata?" le domandò al telefono Lorenzo qualche ora dopo il colloquio, intanto che Sam, ancora scossa, studiava a capofitto la documentazione del caso nell'inconscio tentativo di dimenticare la violenta e repentina aggressione subita.

"Male, malissimo" sussurrò lei con un filo di voce rauca.

"Stai bene?!"

"Stressata, ma è normale. Quando si lavora a contatto con morte e violenza, si finisce per esserne travolti."

"Che significa? Cos'è successo?!" la incalzò il giovane con un tono preoccupato e pronunciando molto velocemente l'ultima parte della frase.

"Abbiamo sbagliato nel valutare il profilo criminale di Antonio Battistin. Non un pedofilo passivo incapace di violenze e dedito allo scambio di materiale pedopornografico, ma uno schizofrenico aggressivo, instabile e socialmente molto pericoloso."

"Cavolo, allora avevamo davvero preso una cantonata! Ma che ha fatto?! Ti ha aggredita? Stai bene?"

"Sì, sto bene. Fisicamente non mi ha neanche sfiorata, c'erano pure le guardie poco distanti, quindi ero al sicuro. Mi ha urlato contro dicendo che sono una lesbica di merda come la sorella… Aveva gli occhi pieni di una rabbia, una violenza… mi ha… mi sento male se ci penso."

"Mio Dio, che bestia! Un pedofilo omofobo che pensa di poter fare il moralista. Assurdo."

"Ti ricordi di Veronica?"

"Chi?"

"Quella di Mantova, coi capelli rossi, che dipinge. Siamo stati anche a una sua mostra."

"Ah, l'artista. Sì ma che c'entra?!"

"Lei aveva una teoria. Era appassionata di filosofie orientali, te lo ricordi no?! Andava sempre in Asia…"

"Sì sì, ho capito a chi ti riferisci. Quella che mi raccontavi che piangeva per l'emozione quando visitavate i templi shintoisti."

"Esatto. Lei una volta mi confidò una sua teoria che mi colpì molto. Sosteneva che le persone sono come il simbolo dello Yin e Yang. Hai presente?"

"Il cerchio diviso in due metà, bianca e nera, con all'interno un puntino bianco nel nero e viceversa?"

"Sì. Secondo lei lo Yin e Yang rappresenta l'animo umano. Più nascondi qualcosa di te, più dovrai esternare l'opposto."

"Non ho capito."

"È per questo che gli omosessuali nascosti sono i più violenti e spietati omofobi. Ed è lo stesso motivo per cui i pedofili sono così numerosi nella Chiesa cattolica: ignobili e nascosti dentro, moralizzatori e fondamentalisti fuori."

"Teoria affascinante."

"Secondo me è vera. Oggi, mentre Battistin inveiva contro di me, ho sentito tutta la sua rabbia ed era spaventosamente immensa. Era mista a un dolore e a una repressione sessuale davvero impressionanti. La sua sofferenza per aver tenuto nascosti i suoi malati istinti pedofili lo ha portato al sacerdozio e a condannare chiunque percepisca come diverso. Gli omosessuali come me e sua sorella in primis."

"Insomma, un frustrato che se la prende con le minoranze. Ma questo non cambia il nostro lavoro. Tu devi trovare il colpevole…"

"E invece credo che sia più rilevante di quanto sembri. Uno così potrebbe benissimo essere capace di uccidere, e noi all'inizio lo avevamo escluso, oppure potrebbe aver spinto la sorella e la sua compagna a qualche gesto estremo. La direzione su cui, secondo me, vale la pena concentrarsi, è proprio questa."

"Ah, ti avevo chiamato per parlarti di Andrew."

"Cosa vuole?!"

"Non ti ha detto nulla, vero?!"

"No, non l'ho sentito. Stasera torno a San Felice, dovrò incontrare la zia…"

"Ascoltami, ha rilasciato un'intervista a una giornalista del 'Corriere'."

"Ma è pazzo?! Gli avevo raccomandato di non fare nulla del genere!"

"Lui dice che vi aiuterà a…"

"A che cosa?! Ma Dio Santo, possibile che non riesca mai a ubbidire alle mie indicazioni?!" urlò la donna terminando la chiamata e affrettandosi a telefonare all'americano selezionando, col dito che le tremava per il nervosismo, il suo nome sul display.

"*Hello*?"

"Hai rilasciato un'intervista?!" lo rimproverò subito lei.

"No… Sì… Ti stavo per chiamare. Hai parlato con Lorenzo, immagino."

"Lo sa perfino lui e a me non dici niente! Eravamo d'accordo sull'essere molto discreti e non esporci mediaticamente. Avresti dovuto parlarmene, ti avrei detto io cosa fare!"

"Ho tentato di chiamarti più volte," provò a giustificarsi lui con voce tremante, "ma non rispondevi. Poi Lorenzo mi ha detto che in quel momento ti trovavi in carcere e che quindi non potevi…"

"Dovevi aspettare. Che fretta c'era?!"

"In fondo è solo un giornale locale. La ragazza era così gentile, sembrava avere davvero bisogno della mia intervista per crescere professionalmente, inoltre mi ha assicurato che avrebbe pubblicato solamente le parti che io ho autorizzato, infatti quando ha trascritto…"

"Sei un cretino!" lo interruppe furiosamente lei che, dopo un lungo sospiro e acceso il PC, proseguì usando un tono di voce meno aggressivo ma molto deciso. "Come si chiama la giornalista? Qual è il giornale? Che cosa ti ha chiesto? Quando ti ha detto che verrà pubblicato? Ti ha per caso fatto firmare una liberatoria? Ne hai una copia?!"

"S-sì sì, ho firmato la liberatoria…" provò a risponderle lui.

"Eh lo sapevo, figurati! Ne hai una copia almeno?!"

"Certo, ce l'ho qui con me, se vuoi te la leggo…"

"No, no, appena chiudiamo la chiamata girala a Lorenzo, speriamo almeno che sia un testo standard e che non nasconda qualche abuso. Questi vivono di scandali, tu neanche te lo immagini quanto siano squallidi" disse Sam abbassando il tono della voce nell'ultima parte della frase e sospirando.

"Ti ripeto, mi ha davvero fatto una buona impressione. Insomma, si tratta di una bella ragazza, giovane, ben educata, gentile e molto rispettosa. Mi ha detto che lavora per il 'Quotidiano Laziale' e ha aggiunto che…"

"Mi puoi dire il suo nome cortesemente?! Guarda che non conosco nessun giornale con quel nome" lo interruppe per l'ennesima volta lei, iniziando a respirare affannosamente come se si fosse stancata.

"Si chiama Eleonora Berti e ha detto che…"

"Ha i capelli rossi?"

"Sì, sì, rossissimi."

"Ecco, altro che giornalino locale, questa lavora per il più diffuso quotidiano del nostro paese! Lo sapevo, ti sei fatto prendere in giro."

"S-sei sicura? Io credo che fosse onesta e…"

"Eh certo che sono sicura, l'ho cercata adesso su Google! Anzi, sai che ti dico, adesso mi ricordo pure di aver letto diversi suoi pezzi. Si interessa specificatamente di cronaca nera, soprattutto di delitti irrisolti. Ascolta Andrew, mi devi riferire cosa ti ha chiesto e quello che le hai rivelato. Cerca di essere il più preciso possibile, non voglio spiacevoli sorprese dalla stampa. Devo capire se quando pubblicherà l'articolo, ci danneggerà, o peggio ancora ci creerà ostacoli nel proseguire le indagini. Ricorda che la PM, che come avrai notato non è certo una persona amabile, finora ci ha concesso molte più informazioni di quelle a cui sarebbe stata tenuta per legge, se adesso ci dimostriamo inaffidabili perderemo questo prezioso privilegio. Lo capisci?!"

"Hai ragione, scusami. Sono stato davvero uno stupido. Mi sento come se mi avessero truffato" rispose l'uomo, dopo qualche secondo di silenzio, con una voce tremante che sembrava preannunciare imminenti lacrime di dispiacere.

"Ormai è successo. Adesso è importante che tu mi dica tutto, mi raccomando, proprio tutto quello che le hai raccontato. Per il futuro, devi stare più attento e per qualsiasi dubbio chiedi sempre a me o, se io sono occupata, a Lorenzo."

"Va bene, scusami ancora Samantha."

"Che domande ti ha fatto?"

"Come ti ho detto prima, aveva un tono molto gentile, quasi affettuoso, come una figlia. All'inizio ha parlato solo lei. Mi ha raccontato di quanto sia difficile per una donna occuparsi di cronaca nera in Italia e che veniva maltrattata dai colleghi della redazione. Mi ha anche confidato che spesso perfino i parenti delle vittime non la prendevano sul serio perché…"

"Sì, sì, ho capito, ti ha preso per bene per il culo. Vai alla sostanza. Che ti ha chiesto e cosa le hai rivelato?!"

"Dopo avermi detto che era rimasta molto colpita dalle dichiarazioni del professor Del Greco a *Giallo Criminale*, in cui questi sosteneva l'impossibilità che gli omicidi dal '94 in poi fossero opera dello stesso killer, ha insistito molto nel chiedermi come mai io fossi invece convinto del contrario."

"E tu che le hai risposto?! Dai parla!" lo incalzò Sam innervosita da una sua lunga pausa silenziosa.

"Le ho rivelato che da sempre penso che dietro la morte della mia piccola Brenda ci sia lo stesso uomo che ha ucciso Leonardo, Youssef e Matteo, e che adesso ha stroncato la vita di Giovanni e Yassine. Ovviamente lei mi ha chiesto in base a quali argomentazioni io potessi sostenere un'ipotesi così ardua, visto che sono passati più di vent'anni e il colpevole per l'omicidio di mia figlia si trovava già in carcere, e considerando inoltre che la morte di Matteo era stata accertata come accidentale."

"E tu?"

"Forse ho sbagliato."

"Che le hai detto?!"

"Ovviamente ho insistito sul fatto che Battistin non può essere il vero assassino. Inoltre, le ho rivelato che…" s'interruppe improvvisamente, ingoiando la sua stessa saliva e aggiungendo, dopo qualche secondo di silenzio, con una voce molto flebile e insicura: “Insomma, le ho detto che, in base alle informazioni che mi avevano fornito fino a quel momento, il nuovo prete probabilmente non aveva baciato sulla bocca il bambino immigrato ma che qualcuno aveva cosparso sulle labbra del cadavere la sua saliva e anche il suo muco. Poi le ho confessato che io delle indagini degli inquirenti italiani non mi fido minimamente, perché in questo paese sono capaci di mettere in carcere qualcuno solo per placare la rabbia dell’opinione pubblica. Così fecero col prete di allora, e così, secondo me, c’è il rischio che accada oggi, per questo ho incaricato un’investigatrice privata e…”

“Ecco, lo sapevo!” esclamò Sam sbuffando molto rumorosamente. “Scordiamoci qualsiasi collaborazione non assolutamente obbligatoria con la PM. Appena uscirà l’articolo non vorranno più saperne di noi e la nostra ricerca della verità, già difficilissima, sarà ancora più ardua. Non hai solamente danneggiato me, ma soprattutto te stesso. Te ne rendi conto?!”

“Ho sbagliato, scusami, in quel momento non mi sono reso conto di cosa stavo facendo.”

“Stasera torno a San Felice. Oggi ho avuto un colloquio con Battistin e ho compreso quanto mi fossi inizialmente sbagliata su di lui. Si tratta di un sociopatico aggressivo e pericoloso. Le nostre ipotesi, quindi, sono da riformulare e il caso, di conseguenza, da riconsiderare in toto.”

“Ma cos’è successo?! Come hai fatto a capire una cosa del genere da una semplice conversazione, in fondo tu ci avevi già parlato di persona e avevi concluso che era innocuo.”

“Mi sbagliavo. Anche io commetto errori, sai?! Ascolta, stasera ne parleremo con calma di persona. Abbiamo bisogno di fermarci entrambi a riflettere. Il caso si presenta molto più complesso di quanto potessi immaginare e perfino con nuove figure di cui non c’è traccia nelle precedenti inchieste. Inoltre, non sono più neanche così convinta che sia possibile considerare i differenti delitti e incidenti, come parte di un unico disegno criminoso.”

Capitolo 33

Il sole si abbassava teneramente all'orizzonte, incupendo l'aria di un colore del rame, ma Samantha, in auto e a velocità sostenuta, si dirigeva verso San Felice senza lasciarsi distrarre dai piacevoli riflessi incandescenti che sfioravano gli antichi palazzi romani.

La giovane, immersa nei suoi pensieri e con lo sguardo fisso sulla strada, sembrava incapace, in quei momenti d'inquietudine, di cogliere la grande bellezza romana che da sempre l'aveva affascinata e a cui spesso si abbandonava.

Dominata dall'unico obiettivo di giungere quanto prima a destinazione, non distolse lo sguardo dal suo percorso neanche per un istante. Neppure quando, attraversando il parco di Decima Malafede, un animale, a prima vista un cane, attraversò di colpo la strada, costringendola a una brusca e repentina frenata che, oltre allo spavento, le provocò un dolore alla base del collo.

La sensazione di fastidio, costante e molesta ma non intensissima, l'accompagnò fino all'entrata della cittadina costiera, tuttavia non la distrasse dall'angoscia per il complicarsi del suo caso, anzi, la rese ancora più apprensiva e irritabile.

"Eccoti, ti aspettavo." La salutò Andrew non appena la vide dirigersi verso di lui al tavolo del piccolo ristorante dell'hotel.

"Ciao! Per poco non mi ammazzavo per strada. Un cane, forse addirittura un lupo, è sbucato dai cespugli e si è buttato sotto la mia auto. L'ho schivato per un soffio, rischiando di sbattere contro un albero. Oggi sono proprio sfortunata" disse la donna sedendosi e sospirando.

"Ma cosa è successo col prete che..."

"Innanzitutto, voglio essere certa che tu, questa volta, abbia imparato la lezione!" lo interruppe lei fissandolo negli occhi.

"Ti chiedo davvero scusa. Sono stato un idiota" ribatté lui con voce rauca e abbassando lentamente il capo, senza però riuscire a nasconderle l'intenso rossore degli occhi. "Non succederà mai più, hai la mia parola."

"Bene! Allora, come ti avevo anticipato, Battistin si è rivelato un soggetto molto differente rispetto alle nostre prime valutazioni, potenzialmente pericoloso e a mio avviso capace anche di uccidere. La sua indole violenta va ben oltre la sua conclamata pedofilia. Non è pericoloso solamente come predatore sessuale, ma è in grado di qualsiasi tipo di violenza."

"Ma cos'è successo? Come mai adesso hai cambiato valutazione su di lui?"

"Mi ha aggredita dandomi della lesbica di merda..."

"Ah, mi dispiace tanto."

"Ma figurati, ci sono abituata. Il problema non è questo. Non me ne frega niente dei giudizi morali di un maniaco che violenta i bambini e che si nasconde dietro una tonaca. Il punto è un altro: ha dimostrato, non per il contenuto delle sue parole, ma per le modalità con cui le ha espresse e la rabbia esternata, una pericolosità e un'indole violenta che, né nei documenti processuali, né dal mio primo colloquio, avevo realmente compreso."

"Potrebbe quindi perfino essere lui l'assassino? E io starei cercando... Il colpevole è sempre stato in galera e io mi sono tormentato tutta la vita per nulla?!"

"Tutto è possibile, caro. Ormai, però, considero l'ipotesi della pluralità degli assassini più plausibile rispetto a quella dell'unico disegno criminoso dietro così tante morti."

"Ma è comunque improbabile che in un territorio così ristretto, nell'arco di quasi un trentennio, diversi assassini abbiano agito per uccidere vittime dai profili così simili. Non ha senso."

"E chi lo ha detto?!"

"Io la penso così."

"Dobbiamo esaminare a fondo qualsiasi ipotesi. Da domani ho intenzione di approfondire scrupolosamente anche la dinamica dei tre delitti antecedenti quello di Brenda. Ci sarà utile per arrivare alla verità, o alle verità."

"Leonardo e Youssef sono sicuramente stati uccisi, ma per quanto riguarda Matteo Morelli pensi che potrebbe davvero essersi trattato di un incidente?"

"Potrebbe. Oppure, potrebbe non essere lo stesso killer di tua figlia e neppure di chi ha ucciso Giovanni e il piccolo di Torre Fico."

"Capisco."

"Adesso ceniamo. Domani mattina andremo a trovare la signora Maria di Prospero, la zia di Francesco Capponi. Forse lei romperà il velo di omertà e diffidenza che impedisce alla gente del posto di confidarsi con noi."

"Mi fa piacere poter rimanere al tuo fianco, nonostante…"

"Ricorda sempre che le domande le faccio io!" lo interruppe infine lei.

Capitolo 34

La pallida luce del sole penetrava appena dalle fessure della persiana, eppure lei era sveglia e con gli occhi spalancati verso il suo smartphone, in attesa che suonasse la sveglia, già infastidita.

Si alzò di scatto e, prima ancora che la canzone risuonasse nella sua stanza, aprì la finestra spalancandola del tutto.

Respirò a pieni polmoni l'aria di mare di San Felice che tanto apprezzava e poi sospirando profondamente si diresse verso il bagno.

In poco tempo si lavò e preparò e passando davanti alla stanza del suo cliente bussò alla porta, consapevole che dato l'orario lui stesse ancora dormendo. Lo invitò, alzando il tono della voce, a raggiungerlo quanto prima nella saletta della colazione.

L'unico cameriere che in quel momento sistemava il buffet la fissava con un ghigno quasi beffardo.

Samantha era, infatti, la sola persona già seduta al tavolo in attesa di consumare il pasto mattutino, in largo anticipo rispetto all'orario ufficiale. Nonostante la fame, però, si trattenne da qualsiasi tipo di richiesta e continuò ad attendere in silenzio e a studiare i documenti memorizzati sul suo tablet.

Quando Andrew la raggiunse, la detective sembrava non riuscire neanche a sollevare lo sguardo dallo schermo, immersa com'era a esaminare minuziosamente ogni dato processuale e investigativo in suo possesso.

"Ti sei svegliata prestissimo stamattina" le sussurrò l'americano, quasi temendo di disturbarla.
"Sì sbrighiamoci, sarà una giornata lunga" gli rispose lei molto velocemente.

Il ragazzo di servizio, avendo già terminato di sistemare il buffet, si avvicinò ai due e, nonostante non fosse ancora l'orario indicato per la colazione, chiese loro cosa desiderassero. Fu lui stesso a servirli al tavolo, quasi come se si fosse reso conto della mole di lavoro che stava affrontando la detective e volesse darle una mano.

Un pasto veloce, senza chiacchiere o riflessioni da condividere e subito in strada, a piedi, verso piazza Vittorio Veneto.

"Pensi che ci sarà d'aiuto parlare con questa signora?" le domandò lui mentre camminava e respirava sempre più affannosamente man mano che la distanza percorsa aumentava.
"Sì, abbiamo bisogno di raccogliere anche le voci della gente comune. Sai come si dice, *vox populi, vox Dei*."
"Sì, è un passo del *Libro di Isaia*, ma io non credo che i pettegolezzi possano aiutarci."
"Lo scopriremo col tempo se saranno utili o meno."

Seguendo le indicazioni di Francesco, Samantha si ritrovò davanti a un edificio a fianco del principale bar della piazza e, non trovando sul citofono il nome della signora, domandò a una ragazza che vi lavorava di aiutarla.
Non appena suonò, una voce tremante e dalla marcata cadenza dialettale scandì quasi urlando:

"Chi è?"
"Buongiorno signora, sono Sam, una cara amica di Francesco. Suo nipote mi ha detto di venirla a trovare per fare due chiacchiere. L'ha avvisata che sarei passata a trovarla?"
"Ah, l'investigatore privato. Sì, Franceschino mi ha chiamata ieri sera per dirmelo. Sali cara, così ci prendiamo un buon caffè."

"Eccoci signora!" esclamò Sam sorridendole molto calorosamente e allargando le braccia verso l'anziana, e aggiungendo, dopo aver indicato con la mano sinistra l'americano: "Lui è Andrew, il papà di Brenda, qui ormai lo conoscete tutti."

"Certo signorina, purtroppo qui è un volto noto. Prego, accomodatevi" disse Maria, appoggiandosi con un gomito su un mobile dell'entrata, come se faticasse a stare in piedi e indicando ai due le poltrone del salotto.

"Signora, la prego si sieda, non occorre che si affatichi per prepararci un caffè" le raccomandò Sam vedendola in difficoltà.

"È già pronto cara, ne preparo sempre qualche tazza in più per me, anche se sono sola, quindi devo solo portarvelo. Questa vecchiaccia è ancora in forma!" ribatté subito lei ridendo e porgendo agli ospiti tazze e zuccheriera.

"Molti in paese sono restii a parlarmi, forse temono di essere ripresi o in qualche modo coinvolti in questa storia che dura da troppi anni e che adesso pare disturbare nuovamente la vostra serenità."

"Noi siamo brava gente. Da sempre siamo abituati ad accogliere i turisti, ma giornalisti americani e investigatori ci mettono a disagio."

"Suo nipote mi ha detto che lei ci avrebbe aiutati. Potrebbe per favore dirci…"

"Certo cara" la interruppe l'anziana, avvicinandosi al suo volto e sussurrandole: "Una così bella ragazza come te non dovrebbe però occuparsi di faccende tanto tristi."

"Ah ah! Signora Maria, i tempi sono cambiati, ormai il mondo lo governiamo noi donne" affermò ridendo la detective e allontanandosi dalla signora.

"Hai ragione, forse sono rimasta indietro. Quando insegnavo alle elementari alle bambine si ripeteva di continuo di diventare mogli pazienti e madri premurose. Quanti errori abbiamo commesso!" esclamò l'anziana fissando il vuoto, sorridendo dolcemente e accarezzando il ginocchio della detective. "Devi scusare la mia ignoranza. Sono cresciuta con altri valori, forse sbagliati, ma allora era davvero difficile da comprendere. Probabilmente è stata una fortuna non aver avuto figli, almeno non ho educato anche loro con quell'insensato maschilismo."

"Sono sicura, invece, che lei sarebbe stata un'ottima madre. Lo intuisco dai suoi occhi. Lei ha uno sguardo molto dolce, sa? In ogni caso, adesso l'importante è che ci aiuti. Se suo nipote ci ha suggerito di parlarle, è perché lei può raccontarci il sentire comune della gente del posto."

"Mio nipote è un bravo ragazzo, non meritava di essere abusato in un modo così vile e per giunta da un uomo di Chiesa" bisbigliò l'anziana abbassando lo sguardo e piangendo.

"Lo ha saputo anche lei dalla trasmissione TV dell'altra sera?"

"No, io purtroppo lo sapevo da anni. Non è l'unico, sai?! Sono diversi e ormai in paese li conosciamo tutti. Se quel viscido prete tornasse qui, lo ammazzerebbero di sicuro."

"Signora Maria, facciamo un passo indietro per favore. Andiamo all'inizio di queste morti. Di Leonardo D'Angelo si ricorda?"

Capitolo 35

“Come potrei dimenticare! Quando lo trovarono in quella fossa alla Piana d’Argento, rimanemmo tutti sconvolti, ma nessuno avrebbe mai potuto immaginare che in futuro ci saremmo rivolti a lui come *il primo*. Tutt’ora mi sembra assurdo.”

“Come saprà, il bambino fu rinvenuto in un terreno limitrofo alla villa, in quel periodo disabitata, di un ricco imprenditore del settore alimentare. Leonardo aveva profonde lacerazioni alla parete addominale, ma il suo corpo non presentava segni di violenza sessuale. Sui suoi vestiti furono ritrovati dei capelli di donna, ma il profilo genetico ricavatone non trovò alcuna corrispondenza nella Banca Dati Nazionale del DNA.”

“Sì, mi ricordo benissimo. Volevano perfino effettuare le analisi a tutto il paese, ma secondo me ne sarebbe bastato uno solo.”

“Cosa intende?”

“Hai già conosciuto Giacomo Mastracci?”

“Lo Zoppo?!” ribatté Samantha con un filo di voce.

“Sì, sì, quello lì. Quel maiale!”

“Ancora non l’ho incontrato. Lo sentiremo in questi giorni, infatti lui…”

“Sta’ attenta. Non andateci soli!” esclamò l’anziana interrompendola e voltandosi di scatto verso l’americano. “Quello è molto pericoloso.”

“Perché dice così? Cos’ha fatto di grave?” le domandò con un tono pacato la detective.

"Fu uno dei miei allievi. In fondo, io, nonostante mi lagni di non aver avuto figli, ho cresciuto molti più bambini di qualunque madre qui a San Felice" disse la donna fissando il vuoto, aggiungendo, però, dopo qualche secondo di silenzio, con un tono molto più deciso e fissando Sam dritta negli occhi: "Uccideva i gatti solo per divertimento! Era un mostro già da piccolo."

"Lei pensa che sia stato lui a uccidere Leonardo?"

"Io non penso niente. Io ascolto. La gente chiacchiera e spesso tra le dicerie si nasconde la verità."

"Signora io sono un'investigatrice, ho bisogno di fatti non di pettegolezzi."

"I bambini sanno essere molto cattivi. Lo prendevano sempre in giro per i suoi vestiti sporchi e trasandati, d'altronde i suoi genitori non erano di certo benestanti, ma quando iniziò a vendicarsi… attendeva che io mi assentassi, che nessuno lo potesse vedere, agiva con una violenza e una mancanza di empatia degne di un maniaco omicida. Una volta, durante la ricreazione, tentò di conficcare una matita nell'orecchio di un suo compagno e solamente le grida di una bambina, che per fortuna attirarono la mia attenzione, impedirono il peggio. Riuscii a fermarlo appena in tempo. Se penso a cosa sarebbe potuto accadere, ho ancora i brividi."

"Lei lo descrive come un bambino malato."

"È una persona malata. È un uomo capace di qualsiasi orrore. Quando lo guarderai negli occhi capirai."

"Signora, parliamoci chiaro. Le tracce di DNA ritrovate sul cadavere di Leonardo sono femminili e non maschili. Inoltre, questo Giacomo lo Zoppo di cui parla così male, non appare neanche come persona informata sui fatti nelle inchieste passate. Per quanto i PM e le forze dell'ordine che hanno seguito le indagini in tutti questi anni potessero essere impreparati o incapaci, e dubito che lo fossero proprio tutti, non è possibile che quest'uomo così pericoloso, e che lei mi sta indicando come il colpevole, sia rimasto totalmente estraneo alle inchieste. E poi, suo nipote mi ha parlato anche del fratello del sacrestano come persona sospetta. Su di lui, invece, non mi dice nulla?"

"Ma chi, Luigi Bertelli?! Ma figuriamoci, quello è un povero mentecatto. È innocuo. La gente ne parla male solo per disprezzo, nulla di più. Cara, lascia che ti racconti che atmosfera si respirava allora. Tu non hai vissuto quegli anni, non ne hai sentito il peso. Quando indagavano sull'omicidio di quel povero bambino, tutti sembravano solamente interessati a coinvolgere i Ferruzzi."

"Sì, ho letto gli articoli dei giornali di quegli anni. Giancarlo Ferruzzi era diventato molto influente tra i politici conservatori e ambiva alla leadership del principale partito di centrodestra. Secondo alcuni, infatti, l'omicidio avvenuto proprio a ridosso della sua proprietà fu usato per indebolirlo politicamente e…"

"No, no... Non è solo questo. Non puoi capire cosa accadde studiando qualche articolo dell'epoca. L'atmosfera che si era creata qui da noi, e in modo particolare la pressione mediatica attorno al paese, era davvero pesante. A nessuno interessava trovare il colpevole, ma tanti si approfittarono del caso per demolire l'immagine di Ferruzzi. Inquirenti per primi."

"Insomma, almeno i genitori del bambino avranno chiesto che le indagini…"

"Loro erano i peggiori di tutti!" la interruppe l'anziana agitando il dito indice della mano destra di fronte a lei. "Grazie a interviste, storie vendute in esclusiva e ipotesi assurde sul personale della villa che avrebbe rapito e ucciso il piccolo tentando di cederlo a un fantomatico pedofilo benestante, sono diventati ricchi."

"Sì, ho letto anche che tramite una querela per diffamazione a un giornale hanno ottenuto un ingente risarcimento danni."

"Cercavano solo soldi. Non si preoccupavano mica che i giornali diffondessero notizie diffamatorie, ma solo di averne i diritti economici. Ascoltatemi, andate a parlare con quel pervertito e vedrete che a massacrare Leonardo è stato proprio lui, altro che prete pedofilo o le invenzioni sull'imprenditore mostro."

"Capisco" sussurrò Sam con un filo di voce e abbassando il capo. Dopo un breve sospiro, tornando a guardare negli occhi l'anziana, aggiunse: "Tre anni dopo, nel 1997, muore Youssef Sana. Su di lui sono state trovate tracce di DNA maschili, anche in questo caso non identificate. Indagarono la mamma e nonostante alcuni gravi indizi contro di lei non si giunse a una condanna. Il piccolo fu trovato in casa dei genitori con il cranio fracassato con un oggetto contundente mai ritrovato. Sua madre, malgrado fosse stata sin dall'inizio dell'inchiesta la principale sospettata, non smise per un solo secondo di sostenere che qualcuno si era introdotto in casa sua di mattina prestissimo, intanto che lei accompagnava l'altro figlio allo scuolabus, e aveva commesso l'omicidio. Su di lui, cosa dice la gente?"

"Tu sai dove lavorava il papà del bambino?"

"Sì, in una ditta privata specializzata in manutenzione di giardini e piscine."

"E sai chi altro lavorava per quella piccola impresa?!" esclamò Maria sorridendo in modo inquietante.

"Giacomo, immagino."

"Bravissima."

"Capisco, ma anche in questo caso Mastracci non viene mai menzionato nel processo e l'omicidio rimane irrisolto."

"Io ti riferisco quello che dice la gente. Sei venuta qui per questo, no?!"

"Sì, certo, ma…"

"Di processi non so niente," la interruppe la signora Maria, appoggiandosi sullo schienale della poltrona e sospirando profondamente, "ti sto confidando quello che sento dire e a cui anch'io credo."

"Lei crede davvero che sia stato quel signore a commettere i due omicidi?"

"Sì, io lo conosco bene. Ho visto i suoi occhi, ho sentito la sua crudeltà, ho avuto terrore di lui. Anche il bambino trovato morto in fondo al pozzo nel '98, Matteo Morelli, secondo me è una sua vittima. Giacomo è furbo, nonostante non lo sembri, e ha fatto credere a tutti che si fosse trattato di un incidente. Io sono fermamente convinta che sia stato lui a buttare giù dal pozzo il piccolo, uccidendolo sul colpo. Gli hanno trovato l'osso del collo spezzato" concluse Maria singhiozzando e piangendo intanto che pronunciava le ultime parole.

"Quindi è opinione diffusa che dal '94 al '98 quest'uomo abbia ucciso tre bambini e non sia mai stato arrestato per i suoi delitti."

"Proprio così."

"Io sono venuto spesso qui e ho frequentato anche persone del posto, eppure nessuno mi ha mai nominato questo signore" borbottò Andrew incredulo.

"Lei non è uno di noi, ha solo avuto rapporti di lavoro con alcuni del paese, non di amicizia. Inoltre, per Brenda è diverso."

"In che senso?" domandò Sam che nel frattempo aveva fatto cenno al suo assistito di tacere.

"Su Brenda nessuno sa davvero cosa sia successo. Di sicuro don Battistin c'entra qualcosa. Secondo molti, dietro la morte della piccola ci sarebbe sua sorella Elisa. La conoscete?"

"Sì l'abbiamo già sentita. Perché dovrebbe essere coinvolta?"

"E allora credo che tu lo sappia già."

"Non capisco cosa intende."

"Elisa è sempre stata una ragazza particolare, anche lei è stata una mia alunna, sai?!"

"Perché la definisce particolare?"

"Si è sempre comportata come un maschio. Si rifiutava perfino di giocare con le altre bambine preferendo stare in gruppo con i suoi compagni. Poi, con gli anni, quando i suoi genitori prima e suo fratello dopo tentarono di reprimere la sua personalità, è peggiorata tantissimo diventando violenta. Il rapporto con Felicina, invece di aiutarla, l'ha esasperata ancora di più, perché temeva di perderla. C'è chi dice che sia stata lei a uccidere Brenda e a ricattare il fratello pedofilo affinché si addossasse la colpa, così da rimanere libera di vivere la sua vita di coppia senza più interferenze."

"Su Giovanni Terranova, invece, dicono qualcosa che…"

"Ah ah!" la interruppe lei ridendo rumorosamente e portando entrambe le mani alla bocca. "Sono anni che non esco più di casa. Le mie gambe non sono più quelle di una volta. Ho sentito al telegiornale la notizia, ma su cosa mormori la gente al riguardo non ne ho la più pallida idea. Ho anche saputo che hanno trovato il cadavere di un bambino immigrato vicino Torre Fico, ma non saprei dirti se in paese qualcuno abbia informazioni utili per le tue indagini. Questa vecchiaccia ormai sta sempre segregata qui dentro!" esclamò allargando le braccia e indicando con la mano destra la cucina.

"Grazie mille per la chiacchierata signora. Adesso dobbiamo andare" disse Sam inspirando e alzandosi in piedi.

"Ma dimmi, ti sono almeno state utili le confidenze di questa vecchia pettegola?" le domandò Maria sorridendole e fissandola dal basso.

"Tutto è utile ma nulla è essenziale."

"Ho perlomeno risposto ai tuoi *quesiti*?" chiese ancora la signora pronunciando l'ultima parola molto lentamente e con un tono di voce più alto.

"Non ho capito. Che intende?"

"Voi giovani ormai non studiate più il latino" ribatté Maria sospirando profondamente. "Spero che troverai quello che cerchi."

"Grazie ancora" concluse la detective dirigendosi da sola verso l'uscita seguita da un silenzioso, ma inquieto, Andrew.

Capitolo 36

“Secondo te cosa voleva dire dando enfasi alla parola *quesito*?” domandò all’uomo mentre scendevano le scale.

“Ah, guarda, io di latino non capisco niente. Tu sei italiana, se non lo sai tu.”

“Figurati, ho studiato in un istituto tecnico, quindi le materie umanistiche non le ho mai approfondite.”

“Adesso dove andiamo?” chiese l’uomo, dopo qualche secondo di silenzio e con un tono di voce insicuro.

“Da Giacomo lo Zoppo!” esclamò lei.

“Ma così, subito, senza una scorta?!”

“Perché, non avrai mica paura?!”

“No… sì… insomma, non è sicuro. Se è vero quello che ci ha detto la signora Maria, si tratta di un uomo pericoloso.”

“Sono solo chiacchiere. È impossibile che sia il responsabile di tre omicidi e che nessuno lo abbia mai neanche interrogato in tutti questi anni. Assolutamente impossibile!”

“Io non ne sarei così sicuro. Ormai, non sono più sicuro di niente.”

“Hai ragione” gli rispose sottovoce Sam fermandosi in piazza Vittorio Veneto e afferrando il suo smartphone dalla tasca.

“Chi stai cercando di chiamare?” le domandò Andrew dopo aver assistito per quasi due minuti alla scena di lei che provava a contattare qualcuno senza successo.

“Francesco Mancuso. Lo aggiornerò brevemente sui nostri progressi e gli chiederò di farci scortare dai suoi colleghi.”

Quali progressi?! Pensò l'uomo senza osare criticare così apertamente la sua detective.

"Quindi?" le domandò di nuovo lui dopo qualche minuto.
"Che strano. Non risponde."
"Forse sta lavorando e non può parlare."
"Dopo quell'intervista ci precluderanno qualsiasi collaborazione, vedrai."
"Speriamo di no" rispose infine lui sospirando profondamente e abbassando lo sguardo.

"Buongiorno sono Samantha Onesti, vorrei parlare col maresciallo Mancuso per favore" disse la detective telefonando al numero fisso della caserma.
"Adesso il maresciallo non è disponibile."
"Vorrebbe riferirgli, cortesemente, che nell'ambito delle mie indagini private mi sto recando presso il domicilio di Giacomo Mastracci?"
"Attenda in linea" ribatté il carabiniere.

"Non è opportuno che lei in giornata si rechi dal signor Mastracci" le rispose dopo quasi dieci minuti d'attesa il militare.
"Potrei cortesemente parlare col maresciallo?!" insistette Sam.
"Come le ho già detto, non è al momento disponibile" ripeté il carabiniere, abbassando la cornetta.

"Allora?!" la esortò Andrew non appena la donna ebbe terminato la chiamata.
"Mi hanno risposto dalla caserma. Lui non poteva parlare al cellulare. Dicono che non è opportuno che io vada da Mastracci oggi."
"E perché?!"
"Non hanno aggiunto altro. Dai muoviamoci!"
"Ma ci vuoi andare lo stesso?"
"Certo."

Capitolo 37

Le ville e l'artificioso lusso che abbracciava San Felice parevano del tutto svaniti quando i due, scendendo dall'auto e seguendo per telefono le istruzioni di Lorenzo, si trovarono di fronte a una stradina sterrata, unica via praticabile per addentrarsi nella fitta boscaglia del Fortino.

Sam proseguì faticosamente all'interno del sentiero, che già dopo pochi metri diveniva ancora più impervio e ripido, voltandosi più volte verso Andrew in ansia per la sua salute.

Alberi fitti ma poco alti ed erbacce che presto sostituirono la scia di terreno battuto condussero in poco tempo i due a uno spiazzale con al centro una baracca di legno, eretta accanto a una grande voragine nel terreno.

I numerosi carabinieri all'esterno di quella fatiscente capanna e le urla di rabbia e dolore, che improvvisamente squarciarono l'assoluto silenzio del bosco, fermarono di colpo Samantha.

"Ma che succede?!" le domandò l'americano dietro di lei.

"Lo stanno arrestando" sussurrò la detective, continuando ad assistere alla scena e frenando Andrew, che stava avanzando, con il dorso della mano sinistra.

Urlava come un bambino e si dimenava goffamente tentando perfino di agitare la gamba paralizzata che l'aveva marchiato sin da bambino come lo Zoppo. Quando, però, alla sua esagitata violenza, i carabinieri, e per primo proprio il maresciallo Mancuso, reagirono con altrettanta durezza, non solo immobilizzandolo ma sferrandogli diversi pugni e calci allo stomaco e nel posteriore, un pianto isterico e di resa fu la sua ultima e unica reazione.

Samantha tentò di avvicinarsi ai militari solamente dopo che questi ebbero caricato di peso l'uomo su una delle loro auto di servizio, ma un giovane carabiniere la bloccò. Nonostante il maresciallo avesse notato la sua presenza, ogni suo tentativo di comunicare con lui o con gli altri militari attivi nell'arresto fu del tutto ignorato.

Quando Mancuso e i suoi colleghi si furono allontanati, la detective pretese, con un tono quasi ostile verso gli unici due militari rimasti sul luogo, di accedere alla baracca.

I due carabinieri le vietarono l'ingresso, ma dopo che quest'ultima continuò a esibire il suo mandato difensivo e a minacciarli di conseguenze disciplinari, decisero di contattare telefonicamente il PM e alla fine le permisero, su indicazione del magistrato e sotto la loro supervisione, d'ispezionare l'abitazione del sospettato.

Il baracchino, usurato all'esterno e con un rivestimento in legno che sembrava a tratti ammuffito, dentro sorprendentemente era caldo, sarebbe stato perfino confortevole se non fosse stato per il fetore insopportabile che emanavano alcuni indumenti sporchi abbandonati sul pavimento e per la sporcizia sparsa ovunque.

L'odore era nauseante, tanto che Sam dovette coprirsi il naso con un fazzoletto prima di avanzare all'interno.

Tra i rifiuti affioravano per i loro colori sgargianti numerosi incarti di merendine e snack e, al lato di un letto a una piazza, s'intravedevano perfino delle piccole feci, forse di un gatto.

Non c'era il bagno e l'elettricità era garantita da un generatore di benzina, posto all'esterno proprio davanti alla porta d'ingresso. Su un piccolo tavolo la detective notò un computer portatile ancora acceso, non appena, però, provò a toccarlo, uno dei due militari la fermò e afferrandola per un braccio le intimò di non alterare in nessun modo il quadro probatorio e le ricordò che il dottor Carlo Bettini le avrebbe di certo trasmesso a tempo debito i verbali e i dati raccolti dai RIS.

"Ma non è la dottoressa Crescentini la responsabile dell'inchiesta?!" domandò sgranando gli occhi la detective.

"Non più. Ha avuto problemi di salute" le rispose il carabiniere invitandola, con un gesto della mano destra, a uscire dalla baracca.

"Hai già finito?!" esclamò Andrew vedendola ritornare.

"Non mi permettono di toccare niente. Così è inutile. Ho solo visto che viveva come un animale, ma se solo avessi potuto accedere al suo PC!" imprecò lei chiudendo con rabbia il pugno sinistro sollevato.

"Ah, c'era anche un computer lì dentro?"

"Sì, all'interno, a parte la sporcizia e l'odore nauseabondo, la capanna sarebbe abitabile, simile a uno dei quei moderni prefabbricati in legno."

"Dove stiamo andando?" le domandò Andrew respirando affannosamente, intanto che la seguiva lungo il sentiero che avevano appena percorso in direzione opposta.

"Alla macchina. Dobbiamo recarci subito in caserma. Devo conferire con Mancuso e voglio assistere all'interrogatorio di Giacomo."

"Ci sarà quindi anche la PM."

"Credo ci sia stato un cambio. Forse è malata, o almeno così mi ha riferito il militare che ha parlato al telefono con un altro magistrato, un certo Carlo Bettini."

"Lo conosci?"

"No, mai sentito" concluse la donna nel frattempo che saliva in auto e inseriva la retromarcia.

"È davvero strano che la PM sia stata cambiata in corso d'indagine. Non è mai successo nulla di simile negli anni passati" sostenne Andrew durante il tragitto.

"Sì, non credo che si tratti davvero di problemi di salute. Sai che penso? Secondo me l'hanno fatta fuori dopo l'intervista."

"In che senso?"

"Questo caso ha un'eco mediatica ampissima. È possibile che la diffusione di informazioni riservate da parte tua abbia irritato qualcuno ai piani alti del Ministero della Giustizia e che quindi, ritenendone responsabile la magistrata Crescentini, abbiano fatto pressioni affinché quest'ultima abbandonasse l'incarico. E così si spiegherebbe anche l'atteggiamento freddo di Mancuso."

"Pensi che questa situazione ci danneggi?"

"Non lo so. Se sarà più difficile avere accesso ai dati delle indagini, andrà a nostro svantaggio, ma il fatto che non ci sia più quella PM altezzosa e maleducata, non può che essere un bene. Era restia perfino a parlare..." Ingoiando la propria saliva Sam si ammutolì improvvisamente.

Fissò esterrefatta i giornalisti che stavano circondando la sua auto, intanto che provava a parcheggiarla poco distante dalla caserma.

Impaurita dalla veemenza con cui si affollavano e premevano contro la vettura, decise di spegnerla, lasciandola in posizione obliqua a occupare quasi interamente la carreggiata.

Scese di corsa e raggiunse in pochi secondi il lato del passeggero per aprire la portiera ad Andrew che, impressionato da quella piccola ma rumorosissima folla, pareva totalmente incapace di muoversi.

I giornalisti lo cercavano, lo bramavano e lo chiamavano in ogni modo, incuranti della detective che con spintoni si era fatta strada verso di lui. Continuavano a urlargli le loro domande, ma quest'ultimo, malgrado lo sportello ormai aperto e la giovane donna che addirittura arrivò a scuoterlo, non accennò nessuna reazione.

Sam lo trascinò per un braccio, preoccupata non dello scontro fisico a cui lo stava sottoponendo, ma che in quel breve tragitto

Andrew potesse destarsi dall'apparente stato di shock e rispondere alle domande gridate e ripetute senza sosta:

"Signor Williams, lei pensa che Giacomo Mastracci sia il killer che insegue da tanti anni?" gli urlò contro una giovane giornalista tentando di bloccarlo, frapponendosi tra lui e Sam.

"Volevano incastrare il reverendo Trotta usando la sua saliva?!" gli domandò un blogger che non smise per un solo secondo di puntargli addosso la fotocamera del suo iPhone.

"Andrew, solo una domanda, secondo lei i PM hanno sbagliato ad arrestare Trotta?" gli chiese infine un reporter cercando di intercettare la sua voce con un microfono.

Alcune delle insistenti richieste di rilasciare dichiarazioni e spiegare il senso delle sue parole pubblicate dal 'Corriere', provenivano da suoi connazionali ed erano formulate in inglese, ma venivano poste con molta meno aggressività rispetto ai colleghi italiani.

Avvicinandosi all'entrata principale della caserma, la detective rallentò per qualche istante la sua corsa, come se si aspettasse che i due carabinieri di guardia le andassero incontro per scortarla, ma i militari non si scomposero e lei dovette liberarsi un'altra volta dalla folla di cronisti che nel frattempo l'aveva nuovamente assediata.

Quando entrambi ebbero oltrepassato la soglia della caserma, i due carabinieri bloccarono i giornalisti mantenendoli all'esterno dei locali.

"Ce l'hanno proprio con noi" borbottò Sam dopo aver fatto sedere Andrew in una saletta adiacente agli uffici del primo piano.

"Dottoressa Onesti, il maresciallo la sta aspettando" le disse da dietro una giovane carabiniera, prima ancora che lei avesse chiesto o avanzato qualsiasi richiesta.
"Certamente" rispose la detective scuotendo la testa.
"Mi segua."

Giunte davanti a una porta di legno, alla fine di un lungo corridoio, la militare fece cenno con la mano destra alla donna di entrare, senza aprirle la porta e allontanandosi subito senza aggiungere una sola parola.

Quando Sam si trovò di fronte Mancuso, in piedi davanti a un vecchio tavolo impolverato in una stanza che pareva in disuso, non fece neanche in tempo a salutarlo che quest'ultimo, avvicinandosi minacciosamente a lei e guardandola dritta negli occhi, l'accusò a bassa voce con un tono serio e minaccioso:

"Ascolta, io ho il massimo rispetto per il dolore del tuo cliente, ma se vi permettete ancora di sputtanare l'inchiesta sui giornali m'incazzo."
"Scusami, hai ragione…" provò a rispondergli lei con voce tremante e indietreggiando.
"Non scusarti. So che non è colpa tua, ma non devi più condividere nessuna informazione riservata con lui. Non è in grado di gestirla."
"È vero. Sono davvero dispiaciuta. Ho sbagliato anch'io. Non accadrà più."
"Non deve più accadere! Anna Maria è stata invitata a farsi da parte. Adesso il magistrato che segue il caso è Carlo Bettini, e lui ha delegato a me tutte le attività d'indagine. In sostanza adesso decido tutto io e se qualcosa andrà male la prossima testa a saltare sarà sicuramente la mia. Quindi mi aspetto la massima lealtà. Chiaro?!"
"Sì maresciallo."
"Adesso va' pure, ti farò chiamare per l'interrogatorio di garanzia di Giacomo Mastracci davanti al giudice. Sarà presente

anche il pubblico ministero, che ne ha richiesto la custodia cautelare in carcere, e il suo avvocato d'ufficio."

Si allontanò da quella vecchia stanza con pacatezza. Non appena ne fu uscita e percorse di nuovo, ma da sola, il lungo corridoio che la separava dalla sala d'attesa, Sam non trattenne un ghigno di gioia al pensiero di non dover più lavorare con quella PM isterica e maleducata.

Da quel momento avrebbe di fatto affiancato Francesco, che in fondo aveva appena dimostrato di trattarla con lo stesso rispetto e modi che avrebbe avuto per qualsiasi altro suo collaboratore.

Capitolo 38

Ore interminabili, snervanti e pesanti, in attesa del giudice che tardava ad arrivare.

Sentiva su di sé lo sguardo di Andrew, desideroso di parlare, di sapere, di condividere l'ansia di quei momenti monotoni e infiniti, ma davanti ai militari la detective provò a mostrare un atteggiamento più freddo, di fatto ignorando ogni sua richiesta di dialogo e senza mai smettere di leggere i documenti e le e-mail sul suo tablet.

Quando una carabiniera la invitò a raggiungere la sala in cui a breve si sarebbe tenuto l'interrogatorio di garanzia, lei evitò d'incrociare lo sguardo del suo cliente allontanandosi in silenzio e col capo chino.

Una stanzetta modesta, dagli spazi davvero ristretti, accolse la giovane donna che, seguendo le indicazioni della militare, si accomodò alla destra del maresciallo, a sinistra vi era il pubblico ministero.

Al centro della stanza, invece, si trovava il giudice, un uomo di mezz'età, grassoccio e stempiato, con un'espressione quasi scocciata e che non smise neanche per un momento di far ticchettare la penna sul tavolo.

Di fronte a loro tre si trovava Giacomo lo Zoppo, affiancato da un legale d'ufficio che, vestito con una giacca grigia all'apparenza usurata, leggeva alcuni fogli davanti a sé con un'espressione disinteressata.

Nel momento in cui Sam tentò di stringere la mano del dottor Bettini, il giudice gli fece cenno d'iniziare l'interrogatorio, ma il PM, affermando di aver delegato tale funzione al maresciallo Mancuso, lo invitò a sua volta a procedere.

"Signor Mastracci, sul cadavere di Giovanni Terranova sono state rinvenute tracce del suo liquido seminale. Ci dica in che rapporti era col minore e dove si trovava la sera del primo febbraio, data in cui, secondo i medici legali, risale il decesso."

"Il mio cliente si avvale della facoltà di non rispondere." Rispose l'avvocato con un tono tanto sereno da sembrare beffardo.

"Signor Mastracci è cosciente che gli indizi raccolti su di lei fino a questo momento sono gravi, precisi e concordanti nell'indicarla come l'assassino di Terranova? Una testimone sostiene di averla vista la sera del trentuno gennaio aggirarsi nei pressi della Grotta delle Capre. Cosa stava facendo?"

"Si avvale della facoltà di non rispondere." Ripeté con calma il legale.

Mentre il maresciallo continuava a contestare all'indagato prove, indizi e testimonianze raccolte, ricevendo sempre la stessa e ormai irritante risposta, Sam iniziò a fissare Giacomo nel tentativo d'incrociarne lo sguardo.

Avrebbe voluto intuirne l'animo, scrutare i suoi occhi e comprenderne l'essenza, ma lui evitava il contatto visivo.

Giacomo muoveva concitatamente il capo in tutte le direzioni, terminando quasi ritmicamente quei sobbalzi chinandolo dopo qualche minuto. Ancora più strani, erano i suoi occhi che parevano preda di un inquietante e incontrollabile tremolio. La sua iride sembrava rimbalzare da un capo all'altro della cavità oculare in un modo malato e innaturale che impressionò la detective.

Nel momento in cui il magistrato confermò l'applicazione della misura cautelare, l'indagato sollevò il capo e fissò per qualche istante il maresciallo prima e la giovane donna poi.

Occhi rossastri di chi non aveva dormito, scavati dal pianto e rassegnati a una colpevolezza a cui, tuttavia, Samantha non credeva.

Quell'uomo così debole fisicamente, impacciato mentre un passo dopo l'altro si dirigeva all'uscita della stanza e insicuro in ogni suo movimento, non sembrava agli occhi della detective un mostro sadico e violento, ma appariva come l'ennesima vittima sacrificale che un processo mediatico avrebbe offerto a un pubblico ingenuo e alla ricerca di un colpevole a ogni costo.

Quando anche il giudice ebbe oltrepassato la porta, dopo aver brevemente scambiato due parole col PM, Sam tentò un approccio con quest'ultimo. L'uomo, sudato in fronte nonostante non avesse neanche parlato e intento ad asciugarsi con un fazzolettino di stoffa bianca, le disse subito dirigendosi anch'egli di fretta verso l'uscita e senza neanche stringerle la mano:

"Per qualsiasi questione si rivolga al maresciallo Mancuso. Ho delegato a lui gli atti dell'indagine e gode della mia più totale fiducia. Arrivederci."

Il modo in cui Bettini mosse la lingua mentre pronunciò quelle poche parole, inumidendo più volte le labbra e mostrandola così all'esterno, appiccicaticcia, piena di crepe e a tratti apparentemente incollata al palato, la disgustò talmente tanto che fu quasi sollevata dalla velocità con cui il magistrato l'aveva appena liquidata.

Capitolo 39

Rimasta da sola con Mancuso che, in piedi a pochi centimetri da lei, non sembrava intenzionato ad abbandonare la stanza, Sam gli confidò a bassa voce:

"Io non credo alla colpevolezza di quel poveraccio."

"Non sei tu il giudice."

"Perché secondo te quell'invalido che a malapena cammina ha ucciso Terranova?! Io faccio fatica a credere che possa arrivare fin dentro la Grotta delle Capre da solo, figuriamoci portandosi dietro un bambino, morto o vivo che sia. Francamente penso che..."

"Atteniamoci ai fatti. Il suo sperma è sopra i vestiti del bambino."

"Vestiti?!"

"Esatto."

"Non sul corpo, ma sui vestiti?"

"Esatto. Pensiamo che Mastracci abbia eiaculato addosso al bambino dopo averlo ucciso, probabilmente masturbandosi in piedi a ridosso del cadavere senza praticare un rapporto sessuale completo."

"Quindi non ci sono tracce di violenza sessuale sul corpo?!" esclamò la donna sgranando gli occhi e alzando il tono della voce.

"No, come peraltro già appurato dall'autopsia. Ti invieranno i dati completi delle analisi eseguite dal RIS sui vestiti di Terranova. Anche gli atti d'indagine rilevanti nei confronti dei tuoi clienti ti saranno inoltrati..."

"In che senso rilevanti per Williams e Battistin?!"

"Le nostre ipotesi investigative non sono al momento univoche. Riteniamo che l'indagato potrebbe essere stato coinvolto anche nella morte di Brenda."

"In base a quali elementi?"

"Quando leggerai i risultati delle analisi a cui abbiamo sottoposto nuovamente i resti della bambina americana, te ne renderai conto. Adesso devo tornare al lavoro."

"E per quanto riguarda Yassine?"

"Siamo convinti che la colpevolezza sia sempre da ricercarsi in capo a Mastracci, ma al momento non abbiamo prove sufficienti per contestargli anche quest'accusa. Inoltre, non riusciamo ancora a spiegare il ritrovamento di materiale genetico riconducibile a Williams su di lui. Non si sono mai incontrati, di questo siamo certi. In questi giorni stiamo verificando la possibilità di una contaminazione dei diversi campioni all'interno dei laboratori del RIS. Per quanto improbabile, purtroppo non sarebbe la prima volta."

"Farò richiesta per interrogarlo" affermò lei, appena il maresciallo ebbe finito di pronunciare l'ultima parola.

"È un tuo diritto. Sono certo che il PM la valuterà positivamente."

"Quindi, adesso state accertando che…"

"Stiamo ancora indagando. Ci aggiorneremo" concluse interrompendola il maresciallo, ma con un tono non ostile, abbandonando infine anche lui la stanza e lasciando sola la donna.

Lentamente, come se non volesse più incrociare nessuno dei partecipanti all'interrogatorio, anche Samantha oltrepassò la soglia d'uscita della piccola stanza, fermandosi qualche secondo sull'uscio e fissando in silenzio il corridoio in quel momento vuoto.

Un passo dopo l'altro, con in mente lo sguardo malato ma non violento del principale indagato per la morte di Terranova, poco prima di giungere dal suo cliente, Sam notò davanti a lui, in piedi e apparentemente intenta a impartirgli istruzioni, la carabiniera che l'aveva accompagnata all'udienza.

"Ha bisogno di qualcosa?" domandò la detective raggiungendo in fretta la militare.

"Informavo il signor Williams che abbiamo chiamato un taxi per accompagnarvi al vostro hotel. Uscirete da una porta secondaria in modo da non destare l'attenzione dei giornalisti."

"Ma la mia auto..."

"Lo sappiamo" ribatté interrompendola la carabiniera, aggiungendo pochi secondi dopo sempre con un tono freddo e perentorio: "Non è un problema, se ci lascia le chiavi la sposteremo noi in modo che non intralci le altre vetture. Lei verrà in un secondo momento a recuperarla."

"Va bene" disse infine Samantha sospirando.

Nonostante la detective pensasse che uscire da una porta secondaria non fosse sufficiente a evitare i giornalisti, e quindi si apprestava ad affrontarli di nuovo, in pochi secondi e senza grandi sforzi salì sul taxi col suo cliente.

Solo in un secondo momento, quando ormai i due si stavano allontanando, i cronisti si resero conto di essere stati così beffati.

"Erano tutti occupati a fare domande all'avvocato di Mastracci" borbottò Andrew che, a differenza di Sam, si era voltato indietro.

Lei non gli rispose neanche, aveva già approfittato di quei momenti di tranquillità per visionare tramite il suo tablet i documenti che le erano stati inoltrati dagli uffici del pubblico ministero.

Cercò, sfogliando i PDF in fretta e furia, quali fossero gli elementi che collegavano Mastracci alla morte di Brenda e quando si accorse di aver saltato un passo, dove forse si evinceva il coinvolgimento dell'uomo nel delitto del '98, vi ritornò quasi in preda a un'irrazionale paura di non riuscire a ritrovarlo.

La successiva analisi del DNA ha consentito di rilevare il profilo genetico a cui appartengono i capelli rinvenuti sui vestiti di Brenda Williams, identificato con quello di Giovanni Mastracci.

Scosse più volte la testa e continuò a leggere il contesto di quell'affermazione, ma a parte i riferimenti alla tecnica CODIS (*Combined DNA Index System*) e ai marcatori identificati, non trovava nessuna spiegazione esaustiva ai dubbi che in quel momento affioravano con forza nella sua mente.

Queste sono solo analisi, pensò tra sé intanto che Andrew, alzando la voce, l'avvertiva per la terza volta che erano ormai arrivati.

Capitolo 40

"Scendi pure" gli sussurrò la donna fissando il vuoto.
"Tu non vieni?"
"Voglio verificare una cosa. Ti raggiungerò più tardi. Mi raccomando, sii discreto" gli rispose prima di richiudere con forza lo sportello e scandendo con voce più rauca l'ultima parola.

"Mi porti in via Telemaco per favore" ordinò all'autista continuando a leggere i file ricevuti.

È lei la chiave di tutto. Lei sa. La devo forzare. Devo riuscire a farla parlare, pensava la detective cercando freneticamente tra i dati a sua disposizione qualsiasi riferimento a Elisa Battistin senza però trovare nulla.

Quando il taxi si fu allontanato, Samantha, rimasta sola in mezzo a una stradina limitrofa alla villa, provò un intenso brivido di eccitazione. Non temeva un nuovo incontro con quella donna furba e molto più intelligente di quanto fingesse d'apparire, né aveva paura di fallire in un caso che non solo si complicava sempre di più, ma che addirittura seguiva direzioni per lei improbabili. L'emozione forte ed elettrizzante per la scoperta della verità e la soddisfazione di provare a se stessa di poter agire da sola soffocavano qualunque altro sentimento.

Un passo dopo l'altro il desiderio di saperne di più e la convinzione di poter demolire le tesi dell'accusa e di giungere per prima alla soluzione si facevano sempre più forti.

Suonò il campanello fuori dal cancello senza pensare che avrebbe potuto non trovare Elisa in casa, o che quest'ultima avrebbe potuto non risponderle o rifiutarsi di parlarle.

Il primo tentativo andò a vuoto e solamente il crescente miagolio dei gatti oltre la cancellata interrompeva il silenzio attorno a lei.

Anche il secondo tentativo non ebbe successo.

Prima di suonare una terza volta Sam, certa che la donna fosse in casa perché ne aveva intravisto l'ombra dietro la tenda di una delle finestre, pensò che per causare una sua reazione avrebbe dovuto infastidirla e provocarla fino a scatenarne perfino la rabbia.

Afferrò quindi un sasso da terra e prese la mira per lanciarlo in mezzo a un folto gruppo di gatti, ma un istante prima che lo gettasse le urla della proprietaria, che di corsa si diresse verso di lei, la interruppero di colpo:

"Ma sei matta?! Ma cosa stai facendo?!"

"Buongiorno Elisa. Sono venuta per parlare con te."

"Io non ho niente da dirti. Guarda il telegiornale! Hanno già trovato l'assassino e non per merito tuo. Vattene o chiamo i carabinieri."

"Se hanno già trovato il colpevole, scambiare due parole con me che male ti farebbe?" le domandò con un tono provocatorio Samantha che nel frattempo aveva lasciato cadere a terra il sasso.

"Tempo sprecato. Ho altro da fare io!"

"Bene, allora resto qui in compagnia dei tuoi bimbi. Chiama pure i carabinieri, ma" continuò Sam avvicinandosi al viso di Elisa e parlando sottovoce, "potresti anche farmi la cortesia di una chiacchierata. In fondo, abbiamo tanto in comune."

La donna si allontanò leggermente dalla detective, rimase in silenzio per quasi un minuto e alla fine, toccandosi il mento, le rispose, anche lei a bassa voce, ma evitando di guardarla in viso:

"Va bene entra, ma fa piano mi raccomando. Non voglio che si spaventino, capito?!"

Seguendo Elisa, l'investigatrice entrò dentro casa; notò subito che c'era molto più ordine e meno sporcizia in giro rispetto all'ultima volta.

L'ambiente appariva comunque trascurato, ma non del tutto invivibile e caotico come quando vi era stata con Andrew, probabilmente era stato pulito e ordinato per molte ore.

"Che bello, hai fatto pulizie?!" chiosò Sam subito dopo essersi seduta sulla stessa poltrona in cui si era accomodata durante la sua prima visita.

"Sì, un po'" ribatté la donna intanto che controvoglia le porgeva un caffè.

"Ci sarà voluto tanto tempo per riordinare" borbottò l'investigatrice fingendo di sorseggiare la brodaglia offertale, aggiungendo dopo qualche secondo di silenzio e con un tono più malizioso: "Ah, ma ti avrà aiutata Felicina, lei è brava a pulire."

"Non le piace fare le pulizie. Lo fa solo per i soldi."

"Quindi ti ha aiutata?! Non c'è niente di male. Io ti capisco benissimo. L'ho incontrata, sai?! È davvero una bella donna… Ha degli occhi che incantano."

"Sì, lo so, ma…" provò a risponderle Elisa interrompendosi e fissando il vuoto come se temesse di rivelare troppo o forse in un goffo tentativo d'inventare qualcosa di credibile da dirle.

"Che c'è?! A che pensi?"

"No… a nulla."

"Come ti dicevo, penso che abbia davvero dei bellissimi occhi. Io la trovo affascinante."

"Sì, è molto bella. Lo è sempre stata. È sprecata a fare pulizie negli hotel."

Per qualche secondo Sam scosse la testa come se avesse avuto un'illuminazione, poi riprese a parlare con una voce tremante e balbettando, ponendo l'ennesima domanda alla donna:

"M-ma dimmi, tu conosci Giacomo lo Zoppo?"

"Lo conoscono tutti qui in paese. Adesso che ne stanno parlando i TG nazionali, credo che ormai lo conoscano in tutta Italia" ribatté sarcasticamente lei.

"In che rapporti siete?"

"Non sono sua amica."

"E Felicina invece… Lei è sua amica?!"

"Io non… A me non interessa cosa fa Felicina. Chiedilo a lei se vuoi saperlo. Io penso a me e…" un forte colpo, proveniente dalla cantina, interruppe la donna.

"Che c'è?! Preoccupata per i tuoi bimbi?" la provocò Sam vedendo che, oltre a non riuscire più a parlare, Elisa era impallidita.

"Sì, sai come sono i gatti, si arrampicano dappertutto. Speriamo che non si facciano male" provò a ribattere senza guardare negli occhi la detective e toccandosi il naso con la mano destra.

"Certo cara" disse con un filo di voce Sam, notando con la coda dell'occhio che per terra, dove l'altra volta si trovava una catasta di vestiti sporchi e maleodoranti, c'era una salopette per bambini.

"Come vedi, non avevo niente da raccontarti. Sono solo una donna forse troppo introversa, che conduce una vita semplice, in disparte da tutto e tutti. Alcuni mi considerano perfino una ritardata, mi evitano da quando ero piccola. Inoltre, dopo l'arresto di mio fratello, anche io mi sono rinchiusa ancora di più in me stessa e rifugiata in questa casa con i miei amori per nascondermi dalla cattiveria della gente. Una come me non potrebbe mai esserti utile e comunque ormai il caso è risolto" sostenne Elisa con un tono irrequieto, soprattutto quando altri due tonfi ravvicinati, simili a dei colpi su una porta e sempre provenienti dai locali sottostanti, risuonarono un'altra volta in casa.

"Hai proprio dei bellissimi gatti" borbottò Samantha alzandosi in piedi e avvicinandosi a uno degli animali che girava per casa simile a un persiano grigio, ma con delle chiazze scure sul dorso.

"Non vogliono essere disturbati. Non toccarli" ribatté subito Elisa cercando di accompagnarla alla porta e aggiungendo, con tono palesemente sgarbato: "Adesso si è fatto tardi, te ne devi andare!"

La detective si diresse verso l'uscita, attese che la padrona di casa aprisse la porta e, proprio in quell'istante, fingendo un gesto maldestro della mano destra, rovesciò per terra un grande vaso con alcune piante rinsecchite all'interno e dell'acqua stagnante.

"Perdonami, sono proprio goffa. Ti prego, lascia che ti aiuti a pulire!" esclamò Sam indietreggiando di qualche passo.

"Ma che combini! Non me ne frega niente del vaso, ma così è scappato via. Lui deve rimanere dentro, è stato male" replicò Elisa correndo dietro al persiano che in quegli istanti, approfittando della porta aperta, era fuggito fuori spaventato dal rumore.

Allontanandosi immediatamente dall'uscita, la detective individuò la porta che conduceva al seminterrato e vi si introdusse senza alcuna esitazione.

Non si ritrovò nessun gatto di fronte, né percepì l'odore dei loro escrementi, come nel resto della casa.

Una luce soffusa illuminava in parte le scale e già prima di scendere gli ultimi gradini intravide il corpicino di un bambino, al massimo di sei anni, molto sporco e in apparenza privo di conoscenza, legato a una sedia.

Corse verso il piccolo per slegarlo e prestargli i primi soccorsi, ma i nodi erano talmente stretti che scioglierli a mani nude sembrava impossibile.

Il bambino, percependo una presenza vicina, sembrò in parte risvegliarsi, aprì leggermente gli occhi, richiudendoli però subito dopo come se non avesse la forza di tornare del tutto cosciente, e iniziò a sobbalzare. Nonostante fosse ancora privo di sensi, si era reso conto di essere stato ritrovato e continuò ad agitarsi senza sosta, generando quei tonfi che avevano attratto l'attenzione della detective.

Non potendolo liberare dalle corde, Sam lo abbracciò con forza, piangendo per la sgradevolissima sensazione di toccarne le ossa, tanto era malnutrito e scarno e sperando almeno di riuscire a trasmettergli una sensazione di tranquillità. Senza perdere altro tempo chiamò il 112, comunicando la propria posizione e spiegando cosa era successo.

La voce di una donna che, rispondendo al telefono, le comunicava con tono deciso ma nel tentativo di rasserenarla l'arrivo imminente dei carabinieri, non placò la sua profonda agitazione.

Dopo alcuni istanti d'indecisione su come avrebbe dovuto comportarsi, Sam interruppe la chiamata e pensò che la cosa migliore da fare sarebbe stata risalire e far finta di nulla. Non appena si fu avvicinata ai primi gradini, in cima alla scala scorse Elisa che, fissandola in silenzio, iniziò ad andarle incontro senza mai distogliere lo sguardo da lei.

Capitolo 41

Prima ancora che la detective potesse aprire bocca per tentare almeno d'instaurare un dialogo in quegli istanti così tesi e densi di nervosismo, Elisa, ormai giunta alla fine della gradinata, le balzò addosso e iniziò a stringerle le mani intorno al collo.

I tentativi di Sam di divincolarsi da quella presa furono del tutto inutili, il peso della donna, infatti, le comprimeva il corpo schiacciandola sul pavimento e impedendole di reagire con forza sufficiente.

Intanto che esalava gli ultimi respiri, con la vista annebbiata e sentendo le grida di insulti misti a versi incomprensibili che la sua carnefice continuava a urlarle contro sempre più lontani, percepì un improvviso spostamento d'aria alla sua sinistra.

Il bambino, nonostante il suo stato debilitato, era riuscito a rovesciare la sedia e si era trascinato verso le due donne, interrompendone la lotta.

Elisa, non appena se lo ritrovò alla propria destra, gli sferrò uno schiaffo nel tentativo di allontanarlo, ma lui, benché colpito in pieno viso, aprì istintivamente la bocca e riuscì a morderle la mano e a bloccarla. Le urla di dolore della donna e i pochi secondi in cui mollò la presa dal collo della detective furono sufficienti per consentire a quest'ultima di recuperare qualche attimo di lucidità, di afferrare, in preda alla disperazione, un vecchio pezzo di ferro che giaceva alla sua sinistra insieme ad altri utensili inutilizzati e di assestare alla sua assalitrice un violentissimo colpo alla tempia. La punta smussata di quell'arnese arrugginito non perforò l'osso, ma lacerò profondamente i tessuti muscolari impregnandosi di brandelli di carne.

Il sangue, in parte schizzato sul viso di Samantha, raggiunse gli occhi di Elisa, oscurandone parzialmente la vista. La donna, stordita e tremante per la sofferenza che stava patendo, subì la forte spinta che la detective, raccogliendo le ultime forze, riuscì a darle, rotolando sul pavimento in preda a intensi spasmi di dolore e incapace di rialzarsi.

Con grande fatica, poggiando prima entrambi i palmi delle mani per terra e poi pulendosi il viso dal sangue con la mano sinistra, Sam provò a sollevarsi inspirando e tentando di sopportare il dolore che le stava paralizzando il collo con un'intensità talmente alta da impedirle quasi del tutto di respirare.

Rialzò la sedia del piccolo, lo riabbracciò di nuovo con forza e stavolta non per rasserenarlo ma per ringraziarlo. Se non fosse stato per il suo tempestivo intervento, sarebbe morta.

Il suo goffo e ripetuto tentativo di sciogliere le corde che lo imprigionavano non ebbe neanche stavolta alcun risultato, anzi, essendo più debole e meno lucida di prima, non riusciva neanche a individuarne i nodi. Iniziò a cercare con lo sguardo una lama per tagliare la fune ma non ne trovò tra la ferraglia cumulata agli angoli. Intravide invece del nastro adesivo su un tavolo poco distante e pensò che sarebbe stato meglio avvolgervi Elisa per renderla inoffensiva.

Quando s'inginocchiò su di lei per imbrigliarne le gambe, si accorse che lo scotch era troppo usurato e ormai inutilizzabile e, notando che la donna si stava riprendendo, provò una sensazione di terrore attraversarle tutto il corpo, paralizzarle prima le ginocchia e poi salire sotto forma di tremore incontrollabile e inarrestabile fino al capo. Si rialzò in piedi di scatto e, in preda all'ansia e al panico, cominciò a prenderla a calci sul costato per impedirle di recuperare le energie e costituire una minaccia per lei e per il bambino.

Girò subito la sedia del piccolo dall'altra parte, affinché questi non assistesse a quell'estremo gesto che, seppur miseramente vigliacco, l'avrebbe fatta sentire al sicuro, ma poco prima che iniziasse a massacrare di calci la responsabile del suo terrore, un fragoroso rumore di passi provenienti dal piano superiore la interruppe.

Provò a urlare per attirare l'attenzione di quegli uomini, molto probabilmente i militari accorsi a seguito della sua chiamata, affinché scendessero nel seminterrato, ma ogni volta che tentava di gridare, il dolore alla gola si acuiva e riusciva a emettere solo lievi suoni striduli. Pensò di riprendere da terra il ferro arrugginito con cui aveva colpito la sua assalitrice e, stringendosi con un braccio attorno al bambino, iniziò a percuotere a intervalli regolari un vecchio tavolo di legno.

Dopo qualche secondo i primi carabinieri fecero irruzione in cantina e si ritrovarono subito di fronte Elisa, sdraiata per terra col ventre rivolto verso l'alto e metà del viso ricoperto del proprio sangue.

Samantha, piangendo e singhiozzando senza sosta, si era relegata in un angolo buio della cantina, accovacciata insieme al bambino che abbracciava senza sosta e con gli occhi fissi verso la scalinata. Non appena intravide gli uomini, si sforzò di chiedere loro di slegare il piccolo, ma riuscì solamente a emettere flebili gemiti, soffocati dalla sua malandata gola prima ancora che fossero capaci di comporre anche solo una parola di senso compiuto.

Scrutando uno a uno i militari che ormai l'avevano circondata e che la stavano tempestando di domande, Sam non vide il maresciallo Mancuso, una presenza amichevole che forse l'avrebbe tranquillizzata in quei momenti di disperazione, ma a cui, in fondo, preferiva non mostrarsi così debole e insicura.

Le parole dei carabinieri, i gesti delle loro mani, i loro passi frenetici alla ricerca di altri complici, sembravano lontani e velocissimi, mentre lo sguardo fisso su di lei lanciatole da Elisa, che per un istante trovò la forza di sollevare il capo, parve non finire mai.

Rabbia, rancore e un grande desiderio di rivalsa fisica travolsero Samantha che, nonostante la consapevolezza di essere ormai al sicuro, ne fu impietrita.

“Signorina, lei ha bisogno di essere medicata” le disse uno dei carabinieri con un tono meno freddo e distaccato degli altri.

“No, io no. Il bambino. Pensate al …” provò a rispondere lei interrompendosi per il lancinante dolore alla gola.

“Certo signorina, ma anche lei deve recarsi al pronto soccorso. L’ambulanza sta arrivando” sostenne il militare, avvicinandosi ancora di più a lei e con tono amichevole.

“Sto bene così” borbottò Sam a bassa voce, allontanandosi dall’uomo e avanzando di qualche passo verso le scale.

In quei secondi di grande shock la detective non ebbe neanche il tempo d’infastidirsi per essere stata chiamata nel modo inappropriato che lei tanto detestava, soprattutto in ambito lavorativo. Agli occhi del militare era erroneamente apparsa come una semplice vittima e non nel suo ruolo di investigatore privato, peraltro meritevole del ritrovamento del bambino.

Anche altri due carabinieri le rivolgevano sguardi colmi di compassione come se si trattasse di una debole preda, tanto fortunata da sopravvivere all’assalto del suo feroce cacciatore.

Scuotendo la testa, forse nel tentativo di tornare in sé, Samantha ebbe perfino l’impressione che tutti in quella piccola e ormai affollata cantina fissassero lei, ignorando del tutto il bambino, ormai slegato, o la carnefice ancora sanguinante ma cosciente.

Il rumore assordante di sirene proveniente dalle ambulanze appena giunte fu l’unico suono capace di riportarla alla realtà, restituendole una visione lucida e non più sfocata e rallentata dei presenti.

Sotto i suoi occhi, dopo una fasciatura alla testa in grado di trattenere la lenta fuoriuscita di sangue che comunque non si era del tutto fermata, Elisa fu posta sopra una barella in acciaio e trasportata in fretta su per le scale.

Il bambino con lo sguardo rivolto sempre verso di lei, forse in cerca di affetto e protezione, veniva rassicurato da una donna vestita di bianco, un paramedico giunto proprio per occuparsene, ma del tutto indifferente verso quei modi gentili, anziché seguire quest'ultima, corse verso la detective e l'abbracciò.

"Tesoro, devi andare con loro. Ti cureranno, non devi avere paura" gli sussurrò Sam accarezzandogli la testa.

Il piccolo, stringendo sempre più forte le gambe della donna, pareva non avere nessuna intenzione di staccarsene e quando quest'ultima si fu inginocchiata per parlagli, anziché ascoltarla in silenzio, iniziò a borbottare frasi incomprensibili, probabilmente in arabo.

In quel momento la detective, ancora turbata, provò a ragionare sul ritrovamento del piccolo e su quali legami potesse avere con gli altri omicidi e ne dedusse che anche quel bambino, dalle fattezze mediterranee, provenisse dal Nord Africa e che quindi fosse in qualche modo collegato a Yassine.

Lo accompagnò infine, spingendolo con la mano sinistra sulla schiena, verso la donna che, prona su di lui, lo attendeva sforzandosi di sorridergli.

Prima di lasciarlo alle cure del personale paramedico, Sam gli sussurrò:

"Non temere nulla perché ti starò sempre accanto. Ti proteggerò come tu hai protetto me."

Parole dolci che forse lui non comprese, ma che per il tono caldo e pacato con cui gli erano state bisbigliate all'orecchio, lo rasserenarono.

Il piccolo si allontanò e seguì la donna, voltandosi di tanto in tanto indietro in cerca dello sguardo dell'eroina che lo aveva liberato.

"Preferisce distendersi o riesce ad arrivare all'ambulanza camminando?" le domandò uno dei paramedici frapponendosi tra lei e il piccolo che ormai era giunto in cima alle scale.

"Prego?! Ho già chiarito che non ho bisogno di assistenza medica. Riposerò nel mio hotel. Sarà sufficiente" ribatté lei, toccandosi con entrambe le mani la gola per il dolore che parlare le causava.

"Ma signorina, ha il collo palesemente arrossato, dobbiamo controllare che…"

"E basta con questa signorina! Io sono la detective Onesti e voi tutti siete qui solo per merito mio!" urlò Samantha, con la voce spezzata quando pronunciò l'ultima parola del suo sfogo e sforzandosi di non toccarsi la gola nonostante il dolore che stava provando.

"Fate come vuole, d'altronde non possiamo obbligare la dottoressa" affermò con un tono deciso e freddo il maresciallo Mancuso appena giunto sul posto.

"Ah, ben arrivato" borbottò Sam con un filo di voce, voltandosi verso di lui.

"Complimenti per l'ottimo lavoro. Davvero ben fatto. Hai salvato il bambino. Bravissima" le disse il militare a bassa voce, avvicinando il capo al suo orecchio.

"In realtà è lui che ha salvato me" ribatté sorridendo lei.

"In che senso?!"

"Poi ti dirò" le rispose lei scuotendogli di fronte la mano sinistra, aggiungendo, con un tono più serio ma con la voce che rimaneva più acuta del solito: "Dobbiamo capire in che relazione stanno i due bambini nordafricani e perché entrambi…"

"Non riesci neanche a parlare adesso. Dammi retta, fatti accompagnare in ospedale" le sussurrò all'orecchio Francesco, notando che la donna pronunciava a malapena le parole per intero e si sforzava di fingere di non provare dolore.

"No. Ho bisogno di riposare questo è vero, ma non andrò in ospedale."

"Come vuoi, allora domani presentati in caserma, verbalizzeremo le tue dichiarazioni. O vuoi farlo adesso?!" la provocò lui con un tono ironico, ma facendo sul serio.

"Sì… no… adesso devo…"

"Va bene, domani allora. Lascia almeno che sia una pattuglia ad accompagnarti in hotel se proprio non vuoi andare in ambulanza, è comunque consigliabile che tu non attenda un taxi in questo stato."

"Va bene" gli rispose Sam abbassando lo sguardo.

"Verrò con te, se sei in grado di parlare, anche solo qualche frase, preferisco sentire cosa hai da dire nell'immediatezza dei fatti. Chiaro?!"

"D'accordo. Sì, riesco a parlare" concluse lei intanto che si dirigeva verso le scale con a seguito il maresciallo che la scortava, ma incapace di concludere quella breve frase senza che la sua stridula voce si spezzasse per l'ennesima volta.

Capitolo 42

"Come mai hai deciso di recarti di nuovo da Elisa Battistin?" le domandò il maresciallo, seduto a lato passeggero intanto che un altro militare guidava.

"Pensavo che…" provò a rispondere lei interrompendosi per il dolore e ingoiando più volte la sua stessa saliva.

"Vedi, non sei in grado di parlare, avresti dovuto accettare di essere accompagnata in ospedale, ma voi donne siete davvero impossibili!" esclamò Francesco a bassa voce sbuffando alla fine.

"Ah mariscia', e femmn ca nun pparlan so a meglia cos ro munn" aggiunse ridendo rumorosamente l'appuntato con un marcato accento napoletano.

"Sii realista Gennaro, se non fosse stato per lei, non avremmo salvato il bambino. È stata più brava di noi. Dobbiamo ammetterlo!" lo redarguì subito il maresciallo.

"Io credo che siamo ancora lontani dalla soluzione del caso" disse la detective molto lentamente e con appena un filo di voce.

"Riesci per favore a raccontarmi cosa è successo a casa della Battistin?" le domandò Francesco girandosi indietro.

"Sono andata a casa sua perché ero convinta che lei sapesse molto di più rispetto a quello che mi aveva rivelato. Sono sicura che lei sia la chiave di svolta delle nostre indagini, ma dobbiamo farla parlare."

"Come mai sei scesa nel seminterrato?"

"Si sentivano rumori sospetti provenire da laggiù. Anche la prima volta che mi recai a casa sua ebbi quest'impressione, ma pensai che fossero i suoi gatti."

"Quindi non è stata Battistin a portarti giù."
"No, anzi, l'ho dovuta distrarre per scendere di nascosto da sola."
"Ti ha aggredito quando si è accorta che hai scoperto il bambino legato alla sedia?"
"Sì."
"Era lui che provocava quei rumori?"
"Sì."
"Ascolta Samantha, andiamo al pronto soccorso, ti daranno un'occhiata al collo e ti prescriveranno qualcosa per guarire più in fretta. Tu ci servi in forze quanto prima!"
"No."
"Come vuoi" concluse il maresciallo inspirando.

Le comunicazioni via radio erano l'unico sottofondo in quei momenti di silenzio e la detective, intenta a fissare le strade fuori al finestrino, si concentrò senza volere sulle parole trasmesse ai due militari.

"Ma li trasportano nello stesso ospedale?!" domandò stupita la donna sforzandosi di parlare con chiarezza.
"Eh certo, non siamo a Roma" ribatté Mancuso.
"Vittima e carnefice insieme?!"
"Finché un giudice non si esprime sulla sua condotta, si tratta di una presunta colpevole. E comunque non preoccuparti, ci saranno due miei collaboratori a sorvegliarla."

Sam scosse la testa, ma non aggiunse altro. Dopo qualche secondo, si girò verso l'appuntato, ne fissò con sufficienza la nuca, poi richiuse gli occhi, sospirò e infine si voltò di nuovo verso la strada.

Alla finestra dell'hotel, prima ancora di scendere dall'auto di servizio, intravide Andrew che sembrava attenderla.

"Come stai?!" le domandò l'uomo che nel frattempo era sceso e uscito di corsa per andarle incontro.

“Bene” gli rispose lei guardandolo negli occhi.
“Sei su tutti i TG e giornali on line.”
“Immagino.”
“Ti fa molto male?” le sussurrò lui fissandole il collo ancora arrossato e in alcuni punti già violaceo per via dell’ematoma che si stava estendendo.
“Sì, adesso ci mettiamo del ghiaccio.”
“Certo! Tu sali in camera, io mi faccio dare l’occorrente dal ragazzo della reception, di sicuro hanno una cassettina del pronto soccorso col ghiaccio secco e magari delle pomate adatte al caso. Ti raggiungo tra poco.”

Avrebbe dovuto sentirsi soddisfatta, eppure mentre saliva le scale da sola, un’opprimente frustrazione l’assalì.
Questo caso l’avrebbe consacrata tra le investigatrici più brave e famose in Italia, prima donna in assoluto e unica così giovane in un paese vecchio, in declino e perennemente dominato da logiche clientelari, eppure era ben conscia di essere lontana dal risolvere l’intrigata vicenda. Una mera tessera, ancora neanche del tutto posizionata all’interno del caotico puzzle da ricostruire, l’avrebbe aiutata a comprendere cosa era e stava ancora accadendo a San Felice, ma una visione d’insieme risultava impossibile.

La presenza di Andrew che le porgeva le borse di ghiaccio secco e l’aiutava con le pomate lenitive, senza mai smettere per un solo secondo di porle domande su cosa fosse successo a casa di Elisa, sembrava un’eco lontana, fastidiosa e da ignorare, per concentrarsi su quella spiacevole sensazione d’insoddisfazione che aveva perfino sopraffatto il dolore fisico e che l’assillava senza sosta.

“Che c’è?!” le domandò seccato l’americano dopo essere stato ignorato per quasi dieci minuti.
“Nulla.”
“Sei preoccupata. Lo vedo.”
“Non lo so. Non mi piace il pensiero che quel bambino che mi ha salvata si ritrovi nello stesso ospedale della sua carnefice.”

“In che senso ti ha salvata?! Come fai a sapere che li hanno ricoverati nella stessa struttura?”

“Non è tutto merito mio se ne sono uscita viva. Quando mi trovavo nel seminterrato della pazza e stavo per tirare le cuoia per mano sua, il piccolo l’ha distratta quel tanto che mi è bastato affinché trovassi la forza di reagire.”

“Incredibile.”

“Sono stata davvero fortunata. Avrei potuto morire e insieme a me condannare lui.”

“Sei sicura che adesso sono nello stesso ospedale?”

“Sì, ho sentito la radio dei carabinieri in cui disponevano la sorveglianza di Battistin ventiquattro ore su ventiquattro con due militari.”

“Se è vigilata così assiduamente non devi preoccuparti. Ormai il bambino è salvo” sostenne Andrew, aggiungendo a bassa voce e con un tono più dolce: “Grazie al tuo intuito.”

“È merito suo” ribatté lei con un filo di voce e sorridendo.

Rimasta sola in camera, distesa sul letto e col collo ancora unto e freddo, cercò di addormentarsi, ma le preoccupazioni divennero incubi.

I tormenti non solo non l’abbandonarono, ma le impedirono di riposare anche solo per un istante, fino a quando, a notte fonda, senza avvisare nessuno, chiamò un taxi e chiese di essere accompagnata al pronto soccorso.

Varcata la soglia, inaspettatamente affollata visto l’orario, del grande portone d’ingresso, alla detective fu assegnato un codice verde e le fu detto di attendere il proprio turno in sala.

Pochi minuti dopo un’altra infermiera che passandole vicino l’aveva riconosciuta, avvisò il medico di turno della sua presenza e quest’ultimo decise di vederla subito.

“Salve dottoressa Onesti. Prego si accomodi” le disse il medico non appena la vide avvicinarsi.

“Buonasera.”

“Mi faccia vedere meglio” le sussurrò lui toccandole il collo.

Il contatto con il lattice dei guanti provocò un'improvvisa sensazione di fastidio in Sam che si ritrasse di colpo.

"Non abbia paura. Lei è una donna coraggiosa. Siamo tutti molto ammirati qui per quello che ha fatto" bisbigliò lui sorridendo.

"Grazie. Sono ricoverati qui Elisa Battistin e il bambino?"

"Sì, che io sappia sì, ma non li ho visti. Si tratta di assistiti che non passano di certo inosservati e le infermiere chiacchierano..."

"Capisco. D'altronde anche la presenza dei militari non passa inosservata."

"Sì, infatti loro sono al terzo piano, il bambino invece dovrebbe trovarsi in pediatria, al sesto."

"Un lavoro duro quello di sorvegliare qualcuno continuamente."

"Eh, purtroppo lo sappiamo bene noi medici del pronto soccorso, ci turniamo e siamo sempre in prima fila per chi ha bisogno."

"Ha ragione, anche il vostro è un compito impegnativo" ribatté lei fissando il vuoto.

"Possiamo dimetterla con una prognosi di dieci giorni per abrasioni al collo e agli arti inferiori e superiori" affermò il medico dopo qualche minuto di silenzio e con tono più serio e freddo, aggiungendo: "Adesso la collega le consegnerà la ricetta con i farmaci da assumere. C'è anche un antibiotico, mi raccomando, lo assuma due volte al giorno a stomaco pieno."

"Capisco" rispose lei con un filo di voce.

"Dico all'infermiera di farle chiamare un taxi?"

"No, c'è già un amico ad attendermi" concluse Sam poco prima di uscire dalla stanza.

Sotto gli sguardi curiosi del personale paramedico, la donna abbandonò l'edifico, ma non uscì dal perimetro della struttura, anzi, si diresse verso un ingresso secondario e vi entrò senza che nessuno le chiedesse nulla. Approfittando della distrazione di un'infermiera afferrò da un appendiabiti un camice azzurrino e lo indossò. Si diresse verso una grande porta di vetro che delimitava l'area riservata al personale sanitario dagli spazi accessibili anche agli assistiti, ma si accorse subito che per oltrepassarla era necessario inserire un badge identificativo.

"Sono proprio una stupida" sussurrò a un uomo con un camice simile al suo che si era avvicinato alla porta.

"Perché?!" esclamò lui sorpreso ma sorridendole.

"Sono Sarah, quella nuova. Ho dimenticato il tesserino dentro, se lo scopre la caposala mi ammazza!" ribatté la detective congiungendo le mani di fronte a sé, similmente a quando si prega.

"Ah ah! Non preoccuparti, entra pure con me e vai a recuperarlo."

"Grazie, sei un amico, ma dimmi come ti chiami, così domani magari ti offro un caffè e facciamo due chiacchiere."

"Con piacere. Io sono Carlo, lavoro qui da due anni e sono infermiere da dodici, ma ricordo ancora cosa si prova a essere nuovi" disse l'uomo camminando più velocemente di lei e lasciandola sola.

Speriamo non si accorgano delle mie scarpe, pensò Samantha che guardandosi attorno tentò invano di procurarsi degli zoccoli bianchi che sostituissero le sue vistose calzature scure.

Intravide l'ascensore alla fine del corridoio sulla destra e salì al terzo piano senza incrociare nessuno.

Non fu difficoltoso trovare la stanza di Elisa, visto che fuori vi stazionava una carabiniera, seduta su una sedia, ma con gli occhi socchiusi.

La detective si avvicinò alla militare con calma, temendone una reazione repentina e aggressiva ove fosse stata identificata come estranea all'ambiente ospedaliero, ma quando a pochi passi da lei si accorse che il letto di Elisa era vuoto, non si trattenne dall'esclamare ad alta voce:

"Ma dove diavolo è!"

Capitolo 43

L'improvviso risveglio della giovane carabiniera, innervosita, imbarazzata e impotente di fronte allo sguardo sbigottito e ansioso della donna che credeva essere un'infermiera, fu talmente brusco da farle perdere lucidità.

Sam continuò a fissarla sconcertata mentre quest'ultima tentava di rintracciare in bagno la sorvegliata e infine, con le lacrime agli occhi, comunicava alla collega, che si era allontanata per prendere un caffè, la scomparsa di Battistin.

"So io dov'è" borbottò a bassa voce la detective davanti alle due militari che s'incolpavano a vicenda per il loro fallimento.

Evitando di rispondere alle loro continue e concitate richieste d'informazioni, Samantha, pedinata dalle due carabiniere, corse verso l'ascensore senza mai voltarsi indietro, premendo il pulsante per salire al sesto piano.

Un attimo prima di uscire dal portellone, però, esibì il suo tesserino identificativo, rivelando così la sua vera identità alle due che, ancora preoccupate per l'accaduto, non erano neanche state in grado di riconoscerla.

Pochi passi dopo aver varcato la soglia del reparto pediatrico, intravista un'ombra dietro la porta socchiusa di una delle camere, la detective, seguita dalle militari che ormai si comportavano come sue sottoposte, si precipitò verso la stanza, certa che vi avrebbe trovato Battistin intenta a portare a termine il folle omicidio lasciato in sospeso.

Una volta entrata si ritrovò di fronte a una scena surreale.

Elisa si trovava in piedi davanti al letto del piccolo, immobile e in silenzio, e lo fissava senza intenzioni malevole.

"Lo devo proteggere da lei" sussurrò un attimo prima che le carabiniere la circondassero e, scaraventandola a terra, nonostante lei non avesse accennato nessuna reazione fisica, la conducessero fuori dalla stanza.

Sam rimase impietrita ad assistere a quell'arresto così aggressivo nei confronti di una donna debilitata, ma non ne fu impressionata, né provò compassione verso quella che avrebbe potuto essere la sua carnefice.

La detective, ormai sola col bambino che non si era neanche svegliato nonostante il trambusto, continuò a riflettere in silenzio su quelle poche e insensate parole per diversi minuti.

Com'era possibile che Elisa lo stesse proteggendo?! E da chi? Pensava immobile e fissando il vuoto.

"Deve scendere" le ordinò un carabiniere avvicinandosi alla sua destra, mentre un altro militare sostava all'entrata della stanza.

Scuotendo la testa, come se si fosse appena svegliata e non comprendesse appieno gli accadimenti attorno a lei, Sam lo seguì in silenzio fino all'uscita dell'ospedale, dove fu sollecitata a salire su un'auto di servizio che la trasportò in caserma.

Quando nel corridoio che conduceva all'ufficio del maresciallo incrociò una delle due ragazze incaricate di sorvegliare Battistin in ospedale, i suoi occhi arrosati e l'espressione turbata la distrassero per qualche secondo dai propri pensieri.

"Rieccoci Samantha" l'accolse Mancuso con un tono serio, ma senza guardarla in viso.

"Già" rispose la detective.

"Sono rammaricato dal fallimento delle mie sottoposte. Il loro è stato un errore imperdonabile che pagheranno con un provvedimento disciplinare" disse lui con voce più bassa del solito.

"Capisco. Io sono preoccupata per il bambino…"

"Non devi. Adesso ci sono due dei miei migliori uomini a sorvegliarla e altri due fuori dalla stanza del bambino. Non commetteremo altri errori" la interruppe lui alzando il capo verso di lei e fissandola negli occhi.

"Prima che le tue collaboratrici trascinassero via Elisa, quest'ultima ha borbottato che stava proteggendo il bambino *da lei*."

"Non ho capito. Lei chi?!"

"Non lo so. Penso si riferisca a Felicina."

"L'amante?"

"Quindi sapete della loro relazione."

"Certo. Abbiamo valutato anche noi ogni possibile coinvolgimento delle persone vicine al prete."

"Non riesco a capire. Trovo un bambino immigrato legato nella sua cantina, lei prova a uccidermi, e poi sostiene pure che lo vuole proteggere?" disse Sam faticando a pronunciare ogni singola parola.

"Domani farò interrogare anche Felicia Tomei. Se vorrai, potrai assistere, ma adesso ti consiglio di tornare a dormire. Io stesso tornerò a letto, un mio collega seguirà eventuali sviluppi notturni, ma non dovremmo più avere sorprese."

Sam si allontanò dai locali della caserma, tornando al suo hotel senza più dire una sola parola.

Il silenzio avrebbe di certo aiutato la sua martoriata gola, ma la sua tormentata mente non ebbe un attimo di tregua.

Avrebbe voluto andare da Felicina in quello stesso momento, chiedere al tassista di accompagnarla a Molella, ma era davvero troppo tardi e sospettando che non vivesse nella casa dove l’aveva incontrata l’ultima volta, temeva di non trovarla.

Capitolo 44

Questa volta ad attenderla fuori dall'hotel non c'era nessuno.

Silenzio, aria fredda e umida, e un parcheggio desolato furono l'unico sfondo dei suoi pochi e frettolosi passi prima di accasciarsi sul suo letto.

Gelido, perfino ruvido al tatto e inospitale pareva quel giaciglio abbandonato di fretta in cerca della verità e adesso bramato per un riposo necessario. Nonostante la stanchezza, però, Sam non riusciva a addormentarsi.

Si dimenava da un lato all'altro del letto, senza riuscire ad abbandonarsi al sonno.

Le palpebre, che pesantemente tentavano di chiudere gli occhi, parevano incapaci di donarle qualche ora di pace e non arrestavano la poca ma fastidiosa luce filtrata dalla finestra o emessa dal led rosso del televisore di fronte a lei.

Pensò di rialzarsi, staccare la presa della TV e chiudere meglio la persiana, ma era troppo stanca per accontentare quel suo ultimo desiderio.

Si convinse perfino di essere riuscita a addormentarsi, ma a tratti continuava a percepire la luce rossa davanti a lei.

Quando si trovò di fronte lo sguardo del bambino che aveva lasciato in ospedale, comprese di essersi addormentata e di stare sognando, ma non riusciva a pensare o ad agire come avrebbe voluto.

Cosciente di sognare, ma in preda a movimenti e a pensieri involontari, tentava di continuo di avvicinarsi al piccolo, ma ogni volta che si trovava a pochi passi da lui, si voltava indietro e scorgeva la sagoma di Elisa alle proprie spalle, immobile e con uno sguardo assente, e non appena si rigirava verso il bambino, questi era di nuovo lontano. Aveva come l'impressione che il ragazzino non fosse da solo, come se accanto e dietro di lui ce ne fossero altri, eppure nonostante gli sforzi di capire o raggiungerlo, non intravedeva nessuno. Cercò un'ultima volta di arrivare a lui, con più forza e decisione, ma invano.

Il dispiacere di non giungere sino a lui era talmente intenso, da sembrare perfino più forte di quello reale.

Le lacrime che sentiva solcare le sue guance chiarissime erano vere e non solo frutto del suo inconscio.

Si risvegliò continuando a dimenarsi tra le lenzuola ormai calde e ammorbidite, disturbata dalla luce che, oltrepassando la tenda, raggiungeva il suo viso, così intensa da farle pensare di aver riposato troppo a lungo.

Quando afferrò lo smartphone e si accorse che erano le undici e mezzo, non ebbe neanche la forza di scorrere le notifiche e, poggiando di nuovo il viso contro il cuscino, si arrese alla fatica che l'aveva sopraffatta e continuò a dormire.

Dopo circa un'ora, timidamente e cosciente che la detective avesse davvero bisogno di una pausa, anche in considerazione dello stress fisico e psicologico a cui era stata sottoposta per giorni interi senza mai staccare la spina, Andrew interruppe il suo riposo bussando alla porta.

"Entra" rispose subito lei aprendogli.

"Mi dispiace disturbarti…"

"No, no, sono a posto. Adesso mi sento bene."

"Come va la gola?"

"Mi fa ancora male, ma ora posso parlare. Forse non riesco a gridare, quindi vedi di non farmi arrabbiare" ribatté lei sorridendogli.

"Ah ah! D'accordo. Quindi ancora non hai sentito Lorenzo?"

“No, perché? Che novità ci sono? So che stamattina dovevano ascoltare Felicina, mi spiace non aver assistito ma…”

“Non è di lei che mi ha parlato.”

“E allora cos’è successo?!”

“Antonio Battistin è stato scarcerato con qualche mese di anticipo per buona condotta.”

“Capisco, me lo aspettavo. È già andato in convento?”

“No, a quanto mi ha riferito Lorenzo, pregandomi di dirtelo quanto prima, pare che i giornalisti lo abbiano seguito fin qui a San Felice.”

“È tornato qui?!” esclamò lei sgranando gli occhi.

“Sì” concluse l’americano inspirando.

Capitolo 45

Brandendo nervosamente lo smartphone, Sam chiamò Lorenzo cliccando su una delle tante notifiche delle sue chiamate perse.

"Quindi il prete non è andato a rinchiudersi in convento, ma è tornato qui?!"

"Esatto, ho cercato di contattarti, ma Andrew mi ha detto che stavi poco bene e..." provò a risponderle il giovane prima di essere interrotto.

"Ne sei certo?!"

"Sì, hanno postato le sue foto a San Felice perfino su Twitter."

"Capisco. Ma dove sta di preciso?"

"Non lo so."

"Ha revocato il mio mandato investigativo?"

"No."

"Bene."

"Ci sono altre novità rilevanti?"

"Al momento no."

"Aggiorniamoci. Buon lavoro" concluse lei uscendo in fretta dalla stanza con al seguito Andrew.

"Ma dove sarà andato a stare che casa sua è ancora sotto sequestro" borbottò intanto che scendeva le scale.

Pochi secondi dopo essersi accomodata nella sala da pranzo, alzando il viso dallo schermo del suo cellulare e pensando di aver già perso troppo tempo prezioso in quella giornata, Sam scorse a due tavoli di distanza Eleonora Berti.

"Io non sapevo che fosse qui" mormorò Andrew sedendosi di fronte alla detective e dando così le spalle alla giornalista.

"Ignorala. Abbiamo già molto da fare senza occuparci di quella parassita" affermò con spregio lei, alzando il tono della voce nel pronunciare l'ultima parola.

"Chiedo scusa," disse Berti avvicinandosi ai due con fare molto pacato, "posso chiedervi, per favore, di unirmi a voi? Vorrei..."

"No" ribatté subito Samantha interrompendola bruscamente, aggiungendo sempre con un tono ostile e invitandola con un gesto della mano sinistra ad allontanarsi: "Hai già fatto abbastanza, non credi?!"

"Mi perdoni" sussurrò la donna quasi singhiozzando voltandosi verso Andrew. "Sono stata davvero scorretta, lo ammetto. Se mi permettete..."

"Vattene!" le urlò la detective attirando l'attenzione dei pochi presenti.

"Ho informazioni preziose. Vorrei solo condividerle con voi" affermò la giornalista tutto d'un fiato.

"Bene, ti do due minuti. Siediti e dicci quello che sai. Vietato fare domande, hai capito?!"

"D'accordo. Basteranno" rispose Eleonora con un tono beffardo. "Antonio Battistin è qui a San Felice e adesso si trova a casa di Gaetano Trotta. Pare che fossero amici di vecchia data e che, nonostante il vescovo abbia vietato l'uso di alloggi della Chiesa per il vecchio prete, don Gaetano l'abbia comunque ospitato. D'altronde, Trotta è un uomo in una condizione psicologica molto fragile, sospeso dalle celebrazioni ecumeniche e rinchiuso in casa, non ha avuto la forza di dirgli di no. Io stessa, con altri colleghi, abbiamo provato a contattarli, ma entrambi rifiutano di rilasciare qualsiasi dichiarazione. Sono sicura che lei, invece, avrebbe successo, potremmo andare insieme a..."

"Hai altre informazioni utili da darmi?!"

"Tante, ma bisognerebbe collaborare. *Do ut des…*"
"Sparisci!" esclamò con rabbia la detective alzandosi in piedi.

Sam si risedette solamente quando la giornalista fu uscita dalla sala.
Andrew non osò fiatare, la fissò sempre in silenzio e iniziò a mangiare senza domandarle nulla.

Capitolo 46

“Buongiorno Francesco. Posso chiederti cortesemente dell’interrogatorio?” domandò la detective per telefono al maresciallo dopo aver consumato il primo e in attesa del secondo.

“Buongiorno. Vieni in caserma e così potremo informarti e collaborare.”

“Sì, d’accordo. Ti telefonerò più tardi per avvisarti, in modo da essere sicura di trovarti. Non puoi anticiparmi nulla per telefono?”

“No.”

“Capisco.”

“Ascolta Samantha, la situazione si sta complicando. La pressione per una veloce risoluzione del caso è aumentata. La tesi della precedente PM del nuovo prete che emulava i crimini del predecessore non sta più in piedi. La mia ipotesi sulla colpevolezza di Mastracci non spiega la complessità del caso. Il nuovo pubblico ministero, esaminando il fascicolo e provando ad avere un ruolo più attivo nelle indagini, proprio a seguito delle pressioni che subiamo, si è convinto che Giacomo sia stato un mero strumento della coppia Elisa-Felicia.”

“Quindi questa è la pista che seguite adesso?”

“Tomei è stata sottoposta a una misura cautelare perché il suo DNA è compatibile con quello ritrovato su Leonardo D’Angelo, inoltre ci sono giunte le ultime analisi sui resti di Youssef e dimostrano la presenza di tracce biologiche di Mastracci. A questo punto siamo sempre più convinti che Elisa Battistin e Felicia Tomei, sfruttando la ridotta capacità d’intendere e volere di Giacomo lo Zoppo, abbiano commesso i delitti degli ultimi venticinque anni, ma non ne comprendiamo bene il movente, né siamo stati in grado di ricostruire la provenienza dei bambini immigrati. L'ultimo è stato identificato come un marocchino di nome Mohamed Elsayed Ali, a quanto pare anche lui giunto da noi su un barcone clandestino, ma non sappiamo come sia finito tra le mani delle due donne."

"Grazie per le preziose informazioni. Grazie davvero, sei..."

"Non ho finito! Ti ho accennato queste novità per telefono, nonostante non ami comunicare in questo modo, perché devo chiederti una cortesia."

"Come posso esserti utile?"

"Elisa è ancora ricoverata. Mastracci e Tomei si rifiutano di rispondere a qualsiasi domanda, ma c'è qualcuno che potrebbe chiarirci come e perché i due bambini immigrati siano giunti qui a San Felice."

"Antonio Battistin?"

"Esatto. Con me sono certo si rifiuterebbe di parlare. Tu sei l'unica che ha ottenuto qualche risultato, conquistando la sua fiducia e il suo mandato difensivo-investigativo. Vai a..."

"Non credo che riuscirei a ricavarne qualcosa di utile" lo interruppe lei sospirando. "L'ultima volta mi ha insultata molto pesantemente. Penso che sia affetto da qualche tipo di schizofrenia. Non è un uomo stabile, non sarà possibile farlo parlare."

"Devi provare!"

"Va bene. Mi recherò da lui nel primo pomeriggio."

"Sai già che è qui a San Felice nella casa di Trotta?"

"Sì, a quanto pare il suo ritorno è stato divulgato su Internet."

"Sono chiusi in casa, forse temono una sovraesposizione mediatica. Trotta non può lasciare la città, inoltre pare che dalla Curia gli sia stato raccomandato di mantenere un profilo basso e di evitare contatti con i giornalisti. Invece, non comprendiamo perché il vecchio prete sia tornato. Sono sicuro, però, che lui possa darci informazioni utili."

"Concordo. Proverò in ogni modo a farmi rivelare almeno una parte di quello che ci ha finora nascosto."

"In questi giorni abbiamo ispezionato i registri delle visite effettuate a Battistin presso *Regina Coeli*. Il nuovo prete lo andava a trovare quattro volte l'anno."

"Ma si conoscevano già prima del 1999?"

"Pare di sì, stiamo ancora verificando il loro legame."

"Capito. Appena lo avrò sentito, ti riferirò tutto."

"Bene. Conto su di te."

"Mi sembra di capire che ci siano novità" sussurrò Andrew non appena la detective ebbe terminato la telefonata.

"In mezza giornata di mia assenza è successo di tutto. Forse dovrei riposarmi più spesso" ribatté sorridendo lei.

"Mi vuoi aggiornare?"

"No, caro. Ma oggi parteciperai all'attività d'indagine. Andremo dai due preti."

"Segui il consiglio della giornalista?!" esclamò meravigliato l'uomo.

"Ah ah, no. Seguo gli ordini del maresciallo. Dai sbrigati" concluse lei ridendo.

Sam con la coda dell'occhio di tanto in tanto osservava il suo cliente seguirla come un cagnolino, soddisfatta per aver trasformato un uomo all'inizio diffidente e rigido sulle sue posizioni, in una persona che pendeva dalle sue labbra e aveva piena fiducia in lei, forse perfino soggezione.

"Sembri contenta oggi" affermò l'americano respirando affannosamente.

"Sono solo più riposata. Non sei abituato a vedermi così."

"Secondo me ti piace questa collaborazione così stretta con i carabinieri."

"Ah ah, tu dici?!"

"Sì, ti vedrei bene in quell'ambiente. Anzi, più in generale, saresti perfetta come militare. In USA avresti avuto una grande scelta, il nostro è l'esercito più grande e forte al mondo."

"Hai ragione su entrambe le cose. Fui tentata di provare a entrare nell'esercito e anche l'Arma mi ha sempre affascinata.

Qui da noi i carabinieri hanno una grande storia e c'è un'ottima scuola di addestramento e formazione, ma mi trovo bene a lavorare nel privato. Sono più indipendente e libera di muovermi. Se un cliente non mi piace, non sono obbligata a lavorare per lui. In effetti, quello americano è un esercito temibile e con reparti altamente specializzati. Nel mondo anglosassone, in genere, curate meglio e con più meritocrazia qualunque ambito professionale."

"Sembri anche più saggia oggi."

"Lo sono sempre" rispose la donna sbuffando e sorridendo.

Davanti all'abitazione del prete, a poche centinaia di metri dalla chiesa, sostavano diversi uomini e donne, senza attrezzature, ma facilmente riconoscibili come giornalisti.

Andrew ne fu perfino spaventato, temendo che si sarebbero fiondati su di lui e lo avrebbero tempestato di domande. Dopo un breve scambio di battute con Sam, seguendo le indicazioni della donna, i due raggiunsero la porta d'ingresso senza che nessuno tra i presenti avesse provato ad avvicinarli.

"Visto?! Non siamo noi il loro principale interesse oggi. Aspettano che Battistin esca. Forse non ci hanno neanche riconosciuti" gli disse all'orecchio la detective intanto che aspettava davanti alla porta dopo aver suonato il campanello.

Capitolo 47

Fissava la camera del videocitofono attendendo di essere mandata via, di dover insistere, magari di ricorrere a minacce per convincerlo ad aprire, avvertendolo che, se costretta, avrebbe potuto aizzare i giornalisti contro di lui, invece, Sam ascoltò sorpresa una sola parola che non si sarebbe mai aspettata:

"Salite."

La voce era proprio quella di Antonio Battistin, decisa, fredda, pacata.

Oltrepassando la soglia del portone, con a fianco Andrew che ormai si era abituato a seguirla senza fiatare, la detective percepì di essere oggetto di qualche foto scattata dai giornalisti che sostavano all'esterno, ma non si scompose.

A metà delle scale ebbe un'irrazionale e intensa sensazione di terrore e si fermò di colpo, arrestando così anche la salita del suo cliente.

"Che succede?!" le domandò da dietro lui.

"Niente" rispose dopo qualche secondo di esitazione.

"Ma stai bene?!"

"Sì" replicò sempre a bassa voce ma senza riuscire a nascondere il tremolio della sua gamba sinistra.

"Vuoi che prosegua io?"

"No. Assolutamente no!" concluse la detective ricominciando a salire e accelerando l'andatura.

L’incontro con Elisa Battistin l’aveva provata più di quanto lei stessa fosse pronta ad ammettere, temeva di rimanere vittima di un’aggressione, magari più violenta e da cui questa volta non avrebbe avuto scampo.

La presenza di Andrew e quella all’esterno dei giornalisti non la tranquillizzavano affatto. Troppo vecchio e acciaccato il suo cliente, estranei e lontani dagli eventi che si sarebbero svolti tra le mura domestiche gli altri.

Il tremolio della sua gamba sinistra continuò imperterrito, anche se in modo più tenue, fino alla porta d’ingresso dell’appartamento, come se il suo corpo volesse in qualche modo avvertirla di un pericolo ignoto.

“Entrate” sussurrò loro Antonio, spalancando di colpo la porta già leggermente aperta.

Un passo dopo l’altro, stando attenta a non apparire impaurita o debole agli occhi dell’uomo che avrebbe dovuto pressare per ottenere informazioni, Sam si addentrò in un corridoio buio, seguendo il prete fino a una saletta illuminata artificialmente in cui balcone e finestre erano serrati da vecchi cartoni e nastro adesivo.

“Non voglio che loro vedano” borbottò il reverendo voltandosi verso Andrew che fissava sconcertato le finestre serrate con diversi strati di cartone.

“Possiamo parlare, magari con più calma dell’ultima volta?!” gli domandò la detective, sedendosi per prima sul divanetto, allargando le braccia e accennando un sorriso.

“Certo. Mi dispiace molto per come mi sono comportato al nostro ultimo incontro, ma devi capire che la riapertura del caso mi sta facendo impazzire. Io avevo quasi saldato il mio conto con la giustizia e adesso mi sono ritrovato al centro di una bufera. Anch’io avrei meritato di essere dimenticato. Anch’io ho diritto all’oblio! E invece, non solo vengo ancora additato come un pedofilo, ma sono sospettato, perseguitato dai giornalisti e considerato colpevole. Ti sembra giusto?! Sarebbe stato molto meglio dimenticare, lasciare riposare in pace i morti. Perché avete voluto indagare di nuovo un tempo che ci darà solo sofferenze? Dico bene signor Williams?!" disse Battistin con uno strano ghigno sul viso e voltandosi, alla fine della frase, verso l'americano, che si era accomodato alla sinistra di Sam.

"Non è stata una nostra scelta, noi..." provò a rispondergli la donna.

"E allora di chi è la colpa?!" urlò lui interrompendola bruscamente.

"Per favore, non alzare la voce, non vorrai mica che ci sentano da fuori" ribatté subito lei cercando di calmarlo.

"Vorrei solo essere dimenticato" borbottò sospirando il prete.

"Quando tutto sarà chiarito, vedrai che anche tu potrai pensare al passato con più distacco."

"Ti sbagli. Sarà peggio."

"Liberati da quello che sai. Dammi ascolto. Raccontami ogni cosa e ti sentirai meglio."

Antonio scosse la testa più volte abbassando lo sguardo e rimanendo in silenzio e anche Sam, invece di sollecitarlo, non disse una sola parola.

"Il bambino ritrovato a casa tua, seviziato da tua sorella, è ancora ricoverato in ospedale e non è in grado di ricostruire i suoi spostamenti. Com'è arrivato a San Felice? Chi e perché lo ha consegnato a Elisa?" gli domandò la detective cercando di fissarlo negli occhi.

"Lei non parla, vero?!"

"Si rifiuta di rilasciare qualsiasi dichiarazione. Anche Felicina non ha voluto rispondere a nessuna domanda. Non vogliono nemmeno parlare con i rispettivi legali assegnati d'ufficio."

"E perché pensi che io lo sappia?! Io mi trovavo in carcere quando tutto questo è successo."

"Dalle dichiarazioni rilasciate durante l'inchiesta riguardante la morte di Youssef, risulta che tu eri il confessore e anche amico di entrambi i suoi genitori, una coppia di ex musulmani convertiti al cattolicesimo proprio qui a San Felice. Abbiamo visionato i registri delle visite che hai ricevuto in carcere in tutti questi anni e sappiamo che hai incontrato regolarmente, non solo tua sorella, ma anche Trotta, almeno quattro volte all'anno. Peraltro, tu conoscevi già il tuo successore ben prima della sua assegnazione alla Chiesa dell'Immacolata."

"Non ho deciso io chi dovesse succedermi a presiedere la parrocchia."

"Sei sempre stato molto attivo nella gestione dei profughi e infatti i genitori di Youssef non sono stati gli unici che hai convertito. Prima del tuo arresto, presiedevi anche un'associazione per l'accoglienza dei migranti."

"L'accoglienza è nostro dovere cristiano."

"Ce ne sono altri?" gli comandò Sam alzando il tono della voce.

"Il rumore di tutta questa storia impedirà che io possa passare in pace gli ultimi anni della…"

"Dove sono?" lo interruppe lei.

"È questa arroganza che mi ha condannato. È la vostra smania di sapere tutto che mi assilla."

"Rispondimi!" esclamò la detective che però pareva esser stata turbata da uno strano rumore, una sorta di tenue tonfo proveniente dalla stanza adiacente, seguito da un suono a malapena udibile, come se qualcuno stesse percuotendo leggermente tra loro dei bicchieri di cristallo.

"Una vibrazione incantevole, vero?!" chiosò il prete sogghignando.

"Ma che cos'è?"

"Va' a controllare" borbottò sempre col quel riso maligno lui, aggiungendo, toccandosi il naso e poi la guancia con la mano destra: "Sei qui per la verità, no?!"

Quel tintinnio continuava senza sosta diminuendo progressivamente d'intensità, e Samantha, dopo qualche secondo d'indecisione, si alzò e si diresse, adagio e voltandosi due volte in cerca dello sguardo di Andrew, verso la grande e antica porta di legno che la separava dall'altra stanza.

L'aprì sospingendola con forza, vincendo la resistenza che il legno le opponeva strisciando per terra e, non appena intravide, alzando lo sguardo, le gambe penzolamenti di un uomo vestito di nero, ebbe l'istintivo impulso di richiuderla e allontanarsi.

La spalancò di colpo e sollevò il capo, senza però entrare.

Il corpo ciondolante del reverendo Trotta oscillava davanti ai suoi occhi provocando l'urto dei cristalli dell'antico lampadario, generando il rumore che lei aveva percepito.

La detective osservò il cadavere per qualche istante, immobile e inorridita; oltrepassò la soglia e vi si avvicinò, fermandosi a qualche metro dal corpo.

Le scarpe del prete, lucide e nere, oscillavano senza sosta e sempre più lentamente davanti lo sguardo incredulo e spaventato della donna che, muovendo qualche altro passo verso il reverendo, era ormai giunta a pochi centimetri da lui.

I suoi pantaloni opachi e la sua camicia scurissima erano talmente normali e ordinari da non presagire quel viso così orribilmente gonfio, gli occhi spalancati e privi di luce, e la bocca in parte aperta con la lingua che ne fuoriusciva per un terzo.

Il respiro della detective di fronte a tanto orrore si fece ancora più concitato e il suo corpo tornò a irrigidirsi, quasi paralizzandosi del tutto.

Era consapevole che avrebbe dovuto almeno tentare di sollevarlo, senza perdere altro tempo prezioso, di aiutarlo in qualche modo, nonostante avesse l'impressione di trovarsi di fronte a un corpo ormai privo di vita.

Finalmente trovò la forza di toccarlo.

Gli afferrò la caviglia con la mano sinistra e ne percepì un calore intenso, probabilmente si era suicidato nell'ultima mezz'ora e il tonfo che lei aveva udito mentre interloquiva con Battistin era l'ultimo istante di vita dell'uomo.

Avendo l'impressione che qualcuno la stesse osservando, si girò di scatto verso la porta e scorse Andrew, al quale, a bassa voce e trattenendo lo sconforto di quel momento, ordinò di chiamare i soccorsi.

Salì quindi sulla stessa sedia che presumibilmente l'uomo aveva usato per togliersi la vita e lo liberò dalla corda che sembrava ormai essersi fusa con la pelle raggrinzita e cianotica del suo collo. Nonostante fosse sempre più convinta di trovarsi di fronte a un cadavere, eseguì le manovre per rianimarlo. Tutelare il bene supremo della vita umana era in ogni caso il suo compito principale, e avrebbe anche potuto sbagliarsi e non percepire il battito debole di chi, pur in condizioni molto critiche, avrebbe ancora potuto essere salvato.

Malgrado il suo impegno ogni misura atta a rianimarlo fu vana.

Pensò che uscire dalla stanza e lasciare intatto ogni altro dettaglio prima dell'arrivo delle forze dell'ordine fosse la cosa migliore da fare, ma prima di raggiungere il suo cliente, dietro il corpo che aveva appena adagiato sul pavimento, notò un pezzetto di carta.

S'inginocchiò, lo raccolse e lo lesse.

'Riserva Statale Lestra della Coscia, croce bianca.' Erano le uniche parole riportate su quel bigliettino stropicciato e in parte umido, scritte come un bambino e con mano tremante.

Sam lo fotografò col suo smartphone e lo ripose subito per terra dove lo aveva trovato, allontanandosi lentamente.

Prima ancora di varcare la porta che l'aveva fatta ripiombare in pochissimo tempo nello sconforto più totale, la donna non poté non udire le rumorose e inquietanti risate provenire dal salotto.

Antonio era ancora lì, seduto a pochi metri da lei.

L'osservò per qualche secondo, temendo di avvicinarsi.

I suoi occhi verdi sembravano brillare di una strana e insana gioia e continuava a ridacchiare senza sosta in modo folle e malato.

"Hai chiamato il 112?" domandò a bassa voce Sam all'orecchio di Andrew.

"Sì, stanno arrivando… Così mi hanno detto…" provò a risponderle lui, prima di essere interrotto dal prete.

"Ah ah! Ma cosa vuoi che facciano?! È solo un suicidio. Contro Dio e contro il buon senso. D'altronde questo succede quando non riesci a portare il peso della tua croce" affermò Battistin sogghignando e, continuando dopo qualche secondo di silenzio, rivolgendosi però all'americano: "Dalla croce non si scende! Occorrerebbe ricordarselo prima di fare certe cose. Inutile piangere dopo. Vero, caro Andrew?!"

"Che significa?!" esclamò la detective voltandosi di scatto verso il suo cliente.

"Dille tutta la verità, maniaco!" proseguì Antonio, prima ancora che Andrew potesse rispondere.

"Io... Io n-non... Non so di c-cosa stia p-parlando. È pazzo" rispose l'americano, balbettando e con un accento più straniero del solito.

"Ma cosa sei venuto ancora a cercare?! A fingere con te stesso, o solo con tua moglie e con i tuoi figli... Se sapessero che razza di mostro sei!" lo accusò Battistin, seduto sul divanetto con le gambe allargate, indicandolo con l'indice della mano destra.

"Che cosa intende?!" lo sollecitò Samantha, senza però ottenere nessuna risposta se non l'inquietante silenzio dell'uomo che, col capo chino e le guance arrossate, non ebbe più il coraggio di guardarla in viso.

Il rumoroso arrivo dei carabinieri, con in testa il maresciallo Mancuso, interruppe quegli attimi densi di tensione e infiniti.

Capitolo 48

Intanto che i militari isolavano la scena, l'automedica col personale sanitario specializzato giungeva sul posto per accertare la morte del reverendo Trotta.

"Dimmi subito ogni cosa" le ordinò Francesco scortandola fuori dall'appartamento di Trotta.

"Sì è suicidato mentre parlavamo in salotto. Io ho solamente sentito un tonfo e il rumore provocato dai cristalli del lampadario. Lui, invece, sapeva."

"Lui chi?"

"Antonio Battistin" rispose lei con un filo di voce.

Riprendendo fiato e cercando di superare l'ennesima sconvolgente giornata da quando seguiva il caso, Sam confidò al militare sia le ultime insinuazioni del prete nei confronti di Williams, che nel frattempo si manteneva distante da lei e da tutti in assoluto silenzio, sia il contenuto del bigliettino ritrovato accanto al cadavere.

"Interrogherò Battistin in caserma. Questa volta gli farò dire…"

"No, non ricaveremo nulla da lui" lo interruppe lei.

"E allora cosa proponi?"

"Andiamo subito sul luogo indicato nel bigliettino. Se tu non ritieni opportuno fare un sopralluogo adesso, io ci andrò da sola."

"No, ci andrai, ma non sola. Ti farò scortare da una pattuglia. Nel frattempo, io torchierò per bene il prete. Magari in questo momento è più propenso a parlare."

Il maresciallo si rivolse quasi urlando all'appuntato Gennaro, raccomandandogli di condurre la detective sul luogo indicato e di scoprire ogni eventuale connessione tra la Riserva e il suicidio del reverendo Trotta.

Poco prima di seguire i due militari, Sam provò ad accennare ad Andrew le sue intenzioni, ma quest'ultimo, non appena la vide avvicinarsi, si scostò di colpo e rifiutò qualsiasi contatto.

"Dottore' ogni vot' ca stat' vuie, c scapp' o muort'?!" esclamò ridacchiando Gennaro al volante dell'auto di servizio, girandosi leggermente verso il collega alla sua destra.

"Un umorismo macabro il tuo, non credi?" ribatté lei, per nulla divertita da quella battuta infelice.

"Ja stev' pazziann'. Lo faccio per sdrammatizzare, di sicuro lei è abituata a questo genere di... come dire... d'inconvenienti. Insomma, lei è famosa per occuparsi di questo genere di casi" rispose lui con un tono più serio e proseguendo in italiano, seppur con un accento napoletano.

"Sì, in effetti ormai difficilmente mi impressiono per un cadavere" concluse la donna, ingoiando la saliva e toccandosi il naso con la mano sinistra.

Durante la mezz'ora di tragitto, la detective non smise per un solo secondo di pensare al suo cliente, al suo sguardo sfuggente e pieno di paura dopo le insinuazioni di Battistin, ma anche ai complimenti e alle lusinghe che lui le aveva rivolto all'inizio delle indagini, e perfino alla diffidenza iniziale del loro primo incontro romano.

Possibile che non mi sia mai resa conto che mentisse?! Continuava a tormentarsi senza neanche accorgersi che ormai la gazzella si era fermata.

Quando il militare la esortò per la seconda volta a scendere dall'auto, scosse più volte il capo nel vano tentativo di dimenticare quello sguardo, ormai indecifrabile e incomprensibile per lei, ma di cui all'inizio si era fidata.

Seguendo i due militari, che si stavano addentrando al centro della Riserva lungo un sentiero sterrato, la detective cercò di scovare qualunque segno artificiale da indagare, magari proprio la croce bianca citata nel bigliettino di Trotta, ma ai suoi lati intravedeva soltanto alberi e il terreno ricoperto di erbacce e foglie secche.

Dopo circa quindici minuti di cammino, i tre si trovarono di fronte a una piccola capanna in legno, abbandonata e cadente, e al cui interno scorsero unicamente polvere e vecchi arnesi agricoli.

Subito dopo esserne usciti, i due carabinieri si voltarono verso la detective e iniziarono a fissarla in silenzio, in attesa di un'idea, oppure della sua resa di fronte a una desolazione che, nonostante la sua insistenza, pareva non celare nulla di rilevante.

Samantha li ignorò evitando di incrociare i loro sguardi e continuò da sola la sua ricerca.

Si allontanò dai due senza dire una sola parola e iniziò a perlustrare, a passo spedito e in modo frenetico, un'estesa porzione di terreno, eppure oltre agli alberi e all'erbaccia pareva davvero non esserci traccia di contaminazione umana.

Tornata dai militari, sospirando profondamente e col capo chino, Sam dichiarò al momento concluso il sopralluogo, aggiungendo che vi sarebbe ritornata con più calma, anche da sola se fosse stato necessario, alla ricerca di quella croce bianca che non era riuscita a scovare.

Il cammino del ritorno pareva più breve e meno impervio dell'andata, la detective smise di girare e rigirare di continuo il suo collo per controllare ogni potenziale indizio attorno a sé, rilassandosi per qualche minuto.

Quando uno dei carabinieri si fermò accanto a una piccola panca di legno alla sua sinistra, lei lo redarguì con ironia.

"Puoi aspettare di tornare in caserma per andare in bagno, no?! Dai, adesso…"
"C'è qualcosa" la interruppe lui bisbigliando, nonostante nessuno potesse ascoltarli in mezzo a tanta desolazione.
"Non c'è proprio un bel niente" chiosò Samantha ormai rassegnata.
"Anche io non vedo nulla" aggiunse Gennaro scrutando la boscaglia nella direzione in cui il suo collega continuava a fissare.
"Per terra, guarda per terra!" esclamò il militare voltandosi quasi infastidito verso l'appuntato.

Samantha, intravedendo anche lei delle pietre di colore biancastro riposte sul terreno, si addentrò di corsa tra gli alberi. Non appena si fu avvicinata abbastanza, notò che quei grandi sassi, alcuni dei quali ricoperti dall'erba, formavano una grande croce bianca per terra, estesa per circa dieci metri.
Quando i due militari la raggiunsero, lei senza dire una sola parola si allontanò di colpo da quel luogo, lasciandoli soli e stupiti per quella strana e repentina fuga.

Dopo qualche minuto, la donna, con in mano una pala rinvenuta nella capanna in fondo alla stradina, si ripresentò dinanzi ai carabinieri e iniziò a scavare una buca a fianco a una delle grosse pietre al centro della croce.
Già dopo sette palate incontrò la resistenza di qualcosa che pareva estraneo al terriccio molle fino a qual momento sollevato, più consistente e duro, ma meno compatto della roccia.
Si inginocchiò per vedere da vicino cosa fosse, anche se già sospettava che si trattasse del cadavere di un bambino e, in effetti, quello che con le dita accarezzò per pulirlo dalla terra sembrava il sottile braccio di un ragazzino che non aveva superato gli otto anni.

Si rialzò di scatto, sgomenta, eppure pronta a scavare di nuovo a lato della pietra successiva, e anche questa volta, rinvenne i resti di un'altra giovanissima vittima.

Quando, in procinto di scavare la terza fossa con ancora più foga di prima e rossa in viso, venne interrotta dalle parole pronunciate ad alta voce dell'appuntato, che la invitava a fermarsi, respirando affannosamente, provò a calmarsi:

"Hai ragione."

"Torniamo in auto e comunichiamo questo… ritrovamento al maresciallo Mancuso" aggiunse l'altro militare, la cui voce tremante tradiva il profondo turbamento di quegli istanti.

Gennaro, cingendo la schiena di Sam con il braccio destro, cercò di allontanarla dai corpi che quest'ultima aveva appena scoperto e dai quali non riusciva a distogliere lo sguardo.

"Sì, d'accordo, andiamo" disse con un filo di voce lei, intanto che muoveva i primi passi da quella grande croce bianca, prima tanto ricercata e che adesso pareva un orribile incubo da dimenticare.

Atteso l'intervento di altri militari per delimitare l'area, i tre abbandonarono la Riserva.

Nessuno proferì più una sola parola durante quel breve tragitto.

Le comunicazioni radio a bordo della gazzella furono gli unici suoni a interrompere la tensione e lo sconcerto lungo la strada del ritorno.

In quei lunghissimi minuti, fissando il capo chino della detective dallo specchietto retrovisore, Gennaro si pentì di quelle orribili battute con cui aveva insinuato che lei fosse ormai abituata al ritrovamento di cadaveri e addestrata a indagini incentrate sui delitti cruenti. Perfino lui, che aveva subito un durissimo addestramento militare e che come il maresciallo

Mancuso era stato in Medio Oriente quando era nell'esercito, al solo pensiero che pochi minuti prima stava calpestando una fossa comune di bambini, trattenne a stento le lacrime vergognandosi di mostrarsi debole.

Nei momenti in cui la radio non emetteva suoni o rumori di fondo, il respiro affannoso di Samantha risuonava nell'auto, ma nessuno dei due uomini a bordo ebbe il coraggio anche solo di tentare di placarlo o consolarlo in qualche modo.

Scesa dall'auto, entrò dall'ingresso principale della vecchia caserma, incurante della carabiniera all'entrata che le aveva accennato un saluto e senza mai sollevare lo sguardo dal pavimento.

Si ritrovò di fronte al maresciallo che stava attraversando il corridoio principale e, nonostante i due militari fossero dietro di lei e spettasse a loro riferire di persona al proprio superiore i particolari su quello che avevano appena scoperto, entrambi attesero che fosse la donna a comunicarglielo, estranea all'Arma in quanto civile, eppure considerata ormai da tutti una collega.

Capitolo 49

Mancuso ascoltò con attenzione ogni dettaglio, annuì abbassando il capo quando la detective ebbe finito di descrivergli la fossa comune appena rinvenuta e, invitandola con insistenza a riposarsi, ordinò ai suoi collaboratori di scortarla fuori dalla caserma.

Sam non obiettò. Probabilmente in altre circostanze avrebbe rifiutato di essere trattata in quel modo, come se non avesse la forza di sostenere il peso di un'inchiesta dai risvolti imprevedibili e raccapriccianti, eppure lo sguardo di rispetto dei militari nei suoi confronti, il riguardo con cui si rapportavano a lei, nonostante formalmente fosse solo una civile, acquietarono il suo animo.

Con la coda dell'occhio, prima di arrivare all'uscita, notò che il maresciallo, in procinto di entrare nel suo ufficio, stava chiamando qualcuno al cellulare, probabilmente informava il PM degli sviluppi dell'inchiesta.

Un taxi l'accompagnò in pochi minuti davanti al suo hotel e, non appena ne fu uscita, il suo primo pensiero fu quello di interrogare Andrew, di scoprire cosa le avesse nascosto e perché si fosse irrigidito così tanto dopo le parole del reverendo Battistin.

Varcò la soglia dell'entrata con sicurezza e intanto che si apprestava a oltrepassare la hall per dirigersi verso le scale, prima di lasciarsi alle spalle il giovane ragazzo della reception, la voce di quest'ultimo, stridula ma decisa, la fermò:

"Signorina Onesti, aspetti un secondo per favore..."
"Cosa c'è?!" ribatté subito la detective senza però avvicinarsi.
"Abbiamo una cosa per lei" disse il giovane quasi intimidito da quei modi così bruschi.
"Cosa?" domandò Sam tornando indietro e appoggiando il gomito sinistro sul bancone.
"Ecco" replicò il ragazzo porgendole una busta bianca con scritto sopra a penna *To Sam*. "Mi dispiace, non volevo importunarla..."
"Fa niente. Grazie!" concluse lei interrompendolo e affrettandosi a salire le scale con quella lettera tra le mani.

Davanti alla porta della camera di Andrew, prima di bussare, ma immaginando già che non lo avrebbe trovato, aprì la busta.

Cara Sam,

Ho deciso di tornare a Roma e di liberarti dal peso del mio intralcio, certo che senza di me seguirai le indagini con maggiore efficienza e troverai la verità che da troppo tempo mi tormenta.

Ribadisco il mio impegno a pagarti l'onorario pattuito se scoprirai il vero assassino di mia figlia, anche se forse il suo nome non riuscirà a rendermi la serenità che ho perduto in quella maledetta vacanza italiana.

Non so se ci rivedremo a San Felice, né se avrò ancora il coraggio di ripresentarmi dinanzi a te, ma credimi, io davvero non so chi abbia massacrato la mia piccola e ti ho assunta con l'unico obiettivo di renderle giustizia.

Non sono stato un buon padre, ho fatto i miei errori, ho le mie colpe, ma mai avrei immaginato di non rivedere mai più gli occhi brillanti della mia Brenda.

In tanti anni ho imparato che la verità non è mai quella che vogliamo, anzi, spesso ci fa vergognare delle nostre azioni, ma va sempre e comunque rispettata.

Per qualsiasi esigenza tecnica inerente al tuo ingaggio, rivolgiti allo Studio Ambrini.

Mi dispiace.

Andrew.

La detective rimase immobile davanti alla porta della sua stanza per diversi minuti, stringendo la lettera nella mano sinistra tremante per la rabbia.

Afferrò dalla tasca lo smartphone e provò a chiamarlo, ma come aveva già previsto, il numero risultava non raggiungibile. Tentò allora di mandargli un messaggio su WhatsApp, ma il flag della ricezione non appariva e anche tramite Telegram non riuscì a rintracciarlo e alla fine, stanca di provare a vuoto, telefonò allo Studio Ambrini.

"Dottoressa si calmi. Le ho detto che non siamo in grado di metterla in contatto con il nostro comune assistito" le rispose per l'ennesima volta l'avvocato Anselmi.

"Allora ditegli che se si rifiuta di parlare con me il nostro accordo salta. Lo trovi da solo l'assassino di sua figlia visto che di questa vicenda ne sa più di me!" esclamò lei cercando di non urlare ed entrando nella sua camera.

"Gentile investigatrice, noi abbiamo avuto l'incarico di occuparci anche del vostro rapporto di lavoro. Ove volesse recedere dall'accordo siglato col signor Williams, ce ne dia comunicazione scritta e procederemo in tal senso" le rispose il legale.

"Capisco" disse sospirando la detective dopo una pausa di qualche secondo.

"Possiamo fare altro per lei?"

"No, grazie" concluse sedendosi sul suo letto e terminando la chiamata.

Selezionò dallo smartphone il contatto Lorenzo Vitali e attivò la modalità vivavoce.

"Ciao Sam, come va?"

"Male" rispose lei con un filo di voce e sdraiandosi.

"Cos'è successo?!"

“Tante cose. Troppe. Trotta si è suicidato nel suo appartamento mentre io parlavo con Battistin. Inoltre, su un bigliettino accanto al cadavere, una sorta di messaggio d’addio, abbiamo trovato il nome di un luogo.”

“Ah cavolo! E ci siete andati?!”

“Sì, e abbiamo rinvenuto una fossa comune di bambini” disse lei a bassa voce.

“Non ho capito. Cosa avete trovato?”

“Una fossa comune dove sono sepolti diversi bambini. Se, come penso io per ogni pietra corrispondono almeno due cadaveri, ci saranno circa trenta ragazzini sepolti in quel boschetto.”

“Impressionante” rispose Lorenzo dopo quasi un minuto di silenzio, aggiungendo con voce tremante: “Ma ne sei sicura?”

“Alcuni corpi li ho dissepolti io stessa. Ho visto con i miei occhi le membra decomposte di quei bambini impregnate di terra umida e radici.”

“Assurdo. Non avrei mai pensato…”

“Quando la notizia diventerà pubblica, l’assalto dei media a cui abbiamo finora assistito ci sembrerà uno scherzo.”

“Una cosa del genere credo non abbia pari nella storia recente di tutto il mondo occidentale. Forse è paragonabile agli orrori compiuti dai nazisti, oppure alla fossa comune di Tomasica.”

“Non è finita. Mentre parlavo con Battistin, quest’ultimo ha accusato Andrew di qualcosa.”

“Di cosa?”

“Non lo so, non ha specificato nulla. Ha solo detto che è un maniaco e che non rivela tutto quello che sa.”

“Un maniaco?!”

“Così ha detto il prete.”

“Da che pulpito! Ma Andrew cosa ha risposto?”

“È questa la cosa che più mi inquieta. È diventato rosso in viso e non è più riuscito a parlare.”

“E continua a non chiarire?”

“Mi ha lasciato una lettera alla reception dove mi comunica che se n’è andato a Roma. Ha staccato il cellulare e non risponde neanche alle e-mail.”

"Cose da pazzi. Quindi vuol dire che Battistin ha detto qualcosa di vero, altrimenti non avrebbe avuto motivo di scappare."

"Lo penso anch'io. C'è qualcosa che non mi ha confidato e che continua a nascondermi. Ho chiamato lo Studio Ambrini minacciandoli di recedere dall'accordo che ho stipulato con lui se non mi avessero dato un suo contatto raggiungibile, ma loro non sembrano preoccupati dalla possibilità che io possa abbandonare l'incarico. Insomma, se avessi insistito, mi sarei solamente danneggiata. Immagina se l'unico mio cliente rimane Battistin... Da tutta questa faccenda non guadagnerei nulla, ammesso che si arrivi a qualcosa."

"Abbiamo molti più elementi adesso. È vero che il caso si complica, ma secondo me siamo sulla buona strada. Farò una ricerca per scoprire se Andrew è tornato in America."

"Il tuo cauto ottimismo mi solleva, ma non lo condivido. La faccenda è molto più complessa di come sembra e senza di lui dalla nostra parte, sarà tutto più difficile. In ogni caso, io credo che starà qualche tempo a Roma, come lui stesso ha scritto."

"Adesso cosa farai?"

"Battistin è in caserma e deve essere interrogato. Io sarò presente. La sorella, Felicina e Giacomo invece si rifiutano di rendere qualsiasi tipo di dichiarazione."

"Capisco. Comunque è scioccante. Se penso che c'è una fossa comune piena di cadaveri di bambini, mi sento male. Dico davvero."

"Guarda, anche io sto malissimo, infatti mi sforzo a focalizzarmi sul caso, ma continuo a vedere davanti ai miei occhi il braccio sottile che ho dissotterrato. In certi momenti mi sembra perfino di toccarlo di nuovo e di sentirne l'odore."

"Non riesco neanche a immaginare che tipo di coinvolgimento possa avere Andrew in tutta questa storia. Ti ha assunta lui, se fosse davvero coinvolto sarebbe assurdo. E poi, sono anni che torna in Italia alla ricerca del killer della figlia. Che senso ha?!"

"Sì, anch'io me lo sono chiesto. Secondo me davvero non sa chi abbia ucciso Brenda, ma è possibile che sia in qualche modo coinvolto in uno degli altri omicidi."

"Non riesco a collegarlo a nessuno dei casi."

"Sul cadavere di Yassine hanno trovato alcuni suoi capelli. Io pensavo che si trattasse di un errore dei RIS, anche Mancuso mi aveva parlato di una possibile contaminazione di campioni, ma adesso inizio a credere che possa aver avuto un ruolo attivo, anche se non ho ancora elementi per capire di che tipo."

"Ma proprio Yassine?! È un omicidio recente, come è possibile…"

"Non lo so. Prima delle parole di Antonio, avevo pensato che quei capelli ce li avessero messi Elisa e Felicina, perché quest'ultima lavora come donna delle pulizie negli hotel e quindi per lei non sarebbe stato difficile procurarseli. Andrew in tutti questi anni è stato ospite in diversi hotel qui a San Felice, quindi è probabile che in almeno uno di questi abbia prestato servizio la compagna di Elisa. Ti dirò di più, mi ero anche convinta che lo sperma sul cadavere di Giovanni Terranova fosse stato sparso sempre da queste due pazze, così come il muco di Trotta sulle labbra di Yassine, ma adesso non so più che pensare."

"Quindi secondo te sarebbero Elisa e Felicina le colpevoli?"

"No, adesso non ne sono più così sicura. La prima ipotesi degli inquirenti, soprattutto della dottoressa Crescentini, era che Trotta avesse emulato il delitto di Battistin, ma per me non ha mai avuto senso. Poi, si è fatta avanti l'ipotesi che dietro a tanti delitti ci potesse essere la mano di Giacomo Mastracci, sostenuta dal nuovo PM e da Mancuso, ma a cui io non ho mai creduto. Di recente, ho ipotizzato la colpevolezza della coppia Elisa-Felicina, ma non ne comprendo ancora il movente. Il possibile coinvolgimento di Andrew complica tutto perché mi sfugge il quadro unitario, ammesso che ce ne sia uno. E per finire, la scoperta della fossa comune di oggi cambia ogni cosa. Secondo me, da ora in avanti, l'indagine avrà una nuova finalità. Siamo di fronte a una vera e propria tratta di esseri umani senza documenti. Tutti quei bambini della fossa comune potrebbero essere nord-africani giunti in Italia con sbarchi fantasma, per questo nessuno ne ha mai denunciato la scomparsa."

"Quindi pensi che sia coinvolta l'associazione di Trotta?"

"Sì, ma anche il vecchio prete ha fatto la sua parte prima di finire in carcere, ma mi sfugge il movente. Anche ammesso che le assassine siano Elisa e Felicina, perché lo avrebbero fatto?! Perché così tanti bambini? E cosa c'entra Andrew?"

"Io non riesco a capire come sia possibile che Andrew da un lato voglia che tu trovi l'assassino di sua figlia, e dall'altro si rifiuti di aiutarti. Ti renderebbe tutto più facile se ti confessasse quello che realmente sa."

"Secondo me si vergogna. Avrà fatto qualcosa di davvero orribile, non connesso all'uccisione della figlia, ma non riesce a confessarlo, né a me né a nessun altro. Forse, prima delle velate accuse di Battistin, non riusciva ad ammetterlo neanche con se stesso."

"Credo che questa notte non riuscirò a dormire."

"Saremo in due allora. Ascolta, chiama subito lo Studio Ambrini e riferiscigli che la mia collaborazione con il signor Williams è ovviamente ancora attiva e che io non ho nessuna intenzione di rescindere il contratto. Poi, comunicagli che anche tu, da domani, per esigenze operative indifferibili, lavorerai qui a San Felice e che quindi dovranno rimborsarti ogni spesa connessa al tuo trasferimento. Se possibile, prenota la camera dove soggiornava Andrew e affrettati a bloccarla, perché tra qualche tempo tutti gli hotel in zona saranno stracolmi di giornalisti da mezzo mondo."

"Vuoi davvero che io ti raggiuga?!" domandò incredulo il giovane.

"Sì, mi serve un punto di riferimento anche fisico. Lavorerai da qui."

"Va bene" concluse lui deglutendo.

Capitolo 50

Di mattina presto, prima dell'arrivo del suo fidato collaboratore, davanti a un'abbondante colazione, Samantha si preparava a programmare con calma la sua giornata quando lo squillo del suo smartphone interruppe i suoi pensieri.

"Pronto" rispose lei sorpresa nel visualizzare una chiamata da parte di Francesco Mancuso così presto.

"Buongiorno, mi spiace disturbarti a quest'ora, ma…"

"Ma figurati, dimmi tutto."

"Ieri abbiamo provato a sentire Battistin. Il pubblico ministero ha insistito affinché fosse sentito nell'immediatezza dei fatti, ma lui ha fatto scena muta."

"Ah capisco, pensavo mi avreste avvisata, in fondo lavoro per lui..."

"Sì, sì, lo so, ma Bettini sosteneva che la presenza del suo avvocato d'ufficio fosse più che sufficiente. Mi dispiace."

"Dispiace più a me."

"Adesso, però, la tua collaborazione è necessaria."

"Che intendi?"

"Il prete ha richiesto la tua presenza, anzi, ha proprio detto che parlerà solo se sarai tu a interrogarlo."

"Ma io non posso condurre un interrogatorio."

"Ascolta, anche il PM all'inizio gli aveva risposto che era impossibile, ma adesso, piuttosto del suo silenzio assoluto, e dato il clamore mondiale che la vicenda sta suscitando, ha accettato. Noi non saremo presenti nella stanza, ma vi vedremo in video e verrà registrato tutto."

"Mi spiace, ma io sono un'investigatrice privata, non posso sostituirmi al pubblico ministero o a voi pubblici ufficiali, non è il mio lavoro, inoltre le dichiarazioni rese davanti a me avrebbero un valore differente e..."

"Samantha, per favore, vieni qui quanto prima. Siamo già sui TG di mezzo mondo, tutti parlano della fossa comune dei 'Bambini Scomparsi'. La politica nazionale è in subbuglio per le ripercussioni che il caso sta avendo sulla gestione dei flussi migratori, forse cadrà addirittura il Governo. Quelle che prima erano mere pressioni da parte dei Ministeri dell'Interno e della Giustizia, adesso suonano come vere e proprie minacce."

"Capisco."

"Inoltre considera che queste dichiarazioni rese davanti a te, nonostante tu sia un privato cittadino, avranno un valore nel corso del processo. Noi non tratterremo a lungo il prete, quindi già stamattina devi essere qui. D'accordo?!"

"Va bene" replicò dopo qualche secondo di silenzio lei inspirando.

"Perfetto, ti mando un'auto di servizio a prenderti."

"No, non c'è bisogno, vengo in taxi."

"Tu non hai visto cosa c'è qui davanti."

"Sono aumentati i giornalisti?"

"Quando vedrai, capirai. Verrà Gennaro a prenderti e..."

"Oddio ancora lui?!" esclamò con ironia la detective.

"Dai Samantha, lo sai anche tu che è molto bravo, nonostante a volte faccia qualche battutaccia."

"Sì è vero, è un uomo che fa bene il suo lavoro. D'accordo, lo aspetto" concluse lei affrettandosi a mangiare, visto che la giornata si preannunciava perfino più lunga e impegnativa di quanto avesse immaginato.

Ritornata in camera per recuperare il power bank, intravide dalla finestra la gazzella dei carabinieri e scese subito per raggiungerla senza neanche attendere una loro chiamata.

Una volta oltrepassato il portone del piccolo hotel, che avrebbe dovuto garantirle discrezione, fu assalita da un gruppetto molto aggressivo di sei giornalisti stranieri.

"Dov'è il signor Williams?" le domandò una donna con un accento americano, puntandole contro un microfono e rimanendo voltata verso un uomo che riprendeva la scena.

"C'è un unico omicida dietro l'uccisione dei tredici bambini ritrovati nella fossa comune? Si tratta del numero definitivo o è probabile che aumenti?" la sollecitò a rispondere un uomo dai tratti del viso asiatici, ma con una cadenza anglosassone, frapponendosi tra lei e i carabinieri.

"È stato Antonio Battistin?! Ci risponda!" urlò una giovane cronista con un tono sgarbato e arrogante.

Superati i giornalisti senza pronunciare una sola parola, Sam entrò subito nell'auto, scioccata per una tale insistenza davanti a un hotel così piccolo e secondario.

"E non ha visto quello che c'è davanti alla caserma" le sussurrò Gennaro voltandosi verso di lei, mentre si allontanavano percorrendo una stradina interna.

"Me lo ha accennato il maresciallo, ma come hanno fatto a sapere che…"

"Forse qualche giornalista ci ha seguiti quando ci siamo recati alla Riserva Lestra della Coscia. Pare che su Internet girino già le foto della croce bianca" la interruppe l'appuntato.

"Sarà tutto più complicato adesso. Ancora di più" affermò lei, scandendo le ultime parole e sospirando profondamente.

"Ma dove stiamo andando?!" esclamò sorpresa Sam dopo circa dieci minuti.

"Non le ha detto nulla Francesco?" ribatté subito Gennaro, aggiungendo a bassa voce dopo una breve pausa: "Forse vi siete parlati prima che decidessero lo spostamento."

"Non ho capito…"

"Per motivi di sicurezza, data l'inadeguatezza dei locali della caserma di San Felice, ogni attività di interrogatorio o generico ascolto di persone informate dei fatti, soprattutto se appare rilevante ai fini delle indagini, sarà svolta presso il Comando di Terracina."

"Ah, non lo sapevo."

"Non sentirà la mancanza dei giornalisti, a quanto mi dicono i colleghi, alcuni si sono già spostati. C'è perfino la CNN" disse l'appuntato sogghignando.

Capitolo 51

Un tragitto lungo, ma che parve passare in un attimo. Forse per la paura di deludere la fiducia riposta in lei dal maresciallo, o perché ancora le sembrava di vedere e toccare le ossa del primo bambino ritrovato nella fossa comune, non appena Sam si destò dai suoi mille pensieri, si ritrovò di fronte all'ingresso della grande caserma.

In effetti, dal punto di vista logistico, la scelta era davvero azzeccata perché il Comando dei Carabinieri di Terracina si trovava su una grande strada asfaltata e non arroccata in una piccola via in cima a una collina come la storica caserma di San Felice.

Quei pochi giornalisti che già si erano appostati davanti alla nuova sede rimanevano ben distanti dall'ingresso, oltre il secondo cancello di ferro che delimitava il parcheggio riservato ai carabinieri. Evitarli non risultò difficile, anzi, la facilità con cui i tre scesero dall'auto senza neanche riuscire a comprendere le domande che da lontano i cronisti tentavano invano di porre, alcuni urlando, suscitò la spontanea risata d'autocompiacimento di Gennaro:

"L'avimm' fatto fess'!"

Poco prima di varcare la soglia d'entrata, la detective si voltò e fissò per qualche secondo l'enorme pino che pareva emergere dall'asfalto e che separava in due il primo cancello, e ne fu quasi rassicurata, come se rappresentasse un'ulteriore e naturale protezione da un mondo esterno che premeva per la risoluzione di un caso che forse, questa volta, oltrepassava le sue capacità.

Seguendo l'appuntato e accelerando il passo per stargli dietro, sollevò il capo e si sforzò di guardare dinanzi a sé per apparire più decisa e fredda possibile all'incontro col pubblico ministero.

Non appena se lo ritrovò di fronte, lo salutò stringendogli con forza la mano e cercò di fissarlo negli occhi, ma negli attimi in cui ne incrociò lo sguardo svogliato e spento comprese che l'eccitazione professionale che provava per la scoperta della verità non era condivisa da quell'uomo tozzo e insicuro.

"Buongiorno dottoressa Onesti. Abbiamo molto lavoro da affrontare in questi giorni e purtroppo la sua presenza si è resa necessaria e di questo mi rammarico" le disse Bettini sviando lo sguardo dal suo viso.

"Buongiorno dottore, capisco benissimo il suo dispiacere. Io stessa mi sento a disagio a svolgere una funzione che non mi compete."

"Il reverendo Battistin si è detto disponibile a rilasciare dichiarazioni utili ai fini della nostra inchiesta solamente dinanzi a lei, che come sua investigatrice potrà quindi raccogliere tali informazioni" affermò il PM con una voce più acuta del suo tono ordinario, continuando, più pacatamente: "Quindi stiamo agendo all'interno dei limiti che la legge ci conferisce."

"Ma guardi che comunque non si può…" ribatté lei sbuffando.

"Per favore, non mi renda tutto ancora più difficile" la interruppe lui frapponendo il palmo aperto della mano destra tra di loro. "Il teste è d'accordo, lei, come mi ha riferito il maresciallo, non ha nulla in contrario, quindi cortesemente procediamo. Noi riceviamo numerose e solerti raccomandazioni per una risoluzione veloce e trasparente di questo caso ormai di natura internazionale, sia per la provenienza delle vittime, sia per l'eco mediatica che ne è scaturita. La ricerca del movente e anche l'individuazione del o degli esecutori materiali sono ardue da raggiungere e necessitiamo quindi di tutto l'aiuto possibile. Anche se questa 'audizione' potrebbe apparire non strettamente regolare, ne abbiamo davvero bisogno. Ha capito cosa intendo?"

"Sì, capisco. Come ho anticipato a Mancuso, sono d'accordo nel coadiuvarvi nell'inchiesta, ma visto che io vi do una mano, vorrei..." disse Sam con un tono malizioso e scandendo l'ultima parola.

"Cosa vuole?!" la sollecitò il magistrato.

"Conoscere tutte le informazioni che già possedete, anche quelle che non potreste condividere."

"Quello che lei mi chiede non è possibile!" sbottò Bettini indietreggiando di qualche passo e sedendosi dietro la scrivania.

"Allora mi dispiace, ma non posso svolgere nessun interrogatorio. Le ricordo che io sono un privato e che..."

"Si accomodi" borbottò il PM sbuffando rumorosamente e portando entrambe le mani davanti alla bocca. "Il RIS mi ha da poco informato che considera al momento ultimati i rilievi presso la Riserva Statale Lestra della Coscia. In tutto sono stati rinvenuti ventitré cadaveri di bambini tra i quattro e i nove anni. Presumiamo che siano tutti immigrati giunti con sbarchi fantasma e la cui tratta, a nostro avviso, è stata organizzata da uomini vicini all'ambiente ecclesiastico. I decessi, secondo una prima analisi non ancora definitiva, vengono fatti risalire tra la prima metà degli anni Novanta e i primi anni Duemila. Questo filone d'inchiesta, purtroppo, rende ancora più arduo il nostro compito, perché subiamo ingerenze politiche volte a preservare gli ambienti della Chiesa cattolica da potenziali scandali, ma ormai non possiamo più fare finta..."

"Sì, comprendo la situazione. Mi dica qualcosa su Elisa e Felicia. Che elementi avete su di loro?" lo esortò lei, notando che il magistrato si era bloccato.

"Da quanto mi ha riferito Mancuso, abbiamo già condiviso con lei gli indizi a loro carico, per lo più inerenti alle tracce di DNA di Felicina riscontrate pure sul corpo di Leonardo D'Angelo. Non siamo tuttavia stati in grado neanche d'ipotizzare un possibile movente."

"Non c'è altro?!"

"No. In questo momento stiamo cercando di comprendere come sia avvenuta la tratta dei bambini e quale siano i ruoli di Mastracci e di Trotta. Nessuno degli indagati vuole parlare. È proprio per questo che lei è qui oggi!"

"Bene. Sono pronta" concluse lei accennando un sorriso.

Capitolo 52

Quando se lo ritrovò davanti, seduto su una sedia di metallo di fronte a un piccolo tavolo, Sam ripensò alle sue urla e ai suoi modi violenti durante il loro incontro in carcere e, intanto che gli stringeva la mano, temeva che anche quell'occasione sarebbe terminata allo stesso modo.

"A volte accontentano anche le richieste di un uomo che ormai non ha più nulla da perdere" borbottò il reverendo non appena la donna si sedette.

"Cosa intendi?" gli domandò lei con un filo di voce.

"Vedi cara, io non ho un lavoro, non ho una missione, non ho più neanche una reputazione. Non sono niente, eppure ho costretto carabinieri e magistrati a farti venire qui a parlare con me."

"La conoscenza è importante."

"Tu pensi che io sappia?"

"Evidentemente se le tue pretese sono state soddisfatte, crediamo che tu ci possa aiutare. D'altronde, come tu stesso hai appena detto, ormai non hai niente da perdere. Restituire un'identità e una degna sepoltura a quei poveri bambini, potrebbe essere il tuo ultimo grande gesto. Ho torto?"

"Ah ah! Sei brava a parlare, ma il punto è se lo sei abbastanza per far parlare me" ribatté l'uomo sogghignando.

"Sei tu che hai detto di voler rivelare quello che sai" replicò subito Sam fissandolo negli occhi.

"Quando ero bambino, mia madre, che era veneta, ripeteva spesso '*Amor fa amor e crudeltà consuma amor*'. Io non ho mai capito cosa intendesse, almeno finora. La mia crudeltà ha consumato la mia vita, forse è davvero giunto il momento di liberarmi" disse il reverendo dopo un lungo sospiro, ma smettendo di colpo di parlare.

"Ti ascolto Antonio" lo esortò lei con un filo di voce invitandolo anche con un gesto della mano sinistra a proseguire.

"Non è facile. Tu non puoi capire."

"Dammi una possibilità. Sono qui per te, ma se non mi aiuti è tutto inutile."

"Nei primi anni Novanta partecipammo a un progetto di collaborazione tra alcune diocesi italiane, tra cui Latina, e quelle di Agrigento, Ragusa e Mazara del Vallo. Si trattava di un progetto ambizioso che secondo alcuni autorevolissimi vescovi ci avrebbe permesso di evangelizzare i migranti approdati sul territorio siciliano, anche aiutandoli a trovare lavoro nelle zone più ricche del paese. Molti furono mandati in Veneto e Lombardia, altri a Roma e Milano, e qualcuno fu spedito pure da noi. Qui a San Felice c'è sempre bisogno di manodopera per curare i giardini delle grandi ville."

"Il padre di Youssef Sana era uno di questi?"

"Sì. Lui era già sembrato propenso alla conversione cristiana durante la sua breve permanenza in Sicilia. La disperazione, d'altronde, convertirebbe chiunque. In quegli anni pensavamo di poter arricchire la platea dei nostri fedeli grazie all'immigrazione nordafricana, ma solo adesso, con la progressiva secolarizzazione degli europei da una parte, e il radicamento dell'Islam anche nelle generazioni successive di chi giunge da noi dall'altra, ci rendiamo conto di quanto vana e illusoria fosse quell'idea."

"Ancora non riesco a capire" borbottò la detective cercando di spronare il prete ad essere più chiaro.

"Voi giovani non avete mai pazienza. Volete sempre tutto e subito."

"Scusami Antonio" ribatté lei abbassando il capo.

"Con gli anni molte cose sono cambiate. Avevamo capito che potevamo aiutare direttamente le famiglie a raggiungerci, invece di aspettarle. Forse ci siamo affidati alle persone sbagliate…"

"Cosa intendi?" domandò innervosita dalle continue pause e dai lunghi sospiri dell'uomo.

"Oggi li chiamerebbero scafisti. Per noi erano uomini volenterosi che ci aiutavano nella nostra opera di evangelizzazione."

"Quindi organizzavate voi gli sbarchi?"

"Il grande limite di noi uomini sono le tentazioni. Prima o poi cediamo tutti, solo questione di tempo."

"Chi vi tentava?" chiese lei smorzando uno sbuffo spontaneo per l'ennesima pausa del prete.

"Loro. I tunisini."

"Come?"

"Promettevano soldi. Tanti soldi. All'inizio abbiamo respinto le offerte, ma poi sono diventate sempre più insistenti e miste a minacce. Alla fine, abbiamo trovato un accordo" concluse lui abbassando di colpo il tono della voce nel pronunciare l'ultima parola.

"In cosa consisteva?"

"Noi ci impegnavamo ad accogliere e ricollocare, non solo in Italia, ma anche in diocesi Nord europee, un grande numero di immigrati, e loro ci…"

"Cosa?"

"Loro finanziavano le nostre opere caritatevoli."

"Prendevate soldi dagli scafisti?

"Non mi piace questo tuo modo di parlare…"

"Ma dove sbarcavano? Possibile che nessuno monitorasse gli arrivi?"

"Il punto di approdo era quasi sempre Piana Grande a Ribera e gli sbarchi avvenivano nel cuore della notte. Ogni diocesi italiana riceveva un 'contributo' per ogni singolo migrante accolto, il doppio se smistato in parrocchie del Nord Europa."

"Ma possibile che in tutti questi anni gli spostamenti di migranti senza documenti, all'interno del territorio italiano o addirittura in altri Stati dell'Unione europea, non siano mai stati intercettati dalle forze dell'ordine?"

"Ah ah! Ti assicuro che a volte li prendevano, ma se avveniva da noi, sapevamo su chi fare le giuste pressioni affinché, ove proprio non si potesse evitare il fermo, almeno fossero limitate le informazioni diffuse dai media."

"Capisco. Quindi i bambini senza identità sepolti sotto la croce bianca vengono dal Nord Africa?"

"Sono tutti stranieri che noi aiutavamo, molti in realtà erano originari dell'Africa subsahariana."

"Aiutavate?!" esclamò lei sgranando gli occhi, disgustata da quell'affermazione così assurda e cinica.

"Noi li abbiamo accolti in paesi dove c'è benessere. Abbiamo loro testimoniato la parola di Cristo…"

"Abbi pazienza Antonio," lo interruppe Samantha avvicinando ancora di più la sedia al tavolo e sporgendo il viso verso di lui, "ma i bambini ammazzati… aiutavate anche loro?!"

"È già molto difficile per me parlarne" sussurrò il prete toccandosi le guance con entrambe le mani. "Non renderlo ancora più arduo."

"Perdonami."

"Per caso, durante un'estate, un ricco imprenditore che soggiornava a San Felice e che spesso si fermava a chiacchierare con Franco, intuendo il nostro giro, avanzò un'offerta impossibile da rifiutare."

"Vi ha promesso dei soldi?"

"Tanti soldi."

"Capisco."

"Io fino a quel momento avevo vissuto in modo molto umile, quasi da miserabile. Sopportavo a stento la presenza a messa di tante donne che assistevano alle celebrazioni liturgiche solamente per esibire i loro gioielli e per vantarsi delle loro grandi ville. Alla fine, anch'io ne ottenni una" disse il reverendo fissando il vuoto e contraendo le labbra.

"Cosa voleva in cambio?" gli domandò la detective a bassa voce.

"Gli uomini vogliono sempre le stesse cose" le rispose lui sospirando e smettendo di colpo di parlare.

"Cosa?" provò a esortarlo lei dopo qualche secondo di silenzio.

"Secondo te?!"

"Non lo so…"

"Poche sono le nostre necessità terrene. Esse non cambiano a seconda della cultura o della provenienza geografica di chi le subisce, ma dipendono dalla nostra natura di animali. Si tratta di istinti innati che tutti noi abbiamo. Il bisogno di mangiare, la ricerca di un riparo, che oggi chiamiamo casa, e infine bramiamo ardentemente, a causa del nostro prepotente desiderio di riproduzione, rapporti sessuali. Noi uomini, a differenza di voi donne, proviamo incessantemente lo stimolo alla riproduzione, e infatti cerchiamo di continuo il sesso e lo pratichiamo in modo ripetitivo, a volte perfino meccanico. Magari nel momento in cui consumiamo un singolo rapporto ci sentiamo soddisfatti, ma subito dopo abbiamo bisogno di farlo ancora e ancora."

"Ti ha chiesto di procurargli un bambino da violentare?" lo sollecitò lei, cercando di mantenere un tono pacato e distaccato, nonostante lui le provocasse un disgusto immenso.

"Non mi piace questa parola. Non mi è mai piaciuta. Lo sai che prima del Novecento, in quello che noi definiamo il mondo moderno, i bambini venivano considerati estranei alla sfera sessuale?! Solamente grazie a Freud abbiamo imparato che anche loro hanno una sessualità, una libido, provano piacere e hanno desideri riproduttivi come noi adulti."

"Cosa vuoi dire?!" esclamò Sam interrompendo l'ennesimo silenzio di Antonio.

"Non trovammo una famiglia di immigrati accondiscendente, neanche pagandola molto bene, allora pensai che Leonardo sarebbe stato perfetto."

"Perché lui?"

"Aveva dei comportamenti, degli atteggiamenti inequivocabili. Cercava lui stesso l'amore degli uomini più grandi."

L'insofferenza della donna era sempre più grande, a stento trovava la forza di restare seduta di fronte a quell'uomo indegno perfino di essere considerato tale, eppure la ricerca della verità, anche in nome di quei bambini violati e sepolti senza neanche un nome, esigeva che lei, in silenzio, attendesse ogni informazione utile.

"Che c'è, ti ho impressionata?!" chiosò il prete cercando invano d'incrociare lo sguardo di Sam.

"No, no, vai avanti" ribatté lei con voce tremante e tenendo il capo chino.

"Fu lui il primo. Poi arrivarono gli amici."

"Gli amici di Leonardo?" domandò Sam scuotendo la testa.

"No cara, parlo dell'imprenditore, ovviamente. Lui sapeva che noi avremmo potuto disporre di molta merce. Insomma, ormai aveva capito che noi organizzavamo i viaggi di tante famiglie disperate, quasi sempre con bambini al seguito, e aveva perfino garantito ai suoi amici che avremmo potuto fornire loro lo stesso servizio."

"Quindi dal '94 in poi avete offerto servizi sessuali di minori dietro corrispettivo a ricchi imprenditori che…"

"Ah ah! Pensi fossero solo imprenditori?!" la interruppe lui ridendo rumorosamente. "Politici, banchieri, perfino dei cardinali. Qui da noi arrivavano in tantissimi, anche dalla Germania e dagli Stati Uniti."

"Non capisco, ma perché uccidevate i bambini?!"

"Io non ho mai ucciso nessuno. Mai."

"E allora chi ha ammazzato Leonardo? E Youssef? E gli altri bambini della fossa comune?"

"Io posso dirti solo quello che so."

"Hai organizzato un giro di prostituzione minorile ma non sai come sono morti i bambini che vendevi?!"

"Esatto."

"Non è possibile!"

"Vedi, io lo so che tu pensi che sono un mostro e che provi ribrezzo per me, ma ti assicuro che io non ho mai violentato, né ucciso nessuno."

"Certo, ti limitavi a farli stuprare dai tuoi amici dietro lauto compenso" borbottò Samantha, pentendosi subito dopo di quella breve frase che avrebbe potuto porre fine alla loro fragile collaborazione.

"Non ho vinto la tentazione del denaro. Non ho resistito al desiderio di possedere anch'io una grande casa. Forse ho peccato di avidità, ma non ho mai violentato né tantomeno ucciso nessuno."

"Chi ha ucciso Leonardo allora?"

"Ti ho detto che non lo so! Io sono stato uno spettatore esterno come tutti gli altri. Leggevo sui giornali delle morti avvenute tra il '94 e il '98, ma non mi sono mai intromesso. Poi, quando finii in carcere con l'accusa di aver ucciso Brenda, mi limitai a dare consigli a chi mi visitava. Gli affari continuarono anche senza di me, forse perfino più di prima."

"Che significa che non ti intromettevi?!"

"Non ero l'unico a gestire il giro. Io per lo più mi occupavo dei contatti con le altre diocesi."

"Chi consegnava materialmente i bambini ai clienti?"

"Franco."

"Il sacrestano?"

"Sì, se ne occupava lui."

"Oltre a lui, chi altri gestiva i bambini?"

"Anche mia sorella Elisa dava una mano."

"Capisco. Chiariscimi un ultimo aspetto. Hai detto di non aver mai violentato nessuno, eppure Francesco Capponi ha sostenuto di aver avuto con te rapporti sessuali completi non consenzienti. Com'è possibile?"

"Mente."

"E perché dovrebbe?"

"Non lo so. Probabilmente cerca solo notorietà. Magari tra qualche tempo si mostrerà ai media senza nascondersi dietro l'anonimato, presentandosi come una delle vittime del prete-mostro di San Felice, aspirando così a partecipare come concorrente in qualche reality show."

"E le foto di bambini coinvolti in atti sessuali ritrovate tra i tuoi documenti, erano tue o no?!"

"Sì. Io non ti ho mai nascosto cosa sono, ma pur avendo avuto l'occasione di sfogare i miei istinti, non ho mai violato l'innocenza di un piccolo uomo."

Finalmente Samantha poté alzarsi dalla sedia e allontanarsi da quell'uomo verso cui provava un disgusto perfino più intenso di quando l'aveva insultata e assalita.

"Provi compassione per me?" le domandò lui prima che la donna oltrepassasse la porta.

"No, non meriti compassione. Sei solo un essere ignobile. Se è vero che Dio esiste, brucerai all'inferno" gli rispose lei dopo qualche secondo di silenzio senza mai voltarsi indietro.

Capitolo 53

Col capo chino e camminando velocemente, Sam non si accorse del sorriso con cui Mancuso le stava andando incontro e, anche quando alzando gli occhi da terra lo intravide a pochi metri di distanza, lo evitò di proposito e proseguì a passo spedito fino a uscire da sola dai locali della caserma.

"Ma che succede?!" le disse alzando il tono della voce Francesco, che l'aveva appena raggiunta, toccandole la spalla destra.

"È assurdo" gli rispose lei singhiozzando e con gli occhi arrossati. "Non avrei mai pensato di trovarmi di fronte a qualcosa del genere."

"Ti capisco benissimo. Ne vediamo tante, eppure anche noi quando si tratta di bambini rimaniamo sconvolti."

"Ma perché ucciderli?! Li hanno seppelliti come animali" disse lei con un filo di voce e toccandosi di continuo il viso, nel vano tentativo di nascondere le lacrime che lente e inesorabili solcavano le sue guance.

"Abbiamo scoperto tantissimo. Sei stata straordinaria. Adesso dobbiamo…"

"Non è abbastanza!" lo interruppe lei quasi urlando. "Dobbiamo capire esattamente cosa è successo. È l'unico modo per rendere giustizia a quei poveri bambini."

"Dove stai andando?" le domandò Francesco vedendo che la donna aveva ripreso la sua frenetica camminata verso il cancello che delimitava l'area riservata ai militari.

"A interrogare il vecchio sacrestano. Non potrei venire con voi, e sicuramente, prima di procedere, attenderete le direttive del PM, quindi io intanto vado" ribatté ad alta voce lei senza mai fermarsi.

In taxi consultò lo smartphone illudendosi di distrarsi dalla sensazione di disgusto e tristezza che il colloquio con Battistin le aveva trasmesso. Visualizzò la chiamata in arrivo da parte di Lorenzo e rispose:

"Ciao caro, dimmi tutto."

"Ciao Samantha. Sono arrivato in hotel e mi sono già sistemato. Novità?"

"Ora sono su un taxi, non posso parlare, appena ci vediamo di persona ti aggiorno. Mi serve che tu venga con l'auto a noleggio che c'è nel parcheggio dell'hotel. Chiedi alla hall di Federico, lui ti consegnerà le chiavi."

"Dove devo andare?"

"Vediamoci davanti alla casa di Franco Bertelli, dista pochi minuti di macchina da dove sei tu."

"Sì, so dove sta, conosco gli indirizzi di tutte le persone coinvolte."

"Lo so, per questo ti ho voluto qui con me. Tu sei davvero in gamba e io adesso più che mai ho bisogno del tuo aiuto" concluse lei terminando la chiamata.

Risollevato lo sguardo verso il finestrino, Samantha restò per qualche secondo immobile a osservare la strada scorrere dinanzi ai suoi occhi. Temeva che, inseguendo una verità troppo difficile da svelare, alla fine avrebbe deluso le aspettative e perfino perso la stima che Lorenzo stava riponendo in lei.

Scuotendo la testa e tentando di reagire a quegli attimi di sconforto, le venne in mente Andrew.

Adesso che Battistin aveva sollevato il velo sulla compravendita di prestazioni sessuali dei minori a lui affidati, molto probabilmente l'americano avrebbe potuto svelare qualche altro tassello utile all'inchiesta senza temere di dover per primo confessare quanto squallido e ignobile fosse stato il contesto della scomparsa di sua figlia.

Allora, dalle chiamate ricevute sul suo smartphone, Sam selezionò il nome del suo collaboratore:

"Hai scoperto in che hotel soggiorna Andrew?"

"Non è facile. Non ho potuto…"

"Dimmi qualcosa di utile, ti prego!" lo interruppe lei alzando la voce.

"Mi dispiace, ma davvero non sono riuscito a ottenere più informazioni. Ma alla fine, cosa ti ha detto Mancuso? Loro possono consultare il database del sistema alloggiati."

"Mi ha risposto che in Italia non risulta nessuna camera prenotata a suo nome. Sospettano che possa essere ospite da privati cittadini o addirittura che si trovi già in un altro paese europeo."

"Lo hanno almeno inserito nella banca dati del sistema d'informazioni Schengen quale persona da rintracciare?"

"No, non hanno attualmente elementi per procedere in tal senso."

"Capisco."

"Avremmo dovuto nascondere in qualche suo accessorio un rilevatore GPS" borbottò Samantha.

"Col senno di poi è sempre tutto più facile, ma tu ti fidavi di lui, me ne parlavi sempre bene."

"Nonostante tutto, rimango un'ingenua" confessò lei sospirando, aggiungendo, dopo qualche secondo di silenzio: "Fai con calma, io arriverò tra almeno mezz'ora, vediamoci davanti alla Chiesa dell'Immacolata."

Un tragitto amaro e interminabile.

La sensazione di tenere tra le mani i resti dei bambini che aveva disseppellito non l'abbandonò neanche per un secondo. A tratti le sembrò perfino di scorgere sul riflesso del vetro di fronte a lei gli occhi verdi, luminosi e malati di Battistin.

Si toccava nervosamente i capelli, strofinava più volte e con forza le dita e i palmi delle mani sugli occhi, nella speranza di dimenticare, di distrarsi da quell'odore di morte che continuava a percepire.

L'unica emozione, che in parte offuscava il suo immenso ribrezzo per il vecchio prete, era la rabbia che in alcuni istanti pareva travolgerla. Nonostante ormai fosse distante, continuava a desiderare di prenderlo a schiaffi, di massacrarlo, di ridurlo in fin di vita per poi godere nel vederlo morire e colpirlo ancora mentre avrebbe esalato l'ultimo respiro.

Un uomo indegno di vivere e di essere chiamato tale.

Eppure non spettava a lei giudicare.

Il suo respiro si fece man mano più affannoso, sembrava quasi stanca nonostante fosse rimasta per tutto il tempo immobile a fissare il vuoto fuori dal finestrino, sommersa da sensazioni e ricordi che desiderava dimenticare.

Sono troppo debole per questo lavoro, pensava intanto che adagiava il suo viso sul palmo della mano destra, alla ricerca di una posizione che potesse calmare la sua ansia.

Le parole che Andrew le sussurrava, gli incoraggiamenti, i sorrisi, l'amicizia che aveva provato nei suoi confronti, adesso le sembravano la prova schiacciante di quanto difficile fosse il lavoro che aveva scelto e desiderato così tanto.

Forse troppo difficile.

Sospirava e rigirava la testa continuando a strofinare la mano sui capelli.

A tratti riapriva gli occhi, ma il paesaggio che le scorreva dinanzi pareva uno sfondo anonimo e lontano, incapace di attirare la sua attenzione anche solo per un istante, immersa com'era tra i suoi mille angoscianti pensieri.

Il rumore dell'auto, i sobbalzi lungo il tragitto e l'aria di chiuso sembravano un sollievo rispetto alle immagini che continuavano a perseguitarla e dalle quali non poteva fuggire.

Antonio Battistin, Andrew, Elisa, Felicina e Giacomo lo Zoppo si susseguivano nei suoi ricordi con frasi, suoni, odori o immagini.

Il momento in cui Giacomo veniva arrestato, il tanfo della baracca dove viveva, il rumore delle gazzelle dei carabinieri che si allontanavano da quel luogo desolato e, infine, l'istante in cui era riuscita a incrociare lo sguardo dell'uomo. Occhi ingenui, impauriti, sicuramente poco intelligenti ma non malvagi. Non era lo spietato assassino a cui le prove sembravano condurre.

Scuoteva la testa mentre pensava ancora a Battistin, alle ingiurie e agli insulti che le aveva urlato in carcere, e poi ancora a quello sguardo malato e perverso. Lo stesso verde vivido degli occhi della sorella, la stessa brutale violenza con cui Elisa l'aveva afferrata per la gola.

Se c'erano dei mostri, dei maniaci, degli assassini, dovevano essere loro due.

Eppure, quando Antonio sosteneva di non aver mai ucciso nessuno, sembrava dire la verità.

Un mostro, ma non un assassino.

Si voltò dall'altra parte, senza riaprire gli occhi, stanca del freddo che percepiva per il parziale contatto della sua pelle col vetro del finestrino. Cercò allora di appoggiare la testa sul sedile, ma l'odore della polvere la infastidì talmente tanto che si rigirò alla sua destra, tentando questa volta di coprire interamente il viso con la mano.

Gli attimi in cui Elisa le aveva stretto il collo, il dolore intenso che aveva patito e il fastidio che aveva a lungo percepito dopo il trauma, le tornarono di nuovo in mente. Le sembrò perfino di rivivere l'istante esatto in cui non riusciva più a respirare e, sobbalzando di colpo, si svegliò.

"Signorina, si sente bene?" le domandò il tassista diminuendo la velocità come se volesse fermarsi.

“Sì, non si preoccupi” ribatté dopo qualche secondo di silenzio.

“Vuole che accostiamo?”

“No, no. Non è necessario, mi ero addormentata senza rendermene conto. Vada più veloce, ho fretta!” concluse lei, irritata per lo sguardo curioso dell’uomo che scorgeva sullo specchietto retrovisore.

Minuti lunghissimi.

Da sveglia le preoccupazioni e i timori che l’avevano appena travolta parevano perfino più intensi e insormontabili.

Le spiagge di San Felice alla sua sinistra annunciavano la fine di un viaggio breve ma travagliato.

Non appena intravide Lorenzo attenderla a poche centinaia di metri dalla chiesa, si sforzò di apparire fredda e distaccata e di nascondergli la fragilità e l’insicurezza emerse in quei momenti di profonda inquietudine.

Capitolo 54

Si avvicinò a lui con determinazione.

Lo fissò per quasi un minuto, senza mai distogliere lo sguardo dal suo viso.

Ignorò il sorriso appena abbozzato del giovane, ma alla fine non resisté all'istinto di abbracciarlo non appena se lo ritrovò a pochi centimetri di distanza.

"Mi sei mancato!" gli sussurrò all'orecchio.

"Ah, ecco perché hai preteso che venissi subito da te" bisbigliò lui ridendo.

"Non ho soltanto bisogno di un collaboratore. Mi serve un amico."

"Immagino. Stare a contatto con tanta sofferenza deve averti provato molto" le disse lui fissandola con tenerezza.

"Sono nauseata. Non si tratta semplicemente di dolore. Ho già lavorato con una madre che aveva ucciso il proprio figlio e pensavo che non avrei mai potuto affrontare un caso più spregevole. Mi sbagliavo. Mi sono ritrovata a scavare con le mie stesse mani tra le ossa di bambini violentati e massacrati. Sto malissimo" confessò con una voce sempre più fioca man mano che proseguiva e appoggiando il capo sulla spalla destra del suo amico.

"Tu sei forte. Supererai anche questo!"

"Avrei voluto ammazzarlo" borbottò la donna tutto d'un fiato.

"Di chi parli?"

"Il prete. Mi fa schifo. Avrei tanto voluto prenderlo per la testa e sbattergliela sul tavolo fino a spaccargliela."
"Dai, non dire così."
"È la verità. Forse sono troppo emotiva per questo lavoro."
"La tua emotività è il tuo punto di forza!"
"Lo pensi davvero?"
"Hai risolto il caso di San Martino Spino grazie alla tua empatia. Sei riuscita a capire, a sentire umori e paure che per gli altri non erano rilevanti. Hai trovato una verità a cui nessuno avrebbe mai creduto all'inizio, eppure tu l'avevi intuita anche quando gli indizi portavano in direzioni opposte. Ci riuscirai anche stavolta. Vedrai!"
"Hai più fiducia tu in me di quanto io stessa ne nutra in questo momento!" esclamò Sam ridendo.
"Dall'esterno è più facile giudicare. Adesso sei coinvolta, tanto, forse troppo. Immagino cosa abbia potuto provare a toccare con le tue stesse mani le ossa di quei bambini…"
"In confronto essere stata quasi strozzata da Elisa è stata una sciocchezza!" lo interruppe lei.
"Sono esperienze che segnano. Si superano. Si cresce."
"Sei saggio per essere uno che passa la maggior parte del giorno davanti a un computer."
"Ah ah! Sai che avevo paura al pensiero di doverti affiancare?! Quando faccio delle ricerche virtuali, uso i miei trucchi, sono nel mio mondo… Adesso non so come muovermi."
"Seguimi e non contraddirmi mai!" concluse la donna dirigendosi con passo spedito verso la casa del sacrestano.

In pochi minuti si trovarono di fronte a un cancello verde arrugginito dal quale s'intravedeva una casetta bianca dalle tegole rossastre, usurate dalle intemperie e da anni d'incuria.
Sam provò a suonare più volte il campanello, anch'esso danneggiato, ma non si sentiva nessun suono, allora, spingendo l'anta destra, avanzò nel piccolo giardino chiamando per nome l'uomo.

Davanti ai due si presentò una visione di degrado e abbandono: erbacce alte, vecchi giocattoli abbandonati e un cane nero dall'aspettato non salutare, all'apparenza incapace di abbaiare.

"Franco? È in casa?" domandò ad alta voce la detective intanto che si avvicinava alla porta d'ingresso.

"Non entrare, non è sicuro" bisbigliò Lorenzo alle sue spalle.

Lo sguardo freddo e severo di Sam, voltatasi per un istante verso il giovane, lo azzittì, intimandogli il silenzio e l'obbedienza da poco annunciate e adesso pretese.

Pochi passi e giunsero entrambi di fronte al vecchio, in ciabatte con indosso un pigiama grigio malandato e sporco, seduto su una grande poltrona verdastra davanti allo schermo di un televisore spento, obsoleto e pieno di polvere.

"Ancora tu?" borbottò Franco sollevando il capo verso la donna.

"Sì, signor Bertelli. Abbiamo delle domande da farle e questa volta dovrà essere sincero" ribatté subito la detective alzando il dito indice della mano sinistra.

"Ah ah! Vedo che hai cambiato aiutante" chiosò il vecchio squadrando Lorenzo dalla testa ai piedi, aggiungendo, dopo averlo fissato per diversi secondi: "Questo è più giovane. Ma sarà più sincero dell'altro? Se non sei stata neanche capace di pretenderla dai tuoi amici questa qualità, come puoi pretenderla da me?!"

"Io non ho amici, ma solo collaboratori."

"Mi sembrava che con l'americano foste in sintonia."

"Si sbaglia."

"Una ragazzina eccessivamente giovane per faccende troppo serie" bisbigliò con un sorriso di scherno il sacrestano, volgendo lo sguardo verso una parete vuota della stanza e ignorando le successive domande della detective.

Due passi la separavano da quel vecchio uomo, debole eppure spavaldo di fronte a lei e, non appena se lo ritrovò a pochi centimetri di distanza, dopo essersi avvicinata in silenzio e nel vano tentativo d'incrociare il suo sguardo, lo schiaffeggiò all'improvviso con inusitata violenza.

"No Samantha. Non puoi!" urlò il giovane che invece di avvicinarsi all'amica e di tentare di fermarla, si manteneva distante e sembrava addirittura averne paura.

"Devi stare zitto" gli rispose lei voltandosi di colpo e scandendo lentamente ogni lettera.

"Queste sono le sensazioni che ci rendono vivi" affermò il sacrestano accarezzandosi con la mano destra la guancia ancora rossa e dolente, per lo schiaffo appena ricevuto, e inumidendo le labbra con la lingua mentre parlava.

"Chi consegnava i bambini ai clienti per essere stuprati?"

"Ah ah!" ridacchiò l'uomo senza aggiungere una sola parola.

"Vecchio maiale, possibile che non ti sia rimasto un briciolo di umanità neanche adesso che ti resta poco da vivere?!"

"Cosa vuoi davvero sapere?"

"Chi li uccideva? Chi ha massacrato la piccola Brenda?"

"No, non è questo che vuoi. Tu vuoi sapere perché."

"Rispondi schifoso maiale!"

"Uccidere è perfino più inebriante del sesso. Togliere la vita a una creatura indifesa è meraviglioso. Ti senti elettrizzato, vivo come mai. In estasi."

"L'hai uccisa tu? Quanti ne hai uccisi? Chi ha seppellito i bambini alla Riserva Lestra della Coscia?"

"Un'unica volta le mie mani hanno provato la gioia di stringere un corpicino caldo negli attimi in cui stava abbandonando questo mondo. È stata la sensazione più bella che io abbia mai provato."

"Chi hai ucciso?"

Il ghigno malefico del vecchio fu l'unica silenziosa risposta.

"Dimmi chi hai ammazzato, maiale di merda!" urlò lei afferrandolo per il collo.

Il balzo immediato di Lorenzo per staccare l'amica dal fragile corpo dell'anziano interruppe subito quegli istanti potenzialmente fatali per l'uomo che, pur tossendo e con le lacrime agli occhi, continuava a mostrare un'espressione beffarda e autocompiaciuta.

"Così lo ammazzi" le sussurrò all'orecchio Lorenzo mentre la teneva per le braccia e tentava di allontanarla dal sacrestano.

"Non merita pietà. Non merita nessuna..."

"Calmati Samantha!" esclamò lui interrompendola e trascinandola di peso fino alla soglia della porta d'ingresso, della stanza prima e dell'uscita di casa dopo. "Sei un'investigatrice, non un'assassina."

"Hai ragione" gli rispose la donna respirando molto affannosamente e chinando il capo. "Non posso... Io volevo solo... Scusami, devo controllarmi."

"Ho registrato ogni sua parola. I carabinieri stanno arrivando, li ho avvisati poco fa."

"No, deve prima rispondere. Ormai siamo vicini alla verità."

"Non te lo dirà. Sta solo giocando. Gode della tua sofferenza."

"Forse hai ragione, ma non posso lasciarlo andare prima di sapere chi ha ucciso."

"E come vorresti farlo confessare. Massacrandolo?! Tra poco arriveranno i militari, cosa dirai loro quando vedranno i lividi al collo del vecchio?"

Coprendosi il volto con entrambi le mani, Sam si lasciò cadere di colpo, sedendosi così sul terreno e scuotendo la testa.

"Devi calmarti" le consigliò l'amico indietreggiando di qualche passo.

"Hai ragione, lo so, non posso... Non è giusto. Quello che hanno fatto è orribile. Vanno puniti. Se non lo faccio io, la passerà franca. Ormai è troppo vecchio per finire in carcere."

"Non siamo noi a decidere chi e come punire."

"Io non riesco a stare accanto a chi ha massacrato e violentato bambini senza reagire."

"Fino a quando un giudice non lo condannerà, non conosceremo la verità."

"Ti sbagli!" esclamò lei alzandosi di scatto. "Noi cerchiamo la verità dei fatti, non quella dei processi. Il nostro è un mondo vero, non di carta. Se pensi che il nostro compito sia limitarci a consegnare i presunti colpevoli ai giudici, non puoi continuare a collaborare con me!"

"Samantha, stai tremando" le sussurrò lui riavvicinandosi e abbracciandola. "Sei troppo coinvolta. Devi recuperare lucidità."

Appoggiando di nuovo la testa sulla spalla sinistra del giovane, Sam si abbandonò a un pianto carico di rabbia e dolore fino a quando il rumore delle gazzelle dei carabinieri non interruppe i due.

In quell'istante la donna si ricompose e, asciugandosi frettolosamente le lacrime, avanzò di qualche passo verso Gennaro che già era sceso dall'auto:

"Che succede?!" le domandò il militare notando il rossore intenso del suo viso.

"Bertelli ha confermato la compravendita di bambini, ma non ha svelato i dettagli. Ha altresì ammesso di aver ucciso uno dei bambini senza però identificarlo."

"Capisco."

"Il mio collaboratore ha la registrazione audio della nostra intervista, ve la consegnerà e vi assisterà per qualsiasi ulteriore informazione al riguardo" concluse lei evitando di guardare negli occhi l'appuntato e allontanandosi con passo veloce.

Capitolo 55

In preda a un respiro affannoso che si sforzava di regolare abbassandone la frequenza, passo dopo passo, Sam rallentò la sua corsa chiedendosi dove andare.

Arrivare a piedi in hotel non sarebbe di certo stato faticoso, ma sentiva il bisogno di trascorrere qualche momento di serenità prima di rinchiudersi in camera e riflettere sui progressi della sua indagine.

Il suono delle onde, il vento forte e i gabbiani sopra di lei sembravano calmare in parte la sua immensa inquietudine e attenuare il suo malessere, ma purtroppo le auto che con una frequenza quasi regolare le passavano accanto interrompevano quella fugace sensazione di serenità.

Scavalcando la recinzione e saltando dal muretto di cinta, si diresse di corsa verso l'acqua, superando con incuranza anche il cartello che indicava l'ingresso a uno stabilimento balneare privato chiuso al pubblico in quel periodo.

Il profumo del mare giungeva sino a lei eludendo fastidiose interruzioni e le sue preoccupazioni vi naufragavano senza ritornare alla sua martoriata anima.

Fissò l'orizzonte in silenzio per diverso tempo.

A tratti chiudeva gli occhi alla ricerca di pace e riposo e non appena li riapriva, alzando lo sguardo al cielo, si meravigliava dell'immensità e della bellezza del firmamento.

Ma cosa c'è di più grande e bello? Pensò allargando le braccia e respirando a pieni polmoni la brezza marina.

Per qualche minuto ancora la sua mente si sgombrò del tutto dalle ansie e dalla sofferenza che la tormentavano e trovò la risposta al suo interrogativo.

Io. Io sono più grande di tutto questo. Posso ammirarlo, posso apprezzarlo e posso perfino stupirmi. Io posso, ma loro non potranno mai più, rifletté indietreggiando di qualche passo e lasciandosi cadere all'indietro sulla sabbia.

Neanche la maestosità del mare che incontrava il cielo poteva rasserenare a lungo un animo così turbato.

Ed ecco ritornarle in mente le immagini, gli odori, la sensazione di avere tra le mani i resti in via di decomposizione dei bambini, finanche più forti di prima.

Sospirando sconsolata, arresa all'idea di non poter fuggire dalla realtà cupa e straziante da cui ormai si sentiva addirittura sopraffatta, afferrò dalla tasca il suo smartphone e, pulito in parte lo schermo dalla sabbia di cui erano ricoperte le sue mani, telefonò al PM titolare dell'indagine.

Capitolo 56

“Buonasera dottor Bettini, sono la detective Onesti. La chiamo perché nell’ambito delle prerogative che la legge mi attribuisce, al fine di espletare le indagini difensive che conduco per conto del reverendo Antonio Battistin e del signor Williams, ho la necessità di sentire in audizione, a cui sicuramente vorrà presenziare anche lei, il signor Mastracci.”

“Buonasera dottoressa. Che coincidenza, stavo proprio per chiamarla io. Abbiamo già avuto modo di parlare col suo collaboratore che ci ha consegnato l’audio della sua intervista al signor Bertelli. Le faccio i complimenti per l’ottimo lavoro svolto e la ringrazio per l’avanzamento dell’inchiesta a cui senz’altro le dichiarazioni da lei ricevute hanno contribuito in modo determinante.”

“La ringrazio, ma ho semplicemente svolto le mie mansioni. Nonostante i nostri obiettivi siano analoghi, però, non sono di certo identici. Il mio fine non è la verità processuale, ma il completamento del mandato affidatomi.”

“La sentenza definitiva sarà l’unica fonte di certezza anche per il suo lavoro dottoressa” la redarguì il magistrato tossendo.

“Non la penso così, in ogni caso, ove i miei atti e le mie indagini fossero utili per approdare quanto prima alla verità processuale, ne sarò felice.”

“Bene! Il suo giovane collaboratore mi ha inoltre riferito che secondo voi Bertelli non integrerà le sue dichiarazioni esplicitando il nome della vittima. Noi proveremo comunque a interrogarlo in presenza di un legale d'ufficio, dato che rifiuta di nominarne uno."

"Sì, le confermo che a mio avviso il sacrestano si trincererà nello stesso silenzio assoluto in cui si sono già chiusi gli altri indagati."

"Ecco, proprio di questo volevo parlarle."

"Del mio colloquio con Mastracci?"

"No, no. Non di questo."

"Di cosa allora?"

"Non appena Elisa Battistin è venuta a conoscenza, tramite il suo legale, che il fratello ha reso dichiarazioni in sua presenza, ha chiesto di poter essere ascoltata nella stessa modalità."

"Elisa Battistin?!" ripeté incredula la detective.

"Esatto. Anche la sorella pretende di parlare solo con lei."

"No, non ci credo…"

"In che senso?"

"Non mi riferisco al fatto che abbia avanzato la richiesta, ma dubito che dietro ci sia una seria volontà di rivelarci cos'è accaduto ai bambini."

"Pensa non sia attendibile?"

"Sa cosa penso? Invece di confessare le sue colpe, Elisa approfitterà di quei momenti per saltarmi addosso e finire ciò che ha iniziato."

"Ah, mi dispiace davvero che lei possa percepire come pericoloso il colloquio con l'indagata, ma questa volta assisterò anch'io e al nostro fianco sarà presente il personale delle forze dell'ordine pronto a intervenire, quindi non tema improvvisi scatti d'ira della signora. Le assicuro che saranno bloccati."

"Ah, quindi non pretende come il fratello che io sia l'unica persona presente nella stanza ad ascoltarla?"

"No, per fortuna la signora Battistin non conosce in dettaglio le modalità con cui è stato sentito il fratello, quindi ha semplicemente avanzato la richiesta di poter parlare con lei, senza escludere che altri possano presenziare all'interrogatorio."

"Bene, così anche ai fini legali avrà un altro tipo di valenza."

"Esatto. Ma i suoi dubbi mi inquietano. Lei di sicuro conosce l'imputata meglio di me…"

"Eh, purtroppo è così. Ne avrei fatto davvero a meno. Ricordo bene la sensazione delle sue mani intorno al mio collo. Ho rischiato di morire. Elisa, ma anche il fratello, sono persone disturbate e, secondo me, non attendibili. Questo non vuol dire che tutto quello che dichiarano sia falso, anzi, è possibile ricavarne informazioni preziose che magari rilasciano involontariamente. In ogni caso, come le dicevo, temo che questo colloquio sia una mera scusa per aggredirmi."

"Ma che vantaggio avrebbe l'imputata a tentare di farle del male in quest'incontro, per poi magari essere fermata dalle guardie e quindi non concludere nulla?"

"È ossessionata da me. Ho visto il suo sguardo, ne ho percepito l'assoluta irrazionalità. Lei pensa che tutto quello che le sta accadendo sia colpa mia."

"Comprendo la sua preoccupazione e predisporrò ogni misura idonea affinché lei sia al sicuro, ma mi serve una risposta. Accetta di aiutarci di nuovo?"

"Va bene" rispose Sam dopo qualche secondo di esitazione e con un filo di voce tremante. "Dopo che vi avrò aiutati, le chiedo di concedermi un colloquio faccia a faccia, senza la sua presenza, con Mastracci."

"Il signor Mastracci non ha mai parlato, perché pensa che adesso, e in sua presenza soltanto, dovrebbe iniziare a farlo?"

"Voglio provare. Credo di poterci riuscire."

"D'accordo. Accogliamo con favore le sue richieste e ci organizzeremo per un suo colloquio con Mastracci quanto prima."

"Perfetto!"

"Ma mi tolga una curiosità, si trova a mare?"

"Ah ah! Si sente il rumore delle onde, vero?!"

"Sì. Un sottofondo davvero piacevole."

"Ogni tanto dovremmo ricordarci anche di quanto è bella la vita, soprattutto quando, come succede adesso a noi, stiamo a contatto con l'orrore e la miseria più profonda dell'animo umano."

"La capisco benissimo... Se sei d'accordo, possiamo darci del tu. Da quando è stata rinvenuta la fossa comune, non riesco più a dormire e pensa che nel corso della mia vita professionale mi sono occupato di tantissimi omicidi! Nella maggior parte dei casi avvenuti proprio in famiglia e in alcuni le vittime erano perfino neonati, ma al solo pensiero di quella croce bianca…"

"Sì, anche io sto malissimo e in un modo che non avrei mai immaginato. Tutti mi conoscono per il caso di San Martino Spino. Sono stata presentata dai media come una giovane investigatrice fredda e razionale, capace di risolvere un delitto così efferato in poco tempo. Un genio, una donna senza paura, una detective che sembrava quasi uscita da un telefilm americano, e invece adesso mi sento a pezzi e ogni volta che chiudo gli occhi mi ritrovo davanti i cadaveri che ho dissotterrato con le mie mani."

"Mi piacerebbe davvero poterti dire che col tempo passerà, ma non è così."

"Cosa intendi?"

"Quando diventai pubblico ministero, il primo caso che mi fu affidato riguardava il tentato omicidio di una madre che, non sapendo di essere incinta, almeno così aveva dichiarato ai carabinieri, aveva partorito in casa. La neonata fu poi portata d'urgenza al pronto soccorso, su chiamata della nonna, per un trauma cranico. La mamma sosteneva che la piccola fosse caduta sul pavimento subito dopo il parto, mentre noi sospettavamo che l'avesse colpita con un oggetto contundente."

"E come è finita?"

"La bambina è morta qualche giorno dopo il ricovero. Ancora oggi, dopo tanti anni, mi sembra di vedere i suoi piccoli occhi di fronte a me."

"E la madre è stata condannata?"

"No, è stata assolta per insufficienza di prove."

"Capisco."

"Mi dispiace averti rovinato questi pochi momenti di tranquillità. Magari cercavi un po' di pace in riva al mare."

"No, no, anzi, le tue parole in un certo senso mi hanno fatto bene."

"Ti consola sapere che sto male anch'io?!" esclamò ridacchiando il magistrato.

"A volte scoprirsi umani e deboli ci rende migliori, anche nel nostro lavoro."

"Cosa intendi?"

"Se fossimo troppo sicuri di noi, forti e invincibili, non potremmo mai indagare a fondo un caso. Per scoprire cos'è successo in un delitto, abbiamo bisogno di essere empatici, di diventare anche noi un po' vittime."

"Sì, è vero, hai ragione."

"Se fossimo dei supereroi perfetti e invincibili, non potremmo mai comprendere le relazioni, i sentimenti, la paura e il terrore vissuti dalle vittime, e spesso anche dai carnefici."

"Capisco cosa vuoi dire. Io, purtroppo, con l'andare del tempo ho imparato ad affidarmi quasi totalmente alle forze dell'ordine, soprattutto quando incontro poliziotti o carabinieri di valore, e mi spiace ammetterlo, ma se ne incontrano più spesso di quanto non accada con colleghi magistrati. Così facendo, però, ho perso di vista la mia vera missione."

"È la prima impressione che mi hai dato, sai?! Mi è parso che tu avessi delegato Francesco per qualunque cosa. Mi dispiace dirtelo, ma mi sei sembrato…"

"Uno che non ha voglia di fare niente?!" disse l'uomo completando la frase della detective.

"Purtroppo sì."

"Lo so, ma quando iniziai questo lavoro, non ero così, credimi. Con gli anni si perde l'entusiasmo, non solo non c'è più la scoperta del nuovo, ma tutto diventa monotona routine, insopportabile ripetizione e a volte perfino una grande sofferenza e tormento."

"Bisogna però avere la forza di ricominciare ogni giorno a stupirsi e ad avere entusiasmo, se non per noi stessi, per le vittime. Loro meritano giustizia."

"Hai ragione. È strano…"

"Cosa?!"

"Mi sono davvero dilungato troppo. Raramente mi succede di parlare di questioni così personali con qualcuno."

"Il telefono aiuta a confidarsi. Senza guardare l'interlocutore negli occhi è più facile mostrarsi deboli e poi, io mi sono esposta per prima, quindi ti sarai sentito più a tuo agio."

"Samantha devo proprio andare, mi stanno chiamando. Mi ha fatto davvero piacere condividere le mie preoccupazioni con te. Sei una detective in gamba e senza di te quest'indagine si sarebbe arenata già da molto tempo. Quando ripenserai a quei bambini, sappi che sarà stato grazie a te se avranno avuto giustizia!"

Gli occhi lucidi della donna e un saluto appena accennato con voce commossa conclusero la chiamata.

Lasciandosi alle spalle il meraviglioso panorama in cui cielo e mare si fondevano, Sam comprese che la compagnia di una voce amica era stata perfino più consolante di tanta bellezza.

Lentamente e senza mai voltarsi indietro, tornò al suo hotel, riflettendo e organizzando i progressi delle sue indagini, libera dall'opprimente immagine dei bambini in decomposizione che l'aveva tormentata sino a quel momento.

Capitolo 57

Quando arrivò alla sua camera e si distese sul letto, Samantha si sentì, per la prima volta dopo tanto tempo, serena.

La comune sofferenza, i tormenti di un uomo con più esperienza di lei, l'incapacità di chi, nonostante a capo dell'ufficio pubblico preposto alle indagini, non era in grado di restare indifferente alla violenza e al dolore, le avevano trasmesso un forte senso di sicurezza.

Non era lei a essere troppo debole, ma immenso era l'orrore da affrontare.

Non tratteneva un sorriso pensando alla voce tremante con cui il magistrato, all'apparenza distaccato e temprato da almeno vent'anni di esperienza, le aveva confidato la sua profonda angoscia.

Fissò per diversi minuti l'intonaco del soffitto, ne scrutò le lievi decorazioni ai bordi, diresse il suo sguardo verso il lampadario fiocamente illuminato e continuò a sbattere le palpebre più volte.

Il vuoto.

Non pensava a nulla.

Nessuna preoccupazione.

Alla fine, chiudendo gli occhi per più di qualche secondo, gradualmente e senza rendersene conto, si addormentò.

"Chi è?!" domandò la donna con voce rauca, sentendo bussare con forza alla porta.

"Sono io, Lorenzo. Va tutto bene?" ribatté il giovane.

"Ah, sì, okay. Arrivo."

"Non rispondevi al telefono, mi ero preoccupato" disse lui entrando in stanza.

"Sì, ho staccato il cellulare e poi mi sono addormentata."

"Bene!"

"Ah ah! È un bene che io dorma invece di organizzare il lavoro per domani?!" esclamò con ironia lei.

"No, sì, cioè… È una buona cosa che ti riposi. Ne hai davvero bisogno."

"Sì, lo so, ma sai che adesso mi sento molto meglio?! Ho avuto una lunga chiacchierata telefonica con Bettini e le sue parole mi hanno in un certo senso consolata. Anzi, di più, mi hanno dato una scossa. È come se adesso mi sentissi più forte di prima."

"Ma chi, il pubblico ministero?!"

"Sì, lui."

"E che ti avrebbe detto di così convincente? Io gli ho parlato da poco e stava molto sulle sue. Se devo essere sincero, mi ha fatto perfino una brutta impressione, come se il caso non gli interessasse. Ogni volta che provavo a interloquire con lui, mi rispondeva che dovevo rivolgermi al maresciallo Mancuso."

"Anche a me all'inizio pareva poco professionale e invece mi sbagliavo. Ha condiviso con me alcune delle sue esperienze. Mi ha fatto capire qualcosa che solo uno che ha vissuto certe situazioni può comprendere."

"Cosa?"

"L'angoscia. La sua angoscia è come la mia."

"Non capisco. Intendi che entrambi soffrite a trattare casi in cui la malvagità umana raggiunge i suoi livelli più alti?"

"Non è solo questo. Non mi ha compatita perché soffro al pensiero di quando ho trovato quei piccoli corpi putrefatti. Non mi ha consolata semplicemente dicendomi che anche lui sta male come me."

"E allora cosa ha fatto per riuscire a farti stare meglio?!"

"Non è qualcosa in particolare che ha fatto o detto. Ho capito che per quanto io mi possa fingere forte e mi mostri agli altri con una corazza impenetrabile, alla fine sono solo un essere umano, fragile e condizionato dai miei sentimenti. E se chi occupa posti di prestigio e potere come lui, e nonostante i tanti anni di esperienza alle spalle, sta così male, forse più di me, allora non sono io a essere troppo debole come credevo."

"Capisco."

"Ma dimmi, hanno detto qualcosa in caserma..." tentò di domandare lei, abbassando il tono della voce nell'ultima parte della frase e senza riuscire a completarla.

"Riguardo a cosa?"

"Sui... Hanno chiesto chiarimenti sui segni che quel vecchio maiale aveva al collo?"

"Sì, te ne volevo parlare infatti."

"E allora dimmi, che aspetti?!" lo esortò lei alzando la voce e agitando le mani di fronte a lui.

"Hanno chiesto cosa fossero quei rossori al collo del signor Bertelli e hanno insistito per una visita medica."

"E quindi?!" replicò lei infastidita dalle continue pause del suo collaboratore.

"Lui si è rifiutato."

"Di farsi visitare?"

"Sì. Ho sentito le urla da un'altra stanza. Gridava di non voler essere toccato da nessuno e che non voleva essere sottoposto a visita medica."

"Ah ah! Fantastico!"

"Ma come fai a ridere?! Hai rischiato grosso."

"Non è successo niente! E comunque, la verità è che quel maiale meritava di morire. E invece figurati, a fine giornata lo rimanderanno a casa sua. A quell'età cosa vuoi che gli facciano."

"Vuoi rischiare di rovinarti la vita per uno così? Devi imparare a controllarti."

"Forse ne vale la pena" borbottò lei.

"Cosa?"

"Niente. Lo hanno rispedito a casa, vero?!"

"Sì" rispose lui con un filo di voce.

"Visto?!"

"Lo so bene che a volte le leggi sembrano assurde, ma senza rispettarle non saremmo diversi dagli animali."

"Le regole vanno sempre rispettate, per carità, hai ragione. Questa è l'assurda civiltà dello Stato di diritto, eppure io continuo a pensare che il vecchio maiale meriti di morire."

"La pena di morte esiste anche nelle democrazie occidentali e negli Stati di diritto."

"E dovremmo applicarla anche noi per crimini così ignobili."

"Io non sono d'accordo. La pena di morte è una barbarie. Nessuno ha diritto di togliere la vita a un altro essere umano. Mai."

"E invece secondo me, in alcuni casi, come la pedofilia, oppure le stragi terroristiche, è la punizione perfetta."

"Pensa a quanti errori si commetterebbero, senza la possibilità di tornare indietro."

"Pensa tu, piuttosto, a quanto bello sarebbe impedire a questa gente malata di commettere di nuovo i loro abusi. Quanti bambini si salverebbero!"

"Hai già deciso come condurre l'interrogatorio di domani?" le domandò Lorenzo, inspirando per qualche secondo e cercando di cambiare argomento, intimidito dalla crescente aggressività delle risposte dell'amica.

"No, non ho pensato a nulla."

"Com'è possibile che tu non ti sia già organizzata?! Di solito pianifichi in dettaglio questi colloqui. È importante che…"

"Per la prima volta, da quando mi occupo di questo caso, avevo la mente sgombra" lo interruppe lei toccandogli il braccio destro e con un tono di voce tenue, ma molto più dolce di prima. "Continuavo a pensare a cosa chiedere a Giacomo lo Zoppo, anzi, a come chiederglielo. Ho l'impressione, invece, che domani Elisa non rivelerà nulla di utile. Io la conosco ormai. Quella donna è pazza. È una persona malata."

"Non sono d'accordo. Non è da te arrendersi prima di combattere. La sorella del prete sa molto e finora si è rifiutata di parlare perfino col proprio legale. Se iniziasse seriamente a rendere dichiarazioni, potremmo comprendere come avveniva la compravendita di bambini e perché ne hanno massacrati così tanti."

“Il problema è che è matta. Ho paura che dietro la sua richiesta di un colloquio con me, si nasconda il desiderio malato di finire quello che ha iniziato.”

“Non capisco che intendi.”

“Mi vuole ammazzare!” esclamò lei sgranando gli occhi e scandendo a voce alta ogni singola parola.

“Ma non ha senso. Ormai è in carcere, non risolverebbe nulla.”

“Io penso che nella sua mente contorta si sia convinta che io sia la causa della fine del loro giro, della sua separazione da Felicina, della sua prigionia, e perfino di tutto il clamore che sta suscitando la vicenda. Nella sua testa da quando io ho trovato il bambino che teneva rinchiuso in cantina la sua vita è finita. Fino a quel momento, nonostante le indagini passate e gli scandali del fratello, lei era riuscita a condurre liberamente la sua vita.”

“Come fai a esserne sicura?”

“Conosco il suo sguardo. I suoi occhi verdi malati e ossessivi mi scrutano come una preda. Vuole solo farmi del male.”

“Ma in un colloquio protetto è impossibile.”

“Sì, lo so.”

“Quindi non hai paura?”

“Ho comunque paura.”

“Sei cambiata rispetto a quando ti ho aiutata per il caso di San Martino Spino” sussurrò Lorenzo ridacchiando, ma senza malizia.

“Sono solo più sincera. Forse sono cresciuta. Ammettere le mie debolezze mi renderà più forte.”

“Vuoi che ci mettiamo al lavoro e scriviamo insieme una scaletta di domande per domani?”

“No, grazie. Questa volta non lo farò, ma tu mi puoi aiutare in altro modo.”

“Ai tuoi ordini, cara” le rispose lui con un grande sorriso sulle labbra.

“Esamina tutte le autopsie, anche quelle nuove. Ci sono degli aspetti del caso che non riesco a capire fino in fondo. Ammettiamo che i bambini sotto la croce bianca siano stati tutti violentati e poi uccisi per paura che parlassero, perché gli altri, invece, non presentano segni di violenza sessuale? Brenda non è stata violentata, perché allora l’avrebbero dovuta uccidere?!

Anche Matteo e Leonardo non presentavano segni di violenza sessuale."

"Io ho i miei dubbi anche sulle morti di Yassine, Youssef e Giovanni Terranova. Sul primo sono state rinvenute tracce di saliva e muco riconducibili al reverendo Trotta, e perfino alcuni capelli di Andrew, mentre su Giovanni Terranova è stato ritrovato lo sperma di Giacomo lo Zoppo, ma non è stato provato lo stupro."

"Vedi, non c'è omogeneità. Perché questi sei non hanno subito abusi, mentre i bambini della fossa comune invece sono stati violentati?"

"È possibile che ci siano errori nelle vecchie autopsie..."

"Ma che dici, li hanno pure riesumati!" lo rimproverò lei.

"Nel caso di Giovanni è stato rilevato lo sperma di Giacomo Mastracci e quindi è possibile..."

"No, no! Non ci sono segni di violenza. Alcuni ipotizzano che si sia masturbato sul cadavere. Io, invece, ho un'altra teoria" lo interruppe di nuovo la detective.

"Quale?"

"Non voglio influenzarti troppo. Mi serve un tuo parere obiettivo e che mi possa aiutare a dirimere i miei dubbi."

"Capito. Quindi è possibile che i moventi e la tipologia di reato sia duplice, sessuale e violenta da un lato, di altro genere che ancora non comprendiamo dall'altro. Giusto?!"

"Studia i dati a nostra disposizione e dimmi tu che ne pensi!" concluse Sam accompagnando il suo amico alla porta e sdraiandosi non appena rimase da sola.

Lasciandosi andare di peso sul letto, con le braccia allargate e sospirando, ritornò a fissare il soffitto della sua camera.

Il suo sguardo perso nel vuoto non era più privo d'inquietudine, ma rispecchiava i suoi sforzi per ragionare su ogni possibile movente legato alla morte di quei bambini che in apparenza non erano stati sessualmente abusati.

Capitolo 58

Distesa e perfino rilassata, Sam spense la luce della camera, ma invece di addormentarsi, iniziò a fissare la fioca luce che filtrava dalle persiane della finestra alla sua sinistra.

Provò la strana sensazione di essere osservata da qualcuno e, col passare del tempo, incominciò a immaginare di scrutare il cielo scuro, le stelle e di essere illuminata dalla tenue e fredda luce della luna.

La sua mente, in quei momenti sgombra dalla feroce ansia di risoluzione del caso, tornò a essere occupata da desideri e sentimenti che la giovane donna aveva da troppo tempo represso. Con la scusa del grande impegno professionale che impiegava nelle sue indagini, aveva soffocato il passato, sforzandosi di relegarlo in un angolo remoto della sua mente, sperando di dimenticarlo, forse anche di cancellarlo.

La grande passione profusa nel lavoro, non era mai riuscita a saziare l'ardente desiderio che Samantha provava per lei.

Nel buio della sua piccola stanza d'hotel, l'amara delusione che aveva vissuto negli anni dell'università tornò prepotentemente a rattristarla.

La ricorrente paura di restare da sola e il naturale istinto di avere qualcuno al proprio fianco riportarono con forza alla sua mente i raggianti occhi di Gabriella, la collega del corso di criminologia. La donna di cui si era perdutamente innamorata, che aveva frequentato, baciato, accarezzato, con cui aveva trascorso innumerevoli, infinite ed eccitanti notti, si riaffacciava nei suoi pensieri e li monopolizzava.

La frenetica vita professionale che negli ultimi anni pareva essere il centro indiscusso della sua intera esistenza, adesso sembrava una breve tregua dal suo unico e vero desiderio: toccarla ancora, abbracciarla con forza, sentire di nuovo il sapore delle sue labbra.

I battiti del suo cuore, ravvicinati e rumorosi, la costringevano a pregare, a sperare di esaudire il più grande rimpianto della sua giovane vita, d'incontrarla di nuovo quanto prima, di possederla ancora.

Pensieri che troppe volte aveva etichettato come folli, ma che avevano invaso un'altra volta la sua mente e in quei momenti apparivano come l'unica ragione di vita.

Intanto che si girava e rigirava nel letto, e si sforzava di tornare a dormire, rimproverava a se stessa la fine di quell'amore acerbo, eppure ancora in vita.

Voleva essere come le altre, pensava muovendo le gambe tra le lenzuola ruvide.

Il volto del ragazzo con cui Gabriella si era omologata alla massa, il suo sguardo spento e inespressivo e i suoi denti asimmetrici e sporgenti, la innervosirono fino al punto di svegliarla del tutto.

Respirando più pacatamente e tornando a fissare la poca luce che la raggiungeva tramite le fessure della finestra, tentò di dimenticare, d'ingannarsi ancora una volta con la vana speranza di ritrovare la stessa passione tra le braccia di un'altra donna, eppure la sensazione delle labbra di lei sulle sue non l'abbandonò neanche per un istante.

Qualche sospiro profondo, lo sforzo di concentrarsi di nuovo sul suo lavoro e infine, con le lacrime agli occhi, i suoi rimpianti si placarono nel sonno.

Capitolo 59

La sveglia del suo smartphone e la lieve luce del mattino segnavano l'inizio di una nuova battaglia.

Non avrebbe avuto tempo per i suoi amari rimpianti, né di provare nostalgia per un passato ormai irrimediabilmente perduto, ma avrebbe dovuto concentrarsi sul suo lavoro.

Quando, uscendo prestissimo dalla propria camera, pensando di dover andare a svegliare Lorenzo se lo ritrovò in corridoio in attesa d'incontrarla, non trattenne un caloroso sorriso:

"Buongiorno carissimo."

"Ciao cara. Sei di buon umore?" le domandò lui meravigliato da tanto entusiasmo.

"Sì, ogni giorno ci avvicina alla verità."

"Pensi quindi che siamo prossimi alla soluzione?"

"Sì."

"Hai avuto un'intuizione nel sonno?!" la esortò lui con ironia.

"Forse. Ogni cosa a suo tempo. Hai studiato, come ti avevo chiesto, i dati a nostra disposizione?" gli domandò tentennando lei, ma con un tono serio e intanto che lo precedeva verso la sala colazione.

"Certamente, ma manca qualcosa."

"Che intendi?!" esclamò lei mentre si sedeva al tavolo.

"Non abbiamo un quadro completo. Ci sono solo dei tasselli, importanti per carità, ma non si incastrano tra di loro."

"E allora?! Dimmi che ne pensi" lo sollecitò Sam agitando le braccia davanti a lui.

"È difficile..."

"Parla Lorenzo!" esclamò irritata scandendo lentamente e ad alta voce ogni singola sillaba.

"Io penso che ci siano due modus operandi profondamente differenti. I bambini della fossa comune sono stati violentati e uccisi. Crimine orrendo, uno degli orrori più atroci commessi in Europa dopo la seconda guerra mondiale, ma che segue una logica ben precisa. I preti e i laici dell'associazione che si prefiggeva di aiutare i migranti vendevano alcuni di questi bambini 'fantasma' a ricchi imprenditori che soggiornavano a San Felice, o che vi si recavano appositamente dall'estero, in cambio d'ingenti somme di denaro. Per evitare di essere scoperti, anche in una prospettiva di lungo termine, uccidevano i bambini che subivano gli stupri."

"Vai avanti" borbottò Sam, visto che il giovane si era fermato e continuava a stropicciarsi gli occhi con entrambe le mani.

"Per quanto raccapricciante, ha una sua logica. Anzi, il piano è apparentemente perfetto: i bambini non hanno documenti, li si aiuta negli spostamenti sfruttando i contatti, anche di altissimo livello politico, delle diocesi e, dopo averli venduti ai loro violentatori, si elimina ogni possibilità di fuga di notizie uccidendoli."

"E le famiglie perché non denuncerebbero?" gli domandò lei, con una voce che però tradiva la sua insicurezza.

"Soldi" ribatté lui. Continuando, con un tono calmo, ma uno sguardo rattristato: "Io credo che proponessero alle famiglie dei migranti, delle vere e proprie compravendite di esseri umani, lasciando immaginare che avrebbero dato in adozione i loro bambini, oppure sceglievano solo i minori non accompagnati. In ogni caso, il piano ha una sua precisa razionalità. Invece, proprio non capisco perché uccidere anche chi non ha subito abusi e addirittura depistare le indagini spargendo lo sperma di Giacomo Mastracci su Giovanni Terranova."

"Perché dici 'spargendo'?"

"Secondo me non ha eiaculato lui sul cadavere masturbandosi subito dopo averlo ucciso, ma sono stati altri a sporcare di sperma il bambino."

"Capisco" replicò con un filo di voce Samantha, non riuscendo però a trattenere un piccolo sorriso.

"Sei d'accordo con me, vero?!" insinuò lui.

"È ancora presto per trarre conclusioni solide. Degli altri bambini, quindi, che pensi?"

"Giovanni Terranova, Yassine, Youssef, Matteo e Leonardo fanno parte di un secondo filone, se così possiamo chiamarlo, che non riesco a comprendere fino a fondo e la cui dinamica mi appare ancora oscura. Non capisco, né riesco a immaginare, il movente dei loro omicidi. Le tracce biologiche di Andrew, Trotta e Mastracci, secondo me costituiscono maldestri tentativi di depistaggio."

"Come fai a sostenerlo?"

"Felicina lavora negli hotel per cooperative che si occupano di pulizie, avrebbe potuto benissimo procurarsi i capelli del nostro cliente, e per Elisa, recuperare un po' di muco o saliva del reverendo defunto, vista la sua collaborazione in chiesa, non sarebbe stato di certo un problema."

"E lo sperma di Mastracci?"

"Non lo so, ma in fondo è un uomo con gravi deficit mentali, magari una delle due lo ha coinvolto in un rapporto sessuale per sottrargli del liquido seminale da usare contro di lui."

"Elisa e Felicina dici?"

"Sì, loro due. Secondo me sono coinvolte a pieno titolo nell'omicidio dei cinque bambini. Il DNA femminile su Leonardo è riconducibile a Felicina e a mio parere è l'unica traccia autentica, nel senso non manipolata."

"Come mai non hai ancora detto nulla su Brenda? Ti ricordo che il nostro compito è trovare il suo vero assassino."

"Ecco, per lei è ancora più difficile formulare ipotesi."

"Cosa c'è di difficile?! Non ha segni di violenza sessuale, perché non la raggruppi con gli altri cinque?" lo provocò lei.

"Il caso di Brenda è il più strano di tutti" ribatté il giovane toccandosi il mento e proseguendo, dopo qualche secondo di silenzio, a bassa voce e fissando negli occhi l'amica: "Una ricca bambina americana, in vacanza con la famiglia, rapita dalla sua camera d'hotel in piena notte. Non ha senso pensare a un sequestro per abusarne. Troppo rischioso se consideri che avevano a disposizione molti bambini senza documenti. Più ci penso e più mi sembra illogico e improbabile. Non riesco a trovare nessun possibile movente, né una razionalità di fondo. Non mi spiego neanche come sia arrivata in quella chiesa. L'avrebbero uccisa per evitare che parlasse di una possibile violenza sessuale non avvenuta?! Non ha senso. Non ci credo."

"Capisco."

"Non ha senso che uomini senza scrupoli, capaci di uccidere una trentina di bambini pur di non lasciare tracce, abbiano rischiato rapendo un'americana da un hotel" ripeté di nuovo lui scuotendo più volte la testa.

"Hai letto le dichiarazioni dei genitori di Brenda sulla finestra della loro camera la notte della scomparsa della figlia?"

"Sì, sono contraddittorie. Il nostro cliente ha sempre dichiarato che la finestra era stata lasciata aperta dalla moglie, mentre quest'ultima, nonostante non ne fosse sicura, ricordava di averla chiusa."

"Mente."

"Andrew?"

"I colpevoli mentono sempre."

"Non capisco. Perché il signor Williams sarebbe responsabile della morte della figlia?"

"Non ho detto questo."

"E di cosa sarebbe colpevole."

"Dobbiamo scoprirlo, ma ricorda, i colpevoli mentono sempre."

"C'entrano qualcosa le insinuazioni che Battistin ha fatto su di lui?"

"Probabile."

"Pensi sia anche lui un pedofilo?"

"Il problema non è quello che penso, ma i fatti. Noi dobbiamo analizzare i fatti."

"Da tutta la documentazione che ho esaminato finora, e anche considerando i dati che mi hai passato tu, l'unico elemento che potrebbe coinvolgere il nostro cliente come indagato è il ritrovamento dei suoi capelli sul cadavere di Yassine, ma come ti ho detto, secondo me si tratta di un elemento alterato da Felicina o Elisa."

"O entrambe, potrebbero aver agito insieme" borbottò Sam con un ghigno sul viso.

"Vedi che allora sei d'accordo con me?!"

"È tardi. Dobbiamo andare a Terracina. Bettini ci aspetta e sono sicura che anche Elisa non vede l'ora di rivedermi" concluse ironicamente la detective, alzandosi da tavola e dirigendosi con passo spedito verso l'uscita.

Capitolo 60

“Guida tu, io devo controllare una cosa” borbottò lei entrando in auto, ma senza mai distogliere lo sguardo dal suo smartphone.

“Le autopsie?” le domandò Lorenzo cercando d’incrociare il suo sguardo.

“Shhh… Ho bisogno di concentrarmi” ribatté Sam alzando il palmo aperto della mano sinistra verso il suo collaboratore.

Un tragitto silenzioso in cui l’unico sottofondo udibile fu il rumore delle ruote sull’asfalto, intervallato dai dossi e dalle buche.

La detective non pronunciò una sola parola durante l’intero viaggio e il suo collaboratore non osò interrompere l’impegno con cui leggeva, se non poche centinaia di metri prima della caserma.

“Sembra un concerto” mormorò il giovane, impressionato dalla folla di giornalisti che già si scorgeva.

“Non preoccuparti” ribatté lei alzando per la prima volta gli occhi dallo schermo del suo smartphone da quando erano partiti. “Ci sono due grandi cancelli e il luogo è presidiato dai carabinieri, quindi non saranno aggressivi.”

Lorenzo rallentò, attendendo che i militari, gli aprissero il primo cancello.

La calca dei reporter, seppur impressionante nel numero e vivace nei modi, non pareva aggressiva e, nonostante le moltissime domande urlate e le tante foto scattate, soprattutto in direzione della detective, si arrese senza grandi difficoltà all'idea di non poter interagire con i due.

Gli sguardi dei carabinieri, che la squadravano mentre oltrepassava il grande ingresso della caserma, non attirarono la sua attenzione, intenta a cercare l'unico uomo che era riuscito a rasserenare il suo martoriato animo.

"Ti fissano tutti" le sussurrò all'orecchio Lorenzo che la seguiva a pochi centimetri di distanza.

"Non importa."

"Ormai sei una VIP" borbottò di nuovo lui ridacchiando.

"Ma smettila! Questo ci complica solo le cose" lo rimproverò lei sempre sottovoce.

Quando entrarono nell'ufficio in cui il PM, coadiuvato da Mancuso, da un altro militare dell'Arma e con a fianco una donna in borghese, forse un'altra magistrata, sembrava tenere una riunione, Sam si diresse verso di lui.

"Buongiorno Carlo. Sono pronta ad assisterti come da accordi."

"Buongiorno dottoressa. Sì... No... Ho pensato che il maresciallo Mancuso, conoscendo già il caso ed essendosi confrontato con le persone coinvolte, possa essere molto più utile ed efficace di me durante l'interrogatorio e quindi gli ho delegato tale compito" rispose lui con voce tremante, rosso in viso e stringendole molto flebilmente la mano.

"Ah, capisco" ribatté dopo qualche istante di silenzio lei, incredula e immobile, nonostante l'altra PM presente tentasse di presentarsi stringendole la mano.

"Abbiamo predisposto ogni cautela possibile per la sua sicurezza e avere a fianco un militare di grande esperienza come lui non farà che aumentare la sua incolumità" aggiunse il magistrato, sedendosi di nuovo, incrociando le braccia e tornando a darle del lei.

Un atteggiamento così freddo, impacciato e distaccato, da scioccare la detective e renderla del tutto passiva alle presentazioni della dottoressa Ida Bozza, sostituto procuratore di Terracina, e del capitano Michele Martucci.

Prima di recarsi presso la stanza adibita per l'interrogatorio, durante una piccola pausa in un cortile interno alla caserma, fu di nuovo il suo giovane collaboratore a interrompere i suoi pensieri.

"Te lo aspettavi diverso?"

"Che intendi?!" ribatté subito Sam scuotendo la testa.

"Bettini. Me lo avevi descritto quasi come un amico, e invece ti ha pure dato del lei."

"Sì, davvero strano. Il modo in cui è arrossito, la stretta di mano impersonale… Mi sembrava una persona diversa da quella con cui avevo parlato al cellulare. Come…" disse lei fissando il vuoto e con un tono di voce incerto.

"Come quando lo hai conosciuto la prima volta?!" la interruppe lui.

"Esatto."

"Il tuo imbarazzo era evidente, perfino più di quello di Bettini."

"Dici sul serio?!" esclamò di colpo la detective voltandosi verso il suo collaboratore e fissandolo dritto negli occhi.

"Sì. Quando la PM e il capitano si sono presentati, continuavi a fissare Bettini" le rispose ridendo lui, aggiungendo, dopo qualche secondo di silenzio e abbassando ancora di più il tono della propria voce: "Io so da cosa dipende questo cambiamento. Alcuni riescono a parlare al telefono più facilmente. Di persona provano vergogna e sono goffi, invece chiacchierando senza vedere le persone riescono a sfogarsi con più disinvoltura. Secondo me il tuo PM fa parte di questa categoria."

"Hai ragione. Pensa che io gli avevo fatto la stessa considerazione quando lui, al telefono, mi aveva confessato di essere meravigliato per essersi confidato così profondamente con qualcuno che conosceva poco."

"E allora siamo tutti e due bravi ad analizzare la realtà!" esclamò Lorenzo con un grande sorriso sulle labbra.

"Ma prima che tu me lo ricordassi, io non me n'ero neanche accorta. Sai perché?"

"Sei presa da altri pensieri..."

"No!" lo interruppe lei avvicinando il suo capo al giovane. "Non è questo. Quando si è coinvolti emotivamente si perde lucidità anche nelle piccole cose. Per questo ho bisogno di averti a fianco. Tu hai una visione della realtà più obiettiva della mia."

"Perfetto, conta pure su di me allora!" esclamò lui allargando le braccia.

"Adesso devo proprio andare" concluse lei, senza riuscire a trattenere un sorriso e lasciando il giovane solo.

Capitolo 61

Ritornare al chiuso, fissare di nuovo le monotone mura biancastre dei corridoi, illuminate artificiosamente dai neon, la incupì di colpo.

"Ti devo parlare" le disse con un tono quasi perentorio il maresciallo Mancuso, avvicinatosi da dietro.

"Adesso?!"

"Sì."

"Va bene" concluse lei.

La piccola stanza in cui Sam seguì il militare era ancora più spartana e angusta del resto della caserma. Mura spoglie sulle quali non capeggiava neanche un crocefisso, nessun calendario dell'Arma o qualunque altro simbolo a interrompere quel colore bianco, a tratti più scuro per la sporcizia, e infine due sedie accanto a una vecchia scrivania.

"Siediti" le disse, sempre con tono serio ma a bassa voce, il militare sistemandosi su una delle due.

"Cosa c'è?!"

"Prima dell'interrogatorio è bene informarti su altri fatti che abbiamo recentemente scoperto."

"Mi ha già riferito tutto Bettini e so già che…"

"No!" la interruppe lui fissandola negli occhi. "Non ti abbiamo ancora comunicato le nostre recenti scoperte."

"Ti ascolto" ribatté la detective dopo qualche secondo di silenzio.

"Giacomo Mastracci è figlio naturale di Mario Battistin, il padre del reverendo."

Sam sgranò gli occhi fissando in silenzio il maresciallo e dopo qualche secondo, scuotendo la testa, borbottò con voce tremante:

"Ma come… insomma, come hanno fatto a non rendersene conto prima?!"

"Nelle inchieste passate Mastracci non era stato coinvolto. Nella nostra, invece, la compatibilità dei due DNA è stata rilevata da subito, ma non essendoci state richieste in tal senso…"

"I RIS si accorgono di una tale connessione tra imputati e non ve lo comunicano perché non lo avete richiesto?!" sbottò lei interrompendolo e alzando il tono della voce.

"Battistin non è mai stato indagato per le morti recenti, inoltre la compatibilità genetica, derivando da un solo genitore, è…"

"Assurdo!" esclamò lei, prima che lui potesse terminare la frase, continuando, dopo qualche secondo di silenzio: "Ma Antonio lo sa che sono fratellastri? Ed Elisa?"

"Non abbiamo ancora avuto modo di interloquire con loro sulle nostre recenti scoperte."

"Capisco. Hai intenzione di domandare a Elisa anche questo?"

"Sì."

"Io ho già detto a Bettini che secondo me è inaffidabile quindi, qualunque cosa dichiari al riguardo, non ci aiuterà."

"Non è finita. Su diciotto dei ventitré cadaveri rinvenuti nella fossa comune sono state rilevate fino a cinque differenti tracce biologiche maschili."

"I clienti?"

"Riteniamo si tratti degli stupratori, presumibilmente uomini in condizioni economiche molto agiate, non solo italiani. Rintracciarli non sarà facile, anzi, forse è impossibile. È probabile che alcuni siano perfino già morti."

"Agghiacciante. Cinque uomini diversi che stuprano un solo bambino."

"Su sette dei cadaveri abbiamo accertato anche la presenza di materiale biologico riconducibile a Elisa Battistin."

"Di che tipo?"

"Capelli."

"Quindi lei sapeva" borbottò la detective coprendosi la bocca con la mano sinistra.

"Di sicuro è entrata in contatto con alcuni di quei bambini. Se oggi riusciamo a farla parlare..."

"Non ce la faremo" lo interruppe lei sbuffando.

"Se è questo il tuo spirito collaborativo, allora la tua presenza sarà inutile."

"Ti chiedo scusa. Hai ragione. Riusciremo a farla parlare!" ribatté lei, ma con un tono insicuro che tradiva la scarsa fiducia nelle sue stesse parole.

"Bene! Così ti voglio. Forza, andiamo" disse lui alzandosi e dirigendosi per primo verso la porta, borbottando prima di aprirla e voltandosi verso la donna: "Io sono sempre dell'avviso che saresti un ottimo militare."

"Vedo già abbastanza violenza e morti da civile, non credi?!" ribatté ridacchiando lei e allungando il braccio sinistro per aprire la porta, ma attendendo che fosse lui a varcarla per primo.

Capitolo 62

Una stanza ben illuminata, con uno dei neon che lampeggiava lievemente e due carabinieri immobili ai lati della porta, l'accolse in un silenzio assoluto.

Dopo che Mancuso si fu seduto, anche Sam si accomodò, infastidita dal modo in cui Elisa la fissava e tentando invano di non incrociarne lo sguardo.

Un solo istante in cui la guardò negli occhi fu sufficiente per percepirne la rabbia, il rancore e la violenza che consumavano l'animo di quella donna ormai disperata.

"Buongiorno signora Battistin" disse il maresciallo interrompendo quel silenzio assordante, ma senza neanche accennare una stretta di mano e aggiungendo, dopo quasi mezzo minuto di scena muta da parte della donna: "Siamo qui per raccogliere le sue dichiarazioni, come da lei richiesto..."

"Io con questo non ci parlo!" esclamò d'un tratto Elisa voltandosi verso la detective. "Gli uomini sono inutili. Non servono a niente. Pensano solo a se stessi."

"Lei non è nelle condizioni di decidere..." ribatté Mancuso prima di essere interrotto.

"Bene, allora abbiamo finito!"

"Elisa, non essere così rigida..." bisbigliò Sam, che aveva notato il nervosismo con cui il maresciallo aveva chiuso il palmo della sua mano in un pungo tremante e fissava con rabbia la donna.

“Io sono stata chiara. Parlerò con te, come ha fatto mio fratello. O così, o rimango zitta, tanto marcirò comunque in carcere” rispose lei con un ghigno sul viso.

“Va bene” affermò sospirando la detective che, scorgendo con la coda dell’occhio il gesto del maresciallo che con la mano destra la invitava a proseguire, provò a porle subito le prime domande. “È stata rivenuta, presso la Riserva Lestra della Coscia, una fossa comune in cui sono stati sepolti ventitré bambini. Cosa sai al riguardo?”

“La croce bianca” borbottò Elisa abbassando lo sguardo e incrociando le braccia.

“Quindi ne eri a conoscenza. Chi ha ucciso quei bambini? Perché sono stati seppelliti in quel modo?”

“Credevamo che nessuno l’avrebbe mai trovata, ma in fondo sapevamo che sarebbe successo.”

“Rispondimi” la esortò la detective alzando la voce.

“Io li proteggevo” ribatté dopo qualche secondo di silenzio la donna, con un filo di voce spezzato da un improvviso singhiozzo e da un pianto rumoroso e nevrotico.

“Da chi? Dicci chi li ha uccisi.”

“Lui era troppo avido. Quando ha capito che con i bambini poteva ottenere tanti soldi, non si è fatto scrupoli a venderli al miglior offerente.”

“Tuo fratello?”

“Noi, invece, avremmo solo voluto una famiglia.”

“Non ho capito, voi chi?”

“Io e Felicina.”

“Siete mai state presenti nel momento in cui venivano consumati gli omicidi?”

“No. A noi venivano affidati alcuni bambini. Erano i nostri figli.”

“Alcuni degli immigrati venivano accuditi da voi due?”

“Sì, ma non solo stranieri, anche italiani provenienti da famiglie indigenti, oppure i cui genitori acconsentivano, dietro lauto compenso, a questa… ‘pratica’. Quando per la prima volta mio fratello si presentò con un bambino da affidarci, pensai che si era rassegnato alla nostra relazione, anzi, che ci avrebbe perfino aiutate a completare la nostra famiglia."

"Quindi tu e Felicina lo aiutavate a occuparsi dei bambini prima che i clienti li usassero?"

"Io non sapevo cosa facessero!" urlò di colpo la donna sbattendo il pugno destro sul tavolo.

"E quando lo avresti scoperto?" la incalzò la detective fissandola negli occhi.

"Fu per colpa dell'americana che i carabinieri iniziarono a sospettare di mio fratello. Prima della sua morte in sacrestia, nessuno si era mai immischiato negli affari di Antonio."

"Ma tu quando hai capito che stava gestendo un giro internazionale di pedoprostituzione? Dopo che lo hanno arrestato? Prima del '99 non avevi mai sospettato nulla?!"

"Questa storia, di cui ormai parlano tutti, io non la immaginavo neanche. Mio fratello ha tanti difetti, è un uomo molto avido, ma mai avrei immaginato che fosse capace di una cosa del genere. A me avevano detto che i bambini venivano dati in adozione a famiglie che non potevano avere figli e che contribuivano, molto generosamente, alla causa dell'associazione per l'integrazione dei nord africani."

"E nel frattempo alcuni di loro venivano affidati anche a te e Felicina?"

"Esatto. Credevo che ce li affidassero perché ci avevano accettato come famiglia, e invece…"

"E invece cosa?!" la esortò Samantha, visto che Elisa aveva ricominciato a piangere e non riusciva più a parlare.

"Noi volevamo essere mamme" rispose a fatica la donna con un filo di voce spezzata dal pianto e coprendosi il volto con entrambe le mani.

"Dimmi come funzionava Elisa!" esclamò la detective sporgendosi dal tavolo e afferrandola per entrambe le braccia.

"All'inizio ci hanno affidato un solo bambino. Mio fratello non diceva mai che sarebbe rimasto con noi, ma era talmente bello anche solo pensare di poter crescere un bimbo insieme alla mia Felicina che il resto non contava nulla."

"Chi era?"

"Leonardo D'Angelo. Era bellissimo. Avresti dovuto vederlo. Quando sorrideva, ci mandava in estasi. Solamente tra le sue braccia, io e Felicina ci sentivamo appagate. Non mi ero mai sentita così felice in vita mia. Quando lo baciavamo e abbracciavamo, ci sembrava di vivere in un sogno."

"Ma scusa, Leonardo fu il primo a essere stato trovato accoltellato nel '94, possibile che prima di Brenda tu non abbia mai sospettato niente e…"

"Non era così semplice!" urlò la donna allargando di colpo le braccia.

"E allora spiegami. Aiutami a capire bene cosa successe in quegli anni."

"Quando ci portarono via il nostro Leo, noi ci restammo malissimo, ma mio fratello mi giurò che gli avevano trovato una famiglia che l'avrebbe amato e accudito come noi. E poi ci portò lui."

"Chi?"

"Youssef. Non avrebbe mai sostituito il nostro Leo, ma col tempo ci conquistò."

"Ma quando hai letto sui giornali che Leonardo era stato ritrovato morto, come mai non hai parlato?!"

"Io ho continuato a sorvegliare, a proteggerlo! Non ho permesso a quei maiali di toccarlo."

"Sii più chiara. Anche dopo che tuo fratello te lo ha portato via, tu hai continuato a tenerlo d'occhio?"

"Non avrei mai permesso che lo violentassero. Mai."

"Ma lo hanno ucciso!"

"Non potevo impedirlo!"

"Hai assistito al suo omicidio?" domandò la detective scandendo ogni parola.

"E cosa avrei dovuto fare?!" ribatté la donna dopo qualche secondo di silenzio e col capo chino. "Rinunciare a Youssef?"

"Quindi il bambino che amavi come un figlio viene ucciso con numerose coltellate e tu non denunci l'accaduto?!"

"Avrebbe parlato. Avrei perso tutto, anche Youssef. Ma tu sai cosa si prova a essere madre?" le domandò Elisa indicandola con l'indice della mano destra. "No, non lo sai. Non potevo rischiare di non rivederlo mai più. Non potevamo vivere senza di lui."

"Dimmi chi ha ucciso Leonardo?"

"Non lo so!" le rispose Elisa ricominciando a piangere e a singhiozzare come una bambina.

"Su di lui è stato trovato il DNA di Felicina, ne sei cosciente? È stata lei?!"

"Ma che dici! Lei non avrebbe mai fatto una cosa del genere. Di sicuro c'è anche il mio DNA, d'altronde era come un figlio per noi, lo abbracciavamo e baciavamo di continuo."

"Hai detto che lo hai protetto, che non hai permesso che lo violentassero. Tu hai visto. Dimmelo. Dimmi chi lo ha ammazzato!"

"Mio fratello mi riferì che si era trattato di un incidente, che era caduto sbattendo la t-testa e…" provò a risponderle Elisa con voce tremante e balbettando.

"Ventisette coltellate, un incidente?! Smettila di mentire. È il momento di dire tutta la verità!

"Io non lo so…"

"Il cadavere di Youssef è stato rinvenuto tre anni dopo quello di Leonardo, nella boscaglia della Riserva Statale Pantani dell'Inferno. Anche in quel caso non fu identificato l'assassino. Almeno su di lui, per l'amore che hai appena dichiarato di aver provato, trova il coraggio di dirmi cosa è accaduto."

"Dall'esterno è facile giudicare, ma la realtà è molto più complessa. Prima che Antonio ci portasse via anche lui, ci affidò quattro ragazzini nordafricani e…"

"E cosa?!" la esortò Sam cercando d'interrompere il silenzio in cui Elisa si era rifugiata per qualche secondo.

"Quando ti affezioni a qualcuno, quando hai paura di perderlo, di non rivedere più i suoi occhi, non riesci più a ragionare."

"Per timore che ti portassero via i bambini di volta in volta affidati, accettavi in silenzio che uccidessero quelli che avevi accudito?!" esclamò con un tono accusatorio e disgustato la detective allontanandosi col busto dal tavolo dell'interrogatorio.

"Ti auguro di provare anche tu quello che ho sofferto io" borbottò Elisa tornando a incrociare le braccia e smettendo di piangere.

"Solamente la verità può dare tranquillità a un animo martoriato come il tuo. Raccontaci tutto. Chi ha trucidato Leonardo? Chi ha ucciso Youssef? Su di lui sono state trovate tracce del DNA di Mastracci, lo sapevi?"

"No" rispose lei con un filo di voce, scuotendo la testa e serrando ancora di più le braccia.

"E lo sai che Giacomo è tuo fratellastro?!" la provocò ancora la detective, sotto lo sguardo attonito del maresciallo che ormai si era rassegnato ad assistere in silenzio all'interrogatorio.

"Non credo sia importante" ribatté la donna in apparenza non sorpresa.

"Quindi sapevi che avete lo stesso padre?"

"Che importanza ha?!"

"Lo sapevi, sì o no?"

"I legami di sangue contano poco. Le persone importanti sono quelle con cui scegliamo noi di stare e non chi ha i nostri stessi geni."

"Se ti rifiuti di rispondere, è inutile continuare" borbottò Samantha alzandosi in piedi e girandosi verso la porta.

"Aspetta!" la bloccò Elisa sollevando il palmo della mano destra nella sua direzione. "Non avere fretta. Non vuoi chiedermi nulla di Brenda?"

Capitolo 63

"Allora parla e non prendermi in giro!" esclamò la detective sedendosi di nuovo e scuotendo l'indice della mano sinistra di fronte a lei.

"Mio fratello mi aveva riferito alcune dicerie del paese secondo cui nostro padre aveva avuto un figlio illegittimo..."

"Quindi lo sapevi che era tuo fratellastro."

"Lo sospettavamo, ma non abbiamo mai approfondito. In fondo, è solo uno storpio e un mentecatto" mormorò la donna con un ghigno di sufficienza sul viso.

"Un anno prima della morte di Brenda è stato trovato in fondo a un pozzo il corpo senza vita di Matteo Morelli. Se dovessi anche io dare retta alle voci di paese, penserei che il colpevole è proprio il tuo fratellastro. Sai cosa mi hanno riferito?!"

"Che ti hanno detto?"

"Una signora ben informata sostiene che Giacomo abbia violentato il piccolo Matteo e poi lo abbia gettato nel pozzo simulando un incidente."

"Ah ah! Impossibile. Quello è un ritardato, anche se fosse così malvagio come ti hanno raccontato, è poco credibile che sia stato così furbo da organizzare una tale messa in scena."

"Magari qualcuno lo ha aiutato. Non è che anche Matteo era rientrato nel giro del reverendo?" insinuò la detective senza mai distogliere gli occhi dal viso della donna.

"Non credo... Non lo so. Io non l'ho mai conosciuto. In quegli anni ero molto occupata ad accudire i migranti che Antonio affidava a me e Felicina."

"La sua morte fu archiviata come incidente, ma merita di essere indagata e compresa fino in fondo. Non credi?!"

"Ti ho detto che non l'ho mai conosciuto!"

"Possibile che dopo l'uccisione del tuo Youssef, tu abbia sentito la notizia di un altro bambino morto in circostanze misteriose e non abbia chiesto a tuo fratello se lui c'entrasse qualcosa?!"

"Non ho voluto."

"Perché?"

"Soffrivo già abbastanza per il passato, conoscere i dettagli dell'omicidio di un altro bambino non mi avrebbe aiutata, anzi, mi avrebbe causato solo altro dolore."

"Quindi non escludi che Matteo possa essere stato uno dei bambini sfruttati da tuo fratello?"

"No, ma non lo so."

"Un anno dopo, invece, nel 1999, morì lei. In fondo, è il motivo per cui ci ritroviamo tutti qui. Brenda Williams fu rinvenuta ormai esanime dal sacrestano tra le mura della stessa chiesa in cui tu hai passato tutta la vita. Impressionante, non credi?!"

"È stato l'inizio della fine" mugugnò Elisa giungendo entrambe le mani davanti alla bocca.

"Perché dici così?"

"Se non avessero esagerato, se solo si fossero limitati agli stranieri poveri, non li avrebbero mai scoperti."

"Prima o poi qualcuno avrebbe trovato la fossa."

"Non sai quanto ti sbagli!"

"Che intendi?"

"E comunque, anche se alla fine qualcuno avesse rinvenuto i cadaveri, saremmo stati troppo vecchi per subire qualsiasi conseguenza penale, come Franco. Lui ormai ha vissuto la sua vita."

"Cosa è successo a Brenda?"

"Mio fratello non ve lo ha rivelato?!"

"No."

"Ah ah! Il solito vigliacco… È stata tutta colpa sua. Prendere accordi con l'americano è stato il più grande errore della sua vita ed è giusto che abbia pagato lui, ma alla fine ha rovinato anche le nostre vite."

"Non ho capito, che patti?"

"Sei un vero disastro come investigatrice privata."

"Ti prego, spiegami" ribatté Sam con un filo di voce digrignando i denti e trattenendo la rabbia.

"Sei tu che lavori per lui. Dovresti dirmi tu in che rapporti siete" borbottò lei ridacchiando e voltandosi verso la porta.

"Io non intrattengo relazioni di amicizia o di altro genere con i miei clienti. Mi è stato affidato un compito e lo sto portando a termine."

"Male evidentemente. Se non ti rendi neanche conto di che gentaglia ti circondi, forse hai sbagliato lavoro" continuò a provocarla Elisa.

"Hai ragione, ma sono qui da te, come da tua richiesta, per capirne di più" le rispose la detective, provando a stemperare il clima ostile che si era creato. "Cosa ha fatto Andrew?"

"Quando mi lamentavo con Antonio dei suoi squallidi affari, lui mi ripeteva sempre, riferendosi ai suoi benefattori: 'Il problema non è quello che fanno, ma quello che sono, e io non posso cambiarlo'. Un modo davvero triste per giustificarsi. Non credi?!"

"E cosa sarebbe Andrew? Un pedofilo?"

"Di sicuro non era venuto in Italia a cercare le sue origini, anzi, era già ben informato su cosa faceva Antonio e ha approcciato lui per primo Franco alla ricerca di quello che bramava."

"E cosa desiderava?"

"C'è bisogno che te lo dica io?!"

"Sì, dimmi tutto. Ti ascolto" le rispose Samantha a bassa voce e cercando d'incrociare il suo sguardo.

"Era solo uno dei tanti clienti arrivati per sfogare i suoi vizi malati."

"Ha chiesto di fare sesso con uno dei bambini che gestiva tuo fratello?"

"Esatto, ma a differenza di altri clienti che venivano dal Nord Europa, lui non aveva grandi disponibilità liquide con sé, né la possibilità di pagare le cifre altissime che Antonio pretendeva, e allora sono giunti a un compromesso."

"Quale?"

"La figlia in cambio di un rapporto completo con un altro bambino."

"Te lo ha riferito tuo fratello?" le domandò la detective sgranando gli occhi e cercando di trattenere l'orrore che stava provando. "Ne sei sicura?!"

"Certo. Io non chiedevo mai i particolari del suo giro d'affari, mi ero accorta che la sua capacità di spesa era aumentata in un modo impressionante, ma in quel caso fu lui a sfogarsi con me, prima che lo arrestassero."

"Puoi spiegarmi più in dettaglio come si sarebbero accordati i due?"

"Il tuo amico avrebbe garantito l'accesso in hotel a due persone di fiducia di mio fratello che così avrebbero prelevato la bambina e, dopo averle somministrato un blando sedativo, l'avrebbero portata al cliente che l'attendeva presso l'abitazione del sacrestano. Si trattava di un importante uomo d'affari tedesco che pretendeva bambine bianche."

"La finestra quindi era chiusa, come ha sempre sostenuto la moglie" borbottò Samantha sfiorandosi la bocca con la mano sinistra.

"Brava, e adesso che conosci la verità, provi più orrore verso di me, o verso chi, fino a poco tempo fa, trattavi come un caro amico."

"Io non ho amici a lavoro" ribadì con fermezza la detective, aggiungendo, dopo qualche secondo e con un tono molto più dolce: "Scusami se ti ho interrotta. Cosa non ha funzionato nel loro piano?"

"Quando la bambina arrivò a casa di Franco era ancora cosciente e riusciva perfino a parlare, allora mio fratello, dopo aver inveito contro i due per non aver adempiuto a un compito così semplice, le somministrò lui stesso un'altra dose di sedativo, ma la piccola reagì molto male. Prima cadde a terra in preda a violente convulsioni, poi si fermò di colpo e vomitò abbondantemente e infine, svenne accasciandosi sul pavimento. Il cliente, già irritato dall'essere stato visto da una bambina cosciente e non addormentata, come invece gli era stato garantito, e spaventato dalla reazione della piccola al farmaco iniettatole, scappò via senza nemmeno fruire della prestazione pagata."

"E dopo cosa è successo?"

"Mio fratello voleva chiamare un medico, un suo caro amico, per farla controllare, ma Franco insistette per tenere la faccenda più riservata possibile e alla fine decisero di trattenerla in casa, senza però avere il tempo di avvisare l'americano."

"Quindi Andrew si aspettava di ritrovare la figlia in hotel?"

"Sì, e ovviamente quel vigliacco non ha avuto il coraggio di dire la verità alla moglie, così come non l'ha rivelata neanche a te."

"Lui però non sapeva cosa fosse successo quella notte, giusto?! Quando gli hanno comunicato il malore della figlia?"

"Antonio provò a parlargli l'indomani, ma era sempre circondato dalla polizia e anche nei giorni successivi non fu possibile contattarlo con discrezione. Quando la bambina tornò cosciente, Franco, spaventato dall'attenzione mediatica per la sua scomparsa, decise di tenerla segregata ancora per qualche giorno, anche contro il parere di mio fratello. Il problema, a suo dire, era che Brenda era troppo grande e avrebbe quindi parlato, distruggendo la loro reputazione e ponendo così fine non solo ai loro traffici, ma anche alla loro stessa libertà."

"Chi l'ha uccisa?" la esortò a parlare Sam, dopo che la donna, abbassando lo sguardo, era rimasta per diversi secondi in silenzio.

"Quel pazzo!"

"Chi?"

"Il sacrestano. L'ha portata in chiesa e l'ha massacrata, fingendo poi di averla trovata esanime."

"Tuo fratello quindi non era d'accordo con lui?"

"Non ne sapeva nulla, lo ha scoperto quando i carabinieri lo hanno interrogato. Avresti dovuto vederlo, tremava come un bambino terrorizzato, non osava neanche contraddire le accuse che gli venivano rivolte, in fondo, nascondeva un orrore ben più grande di un singolo assassinio a sfondo sessuale."

"Il materiale pedopornografico ritrovato e, secondo le indagini del tempo, riconducibile a lui, era davvero suo?"

"Francamente non lo so. Non mi sono mai interessata ai vizi privati di quei due maiali. Te l'ho detto, i maschi sono solo degli inutili porci."

"Chi ti ha detto che a uccidere Brenda è stato Bertelli?"

"Lui stesso. Me lo ha confidato dopo che mio fratello è stato portato in carcere."

"E tu non hai fatto niente per scagionarlo?!"

"Cosa avrei dovuto fare?! Dicendo la verità avremmo perso tutto. Il sacrificio di Antonio, in fondo, è stato utile. Forse è l'unica cosa buona che è stato capace di fare mio fratello in tutta la sua vita."

"Se è stato davvero Franco, come tu sostieni, perché su Brenda sono state ritrovate tracce di DNA di Mastracci?"

"Giacomo dava una mano, era il tuttofare della chiesa, è normale che sia entrato in contatto con l'americana."

"Quindi lui sapeva tutto?"

"Insomma, tutto è una parola grossa. Stiamo parlando di un minorato mentale, non credo si rendesse conto di che tipo di giro ci fosse dietro."

"E dello sperma di Mastracci ritrovato sul corpo di Giovanni Terranova, che mi dici?"

"Della morte di Terranova io non so nulla, ormai mi ero allontana da Felicina e quindi non avevo più interesse a cercare bambini per lei."

"Perché dici per lei?"

"Il desiderio di maternità è sempre stato suo. Era davvero molto forte, ne parlava di continuo, a volte sembrava un'ossessione. Io cercavo di accontentarla perché l'amavo. Anche io mi affezionavo ai bambini che mio fratello ci affidava, ma per lei era diverso. Si trattava di un aspetto essenziale della sua vita, doveva trovare qualcuno con cui sentirsi madre a ogni costo."

"Avete tutt'ora una relazione?"

"No, non più."

"Non mentirmi Elisa" le sussurrò Sam avvicinando il capo verso di lei.

"Non siamo neanche due estranee totali. A volte dorme da me, ma non è più come una volta."

"Eppure il piccolo Mohamed lo stavate accudendo insieme, lo nascondevi in cantina quando io..."

"No, non è così!" urlò di colpo Elisa sbattendo entrambi i pugni sul tavolo e provocando l'immediato allontanamento della detective.

"Allora spiegami cosa ci faceva quel bambino a casa tua, visto che ormai, come tu stessa hai appena detto, sei uscita dal giro."

"Felicina aveva paura che lo avreste trovato a casa sua. Se ne stava occupando lei da sola. Quando me lo ha portato, tu e l'americano eravate già arrivati in paese e non potevo negarle il mio aiuto."

"Pensi che Felicina possa essere implicata nella morte di Terranova?"

"Se tu quel giorno non avessi scovato il piccolo nella mia cantina, a quest'ora io sarei libera e potrei stare di nuovo con lei" borbottò la donna con lo sguardo perso nel vuoto.

"Capisco. Ho un'ultima domanda" disse Samantha che, notando il nervosismo crescente della donna provocato dai suoi ultimi interrogativi, aveva allontanato la sedia dal tavolo e incrociato le braccia. "Quando ho sostenuto che gli investigatori avrebbero trovato prima o poi la fossa comune, mi hai subito risposto che mi sbagliavo. Cosa intendevi?"

"Come sei ingenua cara. Pensi davvero sia l'unica?!"

"Non ho capito" rispose con voce tremante Sam. "Stai dicendo che ce ne sono altre?"

"Sì."

"Sapresti indicarci dove?" domandò il maresciallo interrompendo il suo lungo silenzio.

"Certo. Dammi una matita e un pezzo di carta e ti scrivo le indicazioni per raggiungere il luogo esatto" rispose lei rivolgendosi al maresciallo.

"Si trova nella Riserva Statale Piscina delle Bagnature, non è facile da raggiungere, dovrete andarci a piedi" affermò a bassa voce la donna tracciando alcune linee sul foglio, ma proprio nel momento in cui la detective le si avvicinò per sbirciare le indicazioni appena abbozzate, Elisa le sferzò improvvisamente un colpo di matita verso l'occhio sinistro.

Un attimo intenso, infinito e terrificante, in cui Samantha immaginò di perdere l'uso dell'occhio e pensò perfino di morire.

In un solo istante si sentì paralizzata e impotente, attraversata da un tremore spasmodico che le impediva qualsiasi movimento, senza però distoglierla dal panico che ormai aveva offuscato la sua mente. Riusciva perfino a immaginare il suo viso pieno di sangue grondante in ogni direzione e le sembrava di percepire un'intensa sensazione di calore e torpore invaderle le guance e le labbra per poi espandersi lungo tutto il corpo.

Riaprendo gli occhi, però, si rese conto che il sangue che gocciolava davanti al suo viso e che solo in parte le era schizzato sul naso, non era il suo, ma fluiva lentamente dalla mano destra del maresciallo che per fortuna, qualche secondo prima del folle gesto di Elisa, si era avvicinato alle due e aveva quindi potuto bloccare quell'insana e violenta aggressione.

Capitolo 64

"Grazie" disse a stento Samantha, con un filo di voce tremolante e gli occhi invasi dalle lacrime e ormai sporchi del sangue del militare, intanto che a stento spingeva il tavolo che Elisa le aveva appena gettato addosso.

I due carabinieri, che dai lati della porta sorvegliavano l'interrogatorio, in pochi secondi si avventarono sulla donna e subito dopo averla immobilizzata la trascinarono di peso fuori dalla stanza.

Il sottofondo di insulti, ingiurie e volgarità a sfondo sessista inveite e strillate a squarciagola da Elisa contro di lei, non la impressionarono, né la distrassero dall'apprensione per la salute dell'uomo che l'aveva appena salvata.

"Mi dispiace" gli sussurrò la detective fissando la sua mano insanguinata.

"Tu stai bene?" ribatté lui che, nonostante il dolore, tentava di spostare con la mano sinistra il tavolo ancora parzialmente sopra di lei.

"Sì, sì, io non mi sono fatta nulla, tu piuttosto, non sforzarti, stai fermo" gli raccomandò lei allungando una mano verso di lui e assistendo immobile, ancora intrappolata dal peso del tavolo, ai militari che si apprestavano prima a soccorrere il maresciallo e poi ad accertarsi che anche lei stesse bene.

Gli uomini che l'aiutarono a rialzarsi da terra, spostarono la piccola scrivania con noncuranza, come se non pesasse nulla. Forse lo shock e la tensione di quei momenti l'avevano indebolita e impressionata a tal punto da non riuscire ancora a muoversi lucidamente.

Tremando, in piedi, ma sorretta da uno dei militari che, accompagnandola in corridoio prima e in un ufficio adiacente subito dopo, la invitò ad accomodarsi, Samantha non riusciva neanche a controllare il suo respiro, affannoso e accelerato, evidente sintomo del terrore appena provato e che ancora ne invadeva il corpo e dominava la mente.

"Abbiamo ascoltato ogni parola, è stata bravissima!" esclamò il PM avvicinandosi a lei e fissandola con uno sguardo dolce, ma da cui traspariva un sentimento più di compassione che di ammirazione.

"Grazie Carlo. Mi dispiace per il maresciallo, non vorrei che per colpa mia ci rimettesse la mano e..."

"Ah ah" la interruppe lui ridendo. "Francesco è siciliano, ha la pellaccia dura! Vedrai che adesso, appena finisce la visita al pronto soccorso, vorrà subito tornare qui per essere dei nostri."

"Sentirete di nuovo Bertelli, vero?!" domandò la detective con un tono di voce che tradiva ancora la paura vissuta.

"Esatto. Questa volta, date le circostanze, condurrò io stesso l'interrogatorio. Se sei nelle condizioni di assistere, potrai..."

"Certo che lo sono!" lo interruppe lei dopo aver bevuto mezzo bicchiere d'acqua che un carabiniere le aveva appena offerto.

"Bene" ribatté lui sorridendo.

"Mi sembri più sereno" gli sussurrò la donna all'orecchio, aggiungendo, con un tono di voce più alto: "Tu credi che Elisa sia attendibile?"

"Riteniamo che molte delle informazioni che ci ha fornito siano vere. In ogni caso, le verificheremo tutte. Tra poco una pattuglia si recherà presso la Riserva Statale Piscina delle Bagnature per accertare anche la presenza di un'altra fossa comune."

"Io non credo che la troveranno. Se l'è inventato. Era una scusa per aggredirmi."

"Anche io penso che in quest'ultima parte dell'interrogatorio la signora Battistin abbia mentito, invece le dichiarazioni precedenti sono state straordinarie. Ormai siamo vicini alla verità su ogni aspetto di questa orribile vicenda."

"Io non mi fido di quella donna. Comunque, adesso più di prima devo concentrarmi sul mio mandato. Il mio compito è individuare oltre ogni ragionevole dubbio l'assassino di Brenda."

La corsa di Lorenzo verso di lei, accompagnato da una carabiniera che non ebbe neanche il tempo di avvertire i presenti dell'ingresso del giovane, interruppe di colpo i due.

"Ma stai bene?! Che t'è successo?" le chiese il giovane prostrandosi subito di fronte all'amica e afferrandole le mani.

"Io sto bene. La matta ha provato a finire quello che aveva iniziato, ma per fortuna Francesco mi ha protetta."

"Ma com'è possibile?! Non eravate sorvegliati?" continuò a domandarle lui scuotendo la testa e sgranando gli occhi.

"Ha provato a infilzarmi l'occhio destro con una matita che le avevamo consegnato per darci più in dettaglio delle indicazioni."

"Pazzesco" borbottò il giovane con un filo di voce.

"Per fortuna Francesco ha dei riflessi straordinari e ha frapposto la sua mano tra noi due. Ovviamente è rimasto ferito. Speriamo non sia nulla di grave" concluse lei sospirando.

"Prima d'incontrare Bertelli, vorrei parlarti in privato. Pensi di essere nelle condizioni di affrontare subito un colloquio, o magari preferisci dopo pranzo?" le domandò il PM riavvicinandosi alla detective, dopo aver discusso per qualche minuto con l'altra magistrata e il capitano, davanti alla porta della stanza.

"Anche subito, non è un problema" ribatté lei, ma con una voce sommessa che tradiva il forte stress subito.

"Bene, seguimi" la invitò infine lui, ammiccando un sorriso di cortesia.

Capitolo 65

Il modo goffo di camminare dell'uomo, affaticato da un corpo eccessivamente tozzo e in palese sovrappeso, e la lentezza con cui a fatica saliva le scale parevano agli occhi di Samantha troppo contrastanti con il ruolo importante che ricopriva, tanto che alle sue spalle, nonostante i momenti di tranquillità che aveva vissuto grazie alla sua telefonata, non poté fare a meno di pensare quanto lui fosse inadatto a svolgere indagini così impegnative.

"Eccoci qui" disse l'uomo inspirando e sedendosi di colpo sulla sedia subito dopo aver aperto la porta di una piccola stanza del secondo piano.

"Che strano locale" borbottò Samantha.

"Sì, è ristretto perché in realtà era adibito ad alloggio, ma da quando il tribunale di Latina è stato dichiarato inagibile, questa caserma è stata riorganizzata anche per svolgere attività propedeutiche al processo" spiegò il magistrato asciugandosi il sudore dalla fronte con un fazzolettino di carta.

"Capisco."

"Desideravo esprimerti il mio rammarico per le tue parole."

"Intendi per averti comunicato che dopo la scoperta dell'identità di chi ha ucciso Brenda non seguirò più il caso?"

"Perderemo un valido aiuto."

"Io non sono né un magistrato inquirente, né una donna delle forze dell'ordine, il mio è un mandato privato e devo..."

"In realtà, tu rappresenti anche Antonio Battistin, quindi indagare a fondo su ogni aspetto del caso rientra nei tuoi impegni professionali" la interruppe Bettini indicandola con l'indice della mano destra.

"Sì, è vero, hai ragione, ma lo sappiamo tutti e due che il mandato d'investigazioni difensive per il prete mi serviva solo per avere maggiore spazio d'azione, infatti è a titolo gratuito."

"Per te è questo che conta? I soldi?!"

"Sono molto importanti. È inutile che io ti dica ipocritamente che seguo il caso perché voglio rendere giustizia ai bambini violentati e massacrati da questi schifosi maiali. Certo, mi interessa trovare i colpevoli e sto meglio al pensiero di aver contribuito a capire cosa sia successo a quei poveri piccoli, ma il mio obiettivo professionale è adempiere al mio contratto e riceverne anche la contropartita economica."

"Se dopo il colloquio col sacrestano riterrai conclusa la tua attività investigativa, non parteciperai all'audizione di domani con Mastracci?"

"Esatto."

"Tu stessa, però, avevi chiesto con insistenza d'incontrarlo."

"Mi dispiace, ma se non sarà necessario, non potrò ulteriormente collaborare nelle indagini."

"Il problema è che abbiamo già provato a sentire l'indagato e ha rifiutato di rispondere a qualsiasi nostra domanda, anche quando è stata la dottoressa Bozza a condurre l'interrogatorio."

"Capisco, ma io non potrei comunque esservi d'aiuto. Non l'ho mai incontrato, né abbiamo mai avuto modo di parlare, a differenza di quanto accaduto con i fratelli Battistin, o col vecchio sacrestano, quindi non penso che avrei più fortuna di voi."

"Mancuso ritiene di sì, invece."

"Si sbaglia."

"Io credo che abbia ragione. Tu hai una conoscenza del caso e un coinvolgimento anche emotivo che potrebbero aiutarci a ottenere le ultime risposte che stiamo cercando."

"Aspettiamo di parlare con Bertelli, ma credo che dopo di lui non avrò la necessità d'indagare ancora per trovare l'assassino di Brenda. L'ha uccisa lui! Ormai ne sono del tutto convinta e credo davvero che Elisa, almeno sulla morte della figlia di Williams, ci abbia rivelato la verità."

"Pare proprio che io non possa fare nulla per convincerti a seguire gli sviluppi del caso fino alla fine."

"Ove fossi convocata in sede processuale, la mia disponibilità sarà massima, ma il mio compito termina improrogabilmente con l'individuazione, oltre ogni ragionevole dubbio, dell'assassino di Brenda" concluse la detective alzandosi dalla sedia e lasciando l'uomo che, ormai da solo nella piccola stanza e con le mani giunte di fronte alla bocca, continuò per diversi minuti a fissare in silenzio il vuoto.

Capitolo 66

"Ti chiamano" le sussurrò all'orecchio Lorenzo.

"Hanno già convocato il sacrestano?!" esclamò lei affrettandosi a dare l'ultimo morso al suo panino e bevendo il succo di frutta che le avevano fornito in caserma.

"Ci siamo messi a parlare e non ci siamo resi conto del passare del tempo."

"Hai ragione" concluse la detective inspirando leggermente e allontanandosi con fare pacato, terminando così un pranzo fugace ma necessario.

Quando si ritrovò davanti Francesco, non trattenne un sorriso di gioia e, accarezzandogli la spalla sinistra, gli confessò:

"Ero molto preoccupata per te."

"Ma figurati, per così poco. Ho passato di peggio!" ribatté lui senza però mai accennare un sorriso.

"Dov'è Bettini?" domandò lei intanto che seguiva il maresciallo lungo le scale.

"Ha delegato me anche questa volta. Sostiene, e secondo me a ragion veduta, che noi due conosciamo a fondo il caso e che tu, soprattutto, abbia sviluppato un legame emotivo con gli indagati tale da spingere ad aprirsi perfino un personaggio restio a parlare come Bertelli."

"Forse ha ragione."

“Procediamo come abbiamo fatto con Elisa?” le domandò lui fermandosi all’improvviso, voltandosi verso di lei e guardandola dritta negli occhi.

“D’accordo” rispose Sam con un filo di voce, quasi intimidita dal tono deciso con cui il militare si era messo in disparte in un altro importante incontro.

“Se sei fortunata, a quanto mi ha riferito Carlo, questa sarà la nostra ultima collaborazione” bisbigliò lui intanto che attraversavano il corridoio del secondo piano.

“Già” concluse lei sospirando.

Oltrepassò la porta aperta dal maresciallo seguendolo anche quando quest’ultimo si sedette davanti all’indagato, quasi imitandone i movimenti.

Franco Bertelli era già lì, seduto dietro a un piccolo tavolo le cui gambe stavolta erano vistosamente ancorate al pavimento. Alla sua destra, ma comunque distante dal tavolo, sedeva il difensore d’ufficio, col capo rivolto verso il basso e rosso in viso. Lui lo aveva fino a quel momento rifiutato, ma la sua presenza era obbligatoria per legge, anche se di fatto, data la totale mancanza di collaborazione tra i due, era meramente formale. Dietro di lui, una finestra basculante da cui trapelava in parte la luce del sole, sopraffatta dal pallido bianco dei neon diffuso a ogni angolo e infine, ai suoi lati, vicino alle pareti, due militari che lo sorvegliavano a vista.

Il suo ghigno appena accennato pareva comunque beffarsi di misure di sicurezza così stringenti e forse eccessive.

“Avete mandato tre gazzelle per portarmi qui. Tre auto per un vecchietto. Siete ridicoli” borbottò ridacchiando l’anziano non appena incrociò lo sguardo della detective.

“Ci preoccupiamo anche per la sua incolumità. In questi casi si rischia il linciaggio” gli rispose il maresciallo che, però, non fu degnato neanche di uno sguardo.

“Cosa vuoi ancora da me?” domandò Franco fissando Sam, con profondo disprezzo e sufficienza.

"La verità" ribatté lei sottovoce.

"E per estorcere la verità a un vecchio debole e indifeso avete bisogno di due militari che lo sorveglino costantemente in una stanzetta di pochi metri quadri?! Non avrete le risposte che cercate. Non le meritate!"

Qualche secondo di silenzio, poche parole sussurrate dalla detective all'orecchio del maresciallo, e l'ordine di quest'ultimo di lasciarli da soli, rivolto ai suoi due sottoposti, risuonò tra le mura della piccola stanza.

"L'intimità è importante, soprattutto quando ci si confida" affermò, a bassa voce con un tono calmo e rilassato e allargando le braccia, il sacrestano.

"Bene, adesso possiamo parlare. Elisa e Antonio Battistin ci hanno spiegato a fondo la dinamica secondo la quale i bambini immigrati venivano venduti in un giro di pedoprostituzione che coinvolgeva anche clienti stranieri e…"

"E il tuo amico americano, invece, non te lo ha spiegato?!" la interruppe lui ridendo.

"La dinamica del vostro squallido traffico ormai ci è chiara. Attratti da facili e ingenti guadagni, avete organizzato un giro di pedoprostituzione, prima sfruttando ragazzini italiani indigenti, e poi utilizzando bambini immigrati giunti da noi con sbarchi fantasma, soprattutto quelli non accompagnati. Affidarli a Elisa e alla sua compagna, illudendole di accettarle come famiglia e sfruttare a vostro favore il loro forte desiderio di maternità, era solo un modo per avere sempre a disposizione un gruppo di vittime pronte da offrire ai vostri clienti. Pur di non lasciare tracce, avete ucciso senza pietà qualsiasi potenziale testimone, creando così una fossa comune che non ha pari nella storia criminale europea. Per Brenda, invece, la dinamica è stata differente. Non era un'anonima immigrata, ma secondo le parole di Elisa, la vittima di uno scambio di favori tra il signor Williams e il reverendo. Un cliente molto ricco pretendeva una bambina bianca e voi avete organizzato un incontro con la figlia del signor Williams, promettendogli in cambio la prestazione sessuale di uno dei vostri bambini. Confermi quanto ci è stato puntualmente riferito? Hai ucciso tu la piccola Brenda per paura che rivelasse tutto alla madre?"

"Elisa è stata molto loquace. In fondo, hai già trovato quello che cercavi, io non ti servo più. Se è una confessione quella che vuoi, posso accontentarti."

"Sei stato tu quindi?" lo spronò la donna interrompendo il silenzio in cui il sacrestano si era di nuovo trincerato.

"I soldi erano solo la misera tentazione a cui Antonio non sapeva resistere. Per me era diverso invece, a me non interessava diventare ricco. Hai visto la mia casa, ti sembra forse che io abbia comprato una villa?!"

"Allora perché lo hai fatto?"

"Ho passato tutta la vita a servire uomini che nascondevano i propri vizi, che pregavano un Dio a cui non credevano, che predicavano valori a cui non aspiravano, e solamente dopo tanti anni ho capito che non erano migliori di me. Fino a quel momento mi ero nascosto, reprimevo le mie pulsioni e le soffocavo nella speranza che scomparissero, ma quando ho riconosciuto nello sguardo di Antonio i miei stessi desideri, ho finalmente avuto il coraggio di rivelarmi per quello che ero. Voi siete tutti pronti a giudicare chi è diverso, eppure amare un bambino non è una colpa."

"Quindi anche tu avevi rapporti sessuali con i piccoli che gestivate?"

"Ancora oggi, non ho il coraggio di rispondere sì. Spesso la realtà ci spaventa più delle nostre più cruenti paure. Impariamo troppo presto a giudicare noi stessi, a condannarci per la nostra stessa natura, eppure il sesso è così naturale e spontaneo, in ogni sua forma."

"Rispondi alla mia domanda" lo incalzò lei approfittando dell'improvviso silenzio dell'uomo che, col capo rivolto verso il soffitto, iniziò a fissare il vuoto con uno strano sorriso sulle labbra.

"Io e Antonio diventammo molto amici. Non mi considerava più un suo sottoposto, anzi, da quando lo spronai a vivere le sue pulsioni, guardava a me come a una guida. Era come se io lo avessi liberato dalla prigionia della sua ipocrisia."

"Battistin ha negato di aver avuto rapporti sessuali con i bambini scomparsi."

"Un uomo ignobile che neanche alla fine della sua miserabile vita ha trovato il coraggio di confessare la sua vera indole."

"Con quali dei bambini, dove e in che periodo, avete avuto rapporti sessuali?" domandò il maresciallo che fino a quel momento aveva ritenuto opportuno rimanere in silenzio.

"Taci tu!" lo redarguì il sacrestano senza mai guardarlo in viso. "Io non parlo con i militari. Siete solo capaci di usare la forza, invece per comprendere a fondo la realtà è necessario farsi guidare dalla ragione."

"Parlaci della vostra amicizia" disse Samantha a bassa voce incrociando lo sguardo dell'uomo.

"Antonio, come tanti altri uomini di Chiesa che avevo conosciuto, era un uomo molto colto, forse adesso, però, io lo sono più di lui" borbottò ridacchiando Franco, aggiungendo, qualche secondo più tardi, con voce più chiara e allargando le braccia: "Leggevamo tantissimo insieme. Lui amava i filosofi greci, a me piacevano quelli cristiani del Medioevo. Quando iniziammo a sfogliare Sant'Agostino, io non lo conoscevo neanche, adesso porto sempre con me una copia de *Confessiones*, e forse è proprio grazie a lui che compresi a pieno me stesso. Le risposte che avevo sempre cercato non erano nei libri, in cielo o sulla terra, ma dentro di me."

"E cos'hai trovato dentro di te?"

"All'inizio ricordi confusi. Mio padre che mi rimproverava e picchiava, mia madre che mi fissava con vergogna e perfino disprezzo. Poi, col tempo, ho recuperato una parte di memoria che avevo represso e finalmente mi sono ricordato la gioia di quei momenti."

"Di cosa?"

"La sensazione di strozzare un gatto con le mie mani, sentire la vita abbandonarlo e fissare i suoi occhi chiudersi nel vano tentativo di liberarsi dalla mia presa" raccontò l'uomo sorridendo e con lo sguardo perso nel vuoto. "Dicevano che ero malato, eppure quegli attimi erano gli unici a farmi sentire vivo."

"Uccidere un bambino dà più soddisfazione?" gli domandò lei sforzandosi di non esternare l'immenso disgusto che stava provando.

"È meraviglioso" le rispose l'uomo scandendo ogni lettera. "Perfino più inebriante ed eccitante di violentarlo."

"Cos'hai fatto a Brenda?" gli chiese lei.

"Le ho fatto un dono. L'ho liberata da un mondo che l'avrebbe condannata all'infelicità. Immagina quanto sarebbe stato triste crescere con un padre che era pronto a venderla pur di avere un rapporto sessuale con un bambino. Meglio morire" borbottò lui toccandosi il viso con entrambe le mani.

"L'hai quindi uccisa nei locali della chiesa e hai finto subito dopo di aver rinvenuto il cadavere per caso?"

"La scienza di allora era meno invasiva dei nostri segreti, e poi avevamo molti amici. Sappi che per recitare bene la parte del buon sacrestano che rinveniva il cadavere di una bambina innocente, ho perfino inscenato il ritrovamento mentendo a me stesso. Per convincere gli altri, bisogna innanzitutto credere in quello che si dice. Nessuno ha mai dubitato di me" le rispose sghignazzando lui.

"Che arma hai usato? Dov'è?!" domandò il militare con un tono deciso ma tenendo le braccia conserte.

"Ah ah! Dopo tanti anni cercate ancora l'arma del delitto, eppure non è mai stata nascosta."

"Hai usato un coltello?" domandò la detective.

"L'ho massacrata con l'ostensorio antico. La sensazione della sua carne trattenuta dalla piccola croce e lacerata mentre la estraevo e reinserivo di continuo era magnifica. Sai qual è il mio più grande rimpianto?"

"Quale?" disse lei con un filo di voce rauca, gli occhi arrossati per la rabbia e un pianto che a stento riusciva a trattenere.

"Aver ucciso solo lei. Avrei voluto riprovare, ma era troppo rischioso. Decidemmo di usare lo storpio per proteggere i nostri interessi. In realtà fu un'idea di Antonio, io avrei agito in modo diverso, ma lui insistette nel sostenere che ci serviva un idiota a cui dare la colpa se le cose fossero andate male."

"Com'è possibile che materialmente fosse Mastracci a uccidere le vittime se le modalità cruente delle uccisioni e il numero di coltellate fanno invece pensare a delitti in cui il carnefice avesse un trasporto emotivo più forte verso la vittima?"

"Lo aizzavamo insultandolo e infastidendolo per scatenarne la rabbia."

"Sei a conoscenza del fatto che Battistin e Mastracci sono fratellastri?"

"Sì, me lo rivelò Antonio molti anni fa. Si vergognava di lui e non sopportava l'idea di essere legato a un uomo così stupido. Lo odiava quasi quanto la sorella. A volte mi chiedevo se disprezzasse di più la stupidità di Giacomo o l'ostentata omosessualità di Elisa" le rispose Franco ridendo alla fine della frase.

"Quindi Antonio ha utilizzato Mastracci per addossargli la colpa di tutti gli omicidi in caso gli inquirenti vi avessero indagato?"

"Era un rischio davvero basso. Seppellendo i potenziali testimoni, distruggevamo qualsiasi possibilità di essere scoperti e comunque lo storpio era davvero l'omicida materiale della quasi totalità dei bambini. Forse non si rendeva neanche bene conto di cosa stesse facendo, ma fisicamente compiva lui l'esecuzione. A volte alcuni clienti ci chiedevano di uccidere loro stessi i bambini e pagavano cifre da capogiro per poterlo fare. L'unico grande errore che abbiamo commesso, a causa dell'avarizia di Antonio, fu coinvolgere la bambina americana. L'attenzione mediatica che scatenò la sua morte fu enorme e purtroppo nemmeno io l'avevo prevista. Assassinarla era l'unico modo per rimanere liberi."

"L'hai uccisa per paura di essere scoperto?"

"Ho scelto lucidamente di ammazzarla, non ero in preda al terrore di essere arrestato o coinvolto in uno scandalo."

"Anche dopo la carcerazione di Battistin ci sono stati casi di bambini uccisi, sia immigrati sia italiani, come Terranova. Hai perpetrato tu il traffico di esseri umani? Con quali complici questa volta?"

"No. Io ero stanco e ormai troppo vecchio."

"E allora com'è possibile che ci siano stati delitti con dinamiche così simili fino a poco tempo fa?!"

"Io ho soltanto consigliato. Anche Gaetano aveva negli occhi una luce simile alla mia e a quella di Antonio."

"Era un pedofilo anche lui?"

"Non usare questa parola. Non mi piace. Non esiste la pedofilia. È solo un'etichetta usata per reprimere ciò che la natura liberamente genera. Le pulsioni sessuali sono naturali, vanno vissute e non represse."

"Il reverendo Trotta provava attrazione per i minori?"

"Certamente. Purtroppo, però, era un debole e si è piegato ai desideri di Felicina. Le ha procurato i figli che tanto desiderava, ma aveva paura di sfogare le sue pulsioni. Un vigliacco che ha concluso la sua vita nel migliore dei modi."

"Com'è finito lo sperma di Mastracci sul corpo di Terranova?"

"Felicina è una donna molto determinata. Convincere un uomo, solo e non abituato al contatto femminile, a un rapporto sessuale non è stato affatto difficile."

"È stata lei quindi a cospargere il seme di Giacomo sul bambino?"

"Una donna senz'altro intelligente, forse però sarebbe stata più lucida se non fosse stata ossessionata da un assurdo desiderio di maternità. Pensava che contaminare i cadaveri con sperma e capelli altrui avrebbe depistato gli inquirenti, ciò nonostante passerà il resto dei suoi giorni in carcere."

"Ti riferisci ai capelli del signor Williams ritrovati sul corpo di Yassine?"

"Lei lo ha incrociato più volte in questi anni, svolgendo il suo lavoro di pulizia anche negli hotel dove lui soggiornava."

"Capisco. Ho un'altra domanda" disse la donna con una voce molto più bassa nel pronunciare l'ultima parola.

"Ormai sai tutto" ribatté lui fissandola negli occhi.

"Sei pentito?"

"Ah ah! No, non lo sono, anzi, avrei voluto provare l'ebrezza di porre fine a una vita indifesa più volte. Forse non sono stato abbastanza coraggioso per godere della sensazione magnifica che si prova quando uccidi un’altra persona.”

Epilogo

Lo sguardo sprezzante della giovane donna si distolse dall'uomo solamente quando, dopo qualche minuto di silenzio assoluto, il difensore d'ufficio, alzandosi in piedi, domandò al maresciallo di poter scambiare due parole in disparte.

L'avvocato, seguito da Mancuso, si diresse verso la porta e Samantha, ancora disgustata dal maniaco che stava a pochi centimetri di distanza da lei, li raggiunse in pochi secondi.

Una volta che ebbe superato entrambi, appoggiò la schiena alla parete e si posizionò di fronte a loro mantenendo il contatto visivo con l'indagato.

I due parlottavano senza coinvolgere la detective che, unica con lo sguardo ancora rivolto verso Bertelli, pareva assente e fissava il vuoto senza pronunciare una sola parola.

Il dialogo dei due uomini sembrava un'eco lontana e incomprensibile, intanto che la sua mente rievocava di continuo i momenti piacevoli passati con Andrew e la fiducia che troppo ingenuamente aveva riposto nell'uomo che alla fine si era rivelato un mostro.

Alzandosi di soppiatto dalla sedia, camminando molto lentamente verso la parte opposta della stanza e usando la forza delle braccia per sollevarsi, il sacrestano si sporse fuori dalla metà aperta della finestra basculante.

Non appena il maresciallo ebbe percepito il leggero rumore del suo balzo si precipitò di corsa verso di lui, ma poté sfiorarne soltanto la suola della scarpa destra.

Il tonfo dello schianto nel cortile interno alla caserma attirò subito l'attenzione degli altri militari che, affacciatisi dai propri uffici e compresa la situazione, accorsero numerosi a soccorrere l'uomo, privo di vita e riverso in una pozza di sangue che continuava a sgorgare pulsante dal suo collo spezzato.

Mancuso rimase immobile davanti alla finestra per diversi minuti e, sempre voltato verso Samantha, continuò a fissarla con occhi sgranati e in silenzio fino a quando gli altri militari non fecero irruzione.

"Ma come ha fatto a buttarsi dalla finestra!" esclamò il capitano Martucci appena si ritrovò di fronte ai tre.

"È colpa mia. Ha approfittato di qualche istante in cui mi sono allontanato da lui per conferire col suo legale" rispose con voce rauca e tremante il militare, senza mai smettere di fissare la detective.

Un ghigno di autocompiacimento, quasi di gioia, traspariva dalle labbra della giovane donna che, sforzandosi di non sorridere, non riusciva però a nascondere del tutto la soddisfazione per la morte di un uomo verso cui provava solo rabbia e sdegno.

Le voci agitate di quei momenti, le domande dei militari, i gesti e la foga dei presenti apparivano come scene lontane e senza nessuna importanza per lei, ancora inebriata al pensiero che quell'uomo non solo non avrebbe più recato male a nessun altro bambino, ma aveva avuto l'unica punizione che davvero meritava.

Quando, durante un colloquio privato, la PM Bozza le domandò come fosse stato possibile che lei, l'unica con le spalle alla porta e il viso rivolto in avanti, non si fosse accorta che Bertelli si stesse dirigendo verso la finestra, si sforzò di apparire credibile e piangendo le rispose:

"Ero sconvolta dalle sue parole. Anche voi lo avete ascoltato via video. Stavo ancora pensando ai bambini che ho ritrovato alla Riserva Lestra della Coscia. Non riuscivo a pensare ad altro, era come se tenessi ancora tra le mani i resti di quelle creature innocenti."

La magistrata non osò approfondire una vicenda che in apparenza sembrava semplice e priva di colpevoli e non prolungò quei momenti di sofferenza, invitando dunque la detective ad andare a riposarsi.

Prima di lasciare i locali della caserma e di ricongiungersi con Lorenzo, che a quanto le avevano riferito la stava attendendo in una sala d'attesa adiacente all'entrata, Samantha incrociò per pochi secondi, percorrendo il corridoio, lo sguardo di Mancuso, freddo, distaccato, perfino sprezzante nei suoi confronti, ma non ne fu ferita.

Continuò a camminare a testa alta, addirittura soddisfatta, quasi vittoriosa per quella mancanza di stima manifestata da una persona che in parte ammirava, ma della quale però non condivideva i metodi e soprattutto i limiti.

"Finalmente! Ma cos'è successo?!" esclamò il suo collaboratore non appena la vide.

"Franco si è buttato dalla finestra."

"Sì, sì, lo so. Ma dico, com'è possibile, non c'erano i carabinieri a sorvegliarlo?" domandò lui alzando la voce.

"Shhh, calmati! Quel vecchio pazzo ha preteso che i due militari di guardia lasciassero la stanza, altrimenti non avrebbe detto una sola parola. Eravamo comunque in tre dentro, oltre a me c'erano il suo difensore d'ufficio e il maresciallo."

"Ma come ha fatto un vecchio come quello a raggiungere la finestra senza che ve ne rendeste conto?!"

"Un attimo di distrazione intanto che il suo legale ci parlava davanti alla porta. Io non immaginavo che potesse buttarsi dalla finestra della caserma, invece non ci sono sbarre all'esterno."

"Pazzesco!" esclamò il giovane dopo un lungo sospiro.

"In ogni caso, poco importa, noi abbiamo finito il nostro lavoro" affermò Sam sorridendo.

"Che intendi?"

"Abbiamo adempiuto al nostro compito. Adesso l'assassino di Brenda Williams ha un nome."

"Ha confessato?! È stato lui?"

"Sì, lo ha ammesso e si è inflitto da solo la più giusta delle pene. Ha fatto tutto da solo" ribatté lei continuando a ridere nonostante il suo collaboratore la fissasse incredulo e sbigottito.

"Anche per quel tipo di reato, la pena è la galera, non la morte."

"Certe colpe sono inespiabili."

"La vita è comunque un bene di cui nessuno può essere privato, nemmeno chi si è macchiato di crimini tanto odiosi."

"Non saremo mai d'accordo su questo" borbottò lei accarezzandogli la spalla destra e aggiungendo, dopo un breve sospiro: "Andiamo, ci hanno chiamato un taxi, ci starà già aspettando."

"Cosa faremo adesso?"

"Comunicherò al signor Williams il nostro risultato. Abbiamo soddisfatto il mandato investigativo che ci ha affidato. Quindi puoi preparare la valigia, si torna a Roma!"

L’e-mail di Samantha

Gentile Andrew,

Ti scrivo per comunicarti che il compito da te affidatomi è stato adempiuto.

Franco Bertelli, l’anziano sacrestano ormai in pensione della Chiesa dell’Immacolata di San Felice, ha confessato di aver ucciso, utilizzando l’antico ostensorio ormai esposto al museo diocesano, tua figlia Brenda. Inoltre, subito dopo aver ammesso le sue colpe, si è tolto la vita gettandosi dalla finestra del secondo piano della caserma di Terracina.

Come avrai letto sui giornali, abbiamo anche rinvenuto, seguendo le indicazioni del reverendo Trotta, una fossa comune con i corpi di ventitré bambini. Si tratta di immigrati giunti nel nostro paese con sbarchi fantasma e finiti nella rete di pedoprostituzione che Antonio Battistin e il vecchio sacrestano hanno gestito per anni e che in parte è stata perpetrata anche dal suo successore alla guida della parrocchia.

Sia i primissimi omicidi, a partire da Leonardo D’Angelo, sia il ritrovamento del piccolo Mohamed, per fortuna ancora vivo, nella cantina di Elisa Battistin, fanno parte del medesimo disegno criminale di sfruttamento sessuale di bambini. Uno squallido traffico di esseri umani che ha inizialmente coinvolto bambini italiani disagiati, per poi incentrarsi su immigrati senza documenti.

Battistin e Bertelli hanno inoltre sfruttato il disperato desiderio di maternità della compagna di Elisa e impiegato la coppia nella temporanea cura dei minori di volta in volta loro affidati.

Brenda è stata considerata, per stessa ammissione di Franco, il loro più grande errore, perché la sua morte ha richiamato un'attenzione mediatica internazionale e ha quindi compromesso il loro giro d'affari e la loro stessa libertà. Tuttavia, il sacrestano ha affermato di non averla assassinata per paura di essere scoperto, ma per il mero piacere di uccidere un essere umano indifeso.

Negli altri casi, invece, i bambini venivano soppressi per distruggere qualsiasi traccia dei reati. Il reverendo e il sacrestano affidavano, nella quasi totalità dei casi, l'esecuzione materiale degli omicidi a Giacomo Mastracci per tutelarsi da eventuali indagini e sfruttandone la parziale infermità mentale.

Devo ammettere che il mio coinvolgimento emotivo nelle indagini è stato davvero intenso, forse eccessivo, e di questo mi scuso.

Farò tesoro di questa esperienza e se in futuro dovessi trovarmi ad affrontare casi analoghi, tenterò di avere un approccio più distaccato alle indagini.

Perfino adesso, mentre ti relaziono sulla fine del mio mandato investigativo, mi tremano le mani.

Credo che la nostra amicizia, soprattutto la mia fiducia in te, mi abbia resa poco obiettiva e perfino vulnerabile.

Ho sofferto quando te ne sei andato, ma quel dolore non era niente in confronto allo sdegno e al disgusto che ho provato nei tuoi confronti quando ho scoperto che eri pronto a vendere tua figlia pur di violentare un bambino.

Non credo che conoscere il nome del suo assassino ti possa rendere la pace che cerchi da tanti anni, anzi, sono convinta che finché resterai in vita, la tua miserabile esistenza sarà tormentata e infelice.

La causa della tua sofferenza non è all'esterno, ma dentro di te.

In allegato troverai le mie coordinate bancarie su cui accreditare la somma pattuita.

Il mio collaboratore si è premurato di inviare i dati anche allo Studio Ambrini che su tua disposizione eseguirà il pagamento.

Samantha Onesti

L'e-mail di Andrew

Cara Sam,

Ho dato disposizione all'avvocato Anselmi di dare seguito al pagamento del tuo onorario.

Pacta sunt servanda. Mi hai dato la risposta che cercavo da tanti anni e quindi è giusto che io mantenga i miei impegni.

Credimi, mi vergogno tantissimo per non aver avuto il coraggio di dirti la verità.

Forse perché non riesco neanche ad ammetterla con me stesso.

Adesso che conosco il nome dell'assassino di Brenda, colui che fu il complice dei miei maledetti desideri perversi, perderò anche mia moglie e i miei figli.

Quando sapranno quello che ho fatto non vorranno più rivedermi.

Forse hai ragione, l'unico modo per liberarmi dalla mia immensa sofferenza sarebbe trovare il coraggio di porre fine alla mia inutile vita, ma sono troppo vigliacco per farlo.

Perdonami.

Andrew

Indice

Printed by Amazon Italia Logistica S.r.l.
Torrazza Piemonte (TO), Italy

22483341R00242